康八太爷

民国武侠小说典藏文库·赵焕亭卷

赵焕亭◎著

中国文史出版社

赵焕亭及其武侠小说（代序）

　　赵焕亭，民国时期著名武侠小说家，被评论界和学术界称为"北赵"。他本名赵黼章，但发表作品上均写作赵绂章，生于清光绪三年正月初六，卒于1951年农历四月，籍贯直隶省玉田（今河北省玉田县）。

　　据新的有关资料记载，赵焕亭祖上是旗人，隶汉军正白旗，始祖名赵良富，随清军入关，携家落户在距离丰润与玉田交界线不远的铁匠庄。第五代赵之成于乾隆三十六年考中辛卯科武举，于是赵家迁居至玉田县城内西街，由此在玉田生活了一百多年，至赵焕亭已是第十代。

　　赵家以行伍起家，入清后亦有相当经济地位，但无籍籍名。自赵之成考中武举，赵家在地方上开始有了一定名声。之成子文明曾任候选布政司理问，孙长治更颇受地方好评。据光绪《玉田县志》载："赵长治，字德远，汉军旗籍，监生，重义气，乐施济，尤能亲睦九族，世居丰之铁匠庄。悯族中多贫，无室者让宅以居之，捐附村田为义田以赡族。卜居邑城百街，遂家焉。嘉庆癸酉、道光庚子，两值饥，豁全租以恤佃者，计金三千有奇，乡里称善人。"

　　赵长治的儿子赵大鹏克承家风，再中己酉科武举人，至其孙赵英祚（字荫轩），则一变家风，于清同治九年中举人，同治十年连捷中第二百七十二名进士，位列三甲，曾三任山东鱼台知县，一任泗水知县，还曾署理夏津、金乡等县，任内主修过鱼台和泗水县志。

赵英祚生四子，长子黼彤，附贡（即秀才）。次子黼清（字翊唐）光绪二十年中举，二人似未出仕。三子黼鸿，字青侣，号狷庵，光绪十九年举人，二十一一年二甲第七十六名进士，入翰林院，三年后散馆以工部主事用，1903年复入翰林院，1907年选任为江苏奉贤知县，但被留省，直至次年年底方才正式到任。辛亥革命爆发，他弃官而走，民国时又担任过常熟县知事。据说他和著名藏书家铁琴铜剑楼主人有交往。赵黼鸿大约于1918年去世。四子黼章就是赵焕亭。

抗日沦陷期间，《新北京报》上曾刊登了一篇署名雨辰的《当代武侠小说家赵焕亭先生小传》（以下简称《小传》）。作者自承"与先生为莫逆，知之甚详，因略传梗概"。据该文介绍，因赵英祚长期在山东为官，赵焕亭的出生地实际是济南，玉田系籍贯所在。

赵焕亭在济南念私塾，还和其二哥、三哥一起，拜通家至好蒋庆第和赵菁衫二人为师，学诗和古文。

蒋庆第，字箸生，玉田人，咸丰壬子进士，文名响亮，著有《友竹堂集》。他历任山东武城、潍县、峄县、章丘等地知县，官声很好，甚得百姓拥戴。赵菁衫，名国华，丰润人，进士出身，曾为乐安知县，"以古文辞雄北方，长居济南"，著有《青草堂集》。《清稗类钞》中说他"清才硕学，为道、咸间一代文宗"。赵自署的集句门联很有趣："进士为官，折腰不媚；贵人有疾，在目无瞳。"（赵的左眼看不见。）

赵焕亭的开蒙师父叫赵麟洲，栖霞人，学问好，对教学有独到见解。

兄弟三人在名师的指导下，学业大进，在济南当地读书人中号称"玉田三珠树"。据《小传》所述，赵菁衫看了兄弟三人的习作，曾感叹道："仲、叔皆贵征，纪河间皆谓兴象，且早达。季子虽清才绝人，然文气福泽薄，是当作山泽之癯，鸣其文于野耳。"

果然，黼清、黼鸿二人很快先后中举、中进士，黼章则"独值科举废，不得与焉"。根据赵焕亭在小说中留下的只言片语，他参加过乡试，而且应该不止一次。在短篇小说《浮生四幻》开头，他写道："光绪中，予应秋试于洛（时功令北闱暂移河南）……"

北闱秋试移到河南举行，在清代科举考试历史上是独一无二的，发生于光绪二十八年和二十九年，考试地点在今河南开封。原因是受到义和团运动和八国联军攻占北京等事件的影响，本该于光绪二十六年举行的乡试被迫停办。赵焕亭究竟参加了其中哪次乡试不详，但显然没有中举，之后科举就被清政府宣布废除。

在其武侠小说《大侠殷一官逸事》第十七回中，也有一小段作者的插入语："……原来那四十里的石头道，自国初以来，一总儿没翻修过。您想终年轮蹄踏轧，有个不凹凸的吗？人在车子里，那颠簸磕撞，别提多难受咧！少年时，入都应试，曾亲尝这种滋味……"

据最后的寥寥十几字推测，赵焕亭在河南参加乡试之前，还曾经参加过在北京的顺天府乡试。估计以光绪二十三年丁酉科可能性最大，他当时已经二十一岁，王当年。其兄赵黼鸿、赵黼清分别于光绪十九年、二十年中举，那时他不过十六七岁，一同参加的可能不是完全没有，但应该不大。

无论如何，赵黼章一袭青衿的秀才身份应该是有的，只是两次乡试都不成功，待科举废除，就再没机会了。传统上升之路中断之时，他还不到三十岁，但没有因此而茫然，继续认真读书。《小传》中说他"矻矻治诗文辞如故"。同时大约为践行"读万卷书，行万里路"的古训，"北之辽沈，南浮江汉，登泰山，谒孔林，登蓬莱、崂山，揽沧溟，观日出而归"。游历之余，他还注意记录、搜集山东、河北等地的风土人情、逸事趣闻，老家玉田本地的名人掌故逸事更是他一直关注和搜辑的对象。这一切都为他后来的小说写作积累了大量素材。这些素材和人生经历是上海十里洋场中的才子们所不具备的，也是赵焕亭终成为"北赵"，并与"南向"分庭抗礼，远胜同期南派武侠作者们的一个重要原因。

3

赵焕亭正式开始投稿卖文的写作生涯，据其在 1942 年《雨窗旅话》一文所述，始于民国初年。文中写道："民国初，颇尚短篇之文言小说。一时海上各杂志之出版者风起云涌，而文字最佳者，首推《小说月报》并《小说丛报》，以作者诸公，如恽铁樵、王西神、钱基博、许指严等，皆宿学名流，于国学极有根底也。余见猎心喜，乃为《辽东戍》一篇，试投诸《小说月报》，此实为余作小说之动机，并发轫之始。"

《辽东戍》刊登于《小说月报》第五卷第二期，时间是 1914 年 4 月。但据目前发现，早在 1911 年 6 月的《小说月报》第二年第六期上就刊有署名玉田赵绂章的短篇小说《胭脂雪》。关于这篇小说，赵焕亭在《辽东戍》篇末自述中是承认的，他写道：

> ……有清同光间，吾邑以诗古文辞鸣者，为蒋太守箸生、赵观察菁衫，世所传《友竹堂集》《青草堂集》是也。予以通家子，数拜楣下，伟其人，尤好拟其文，随学薄不得工，顾知有文学矣。时则随宦济南，书贾某专赁说部，不下数百种，于旧说部搜罗殆尽。余则尽发其藏，觉有奇趣盎然在抱。后得畏庐林先生小说家言，尤所笃嗜，复触凤好，则试为两篇，各三万余字，旋即售稿去，复成短章《胭脂雪》一首，邮呈吾兄于京邸。兄颇激赏，以为殊近林氏。兄同年生某君，则驰书相劝，后时时为之……

赵黼鸿 1907 年离京赴江苏任职，辛亥革命爆发方逃回北方，是否在京无法确定，由此推测，赵焕亭的两篇试笔小说以及《胭脂雪》或许写于 1906 至 1907 年间。只是《胭脂雪》何以迟至 1911 年才发表，且赵焕亭似乎并不晓得此事，令人有些费解。倒是他自承笃嗜林氏小说，连所写短篇小说路数都被赞极有林氏风格，倒是研究赵焕亭包括晚清民国作家作品的一个新方向。

林译小说曾带动鲁迅、郭沫若、周作人等主动了解、学习西方文学，并促进了西方文学名著在中国的进一步译介，在文学史上已有定评。俞平伯先生晚年更认为"林译小说是个奇迹，而时人不知，即知之估计亦不高"。林译小说对于当时青年人的影响，用民国武侠、言情名家顾明道的话说："青年学子尤嗜读之，无异于后来之鲁迅氏为人所爱重也……以为读林译，不但可供消遣，于文学上亦不无裨益。"范烟桥在《林译小说论》中说，民初众人都在模仿林，赵焕亭之言正可为一有力旁证。

　　关于赵焕亭中青年时期的其他职业信息，目前仅知进入民国后，他曾经有若干机会可以入幕当道要人帐下，但他放弃了。雅号"民国老报人"的倪斯霆先生曾提及，据说赵焕亭民国后曾做过《汉口新报》的主笔，可惜未能找到这份报纸和相关资料，也尚未发现相关的新资料。

　　自1911到1919年之间，赵焕亭在《小说月报》和《小说丛报》上共发表小说十七篇，有十余万字。是否同期在其他报刊上有小说刊登，目前尚无线索，但凭这些精彩的"林味"文言短篇小说，"当时名士如武进恽铁樵、常熟徐枕亚、无锡王蕴章、桐城张伯未、费县王小隐、洹上袁寒云、粤东冯武越，皆与先生驰书订交或论文"。

　　赵焕亭后来稿约不断，小说连载与副刊专栏在京、津、沪等地报纸杂志全面开花，持续二十余年之久，应与结交了这么一大批南北方的著名报人、编辑和文化人有很大关系。

　　当1923年来临之际，赵焕亭进入了小说创作的"爆发期"。

　　1月，《明末痛史演义》六册出版。

　　2月上旬，武侠小说名作《奇侠精忠传》开笔，此时他已四十五岁。该书直接就以单行本面貌出现，初集十六回初版于1923年5月，此时"南向"的《江湖奇侠传》第十回刚刚连载完毕，结集的第一集似尚未出版。赵焕亭的写作速度相当惊人。

10月，长篇武侠小说《英雄走国记》开笔，取材于明末清初的各家笔记，描写南明志士的抗清故事，全书正续编共八集。

自1923年到1931年这八年间，赵焕亭除了完成上述两部百万字的长篇武侠小说之外，还陆续写下了《大侠殷一官逸事》《马鹞子全传》《殷派三雄》（含《殷派三雄续编》未完）、《双剑奇侠传》《北方奇侠传》（未完）、《山东七怪》（未完）、《南阳山剑侠》《昆仑侠隐记》（未完）、《惊人奇侠传》《奇侠平妖录》（《惊人奇侠传》续集）、《情侠恩仇记》（连载未完）、《蓝田女侠》和《不堪回首》（历史小说）、《景山遗恨》《循环镜》《巾帼英雄秦良玉》等十六部各类体裁的小说，至少五百万字，创作力之旺盛十分惊人。

进入20世纪30年代后，赵焕亭的新作以报刊连载小说为主，多数是武侠小说，少数是警世小说，如《流亡图》。1937年"七七事变"爆发，华北彻底沦陷，遍地战火，赵焕亭的连载就全部停了下来。截至1937年7月15日《酷吏别传》从报上消失，目前已知和新发现的京、津、沪三地报纸上的小说连载共十三部，分别是：

北京：《范太守》《十八村探险记》《金刚道》《剑胆琴心》《鸳鸯剑》；

天津：《流亡图》《姑妄言之》《龙虎斗》；

上海：《康八太爷》《剑底莺声》《侠骨丹心》《鸿雁恩仇录》《酷吏别传》。

以上这些小说多数都未写完即从报刊上消失，连载完毕的几种，如《流亡图》《剑胆琴心》等也没有结集出版单行本。需要单独提一下的是，《剑底莺声》就是《马鹞子全传》，只是在结尾部分做了一点儿删改。

此时的赵焕亭已经年近花甲，岁月不饶人，伴随而来的是精力和体力的持续下降，对于写作质量的影响不言而喻，这一点其实在20世纪20年代的写作大爆发后期就已经有所显现。当然，稿约缠身、疲于写作也同样影响到写作质量。而20世纪30年代全国时局

6

的不停动荡——"九一八事变""淞沪抗战""华北事变"……对于社会的安定造成相当的影响，自然也波及报纸的生存乃至写稿人赵焕亭的生活和写作。

再有一个影响赵焕亭写作状态的重要原因，即赵妻张引凤于1932年夏天去世，对赵焕亭的打击异常大。他曾写了一副悼联，刊登在《北洋画报》上，文曰：

夫妇偕老愿终违何期卿竟先去；
儿女未了事正重此后我将如何？

张赣生先生评此联语"痛极反似平淡，一如夫妇日常对语"，可谓一语中的。赵焕亭本来于1933年开始在上海《社会日报》上一直连载武侠小说新作《康八太爷》，到3月份突然暂停，刊登了一批于1932年10月间写下的文言掌故小品，在开篇序言中更道出了对亡妻的深切怀念之情："则以忆凤庐主人抱奉倩神伤之痛，以说梦抵不眠，复冀所思入梦耳……以忆凤为庐"，专栏名"忆凤庐说梦"。原来，妻子周年忌辰临近，勾动了他的伤痛，于是停下武侠小说连载，转发"忆凤庐说梦"，足见伉俪情深。但从另一方面看，丧妻之痛对武侠小说创作有着直接的影响，也毋庸讳言。

当北方京、津及至上海一带战事暂告一段落，沦陷区的生活和社会局面也相对稳定下来，赵焕亭与报纸的合作又有所恢复。自1938年至1943年的六年间，他陆续写下《侠隐纪闻》《黑蛮客传》《白莲剑影记》《天门遁》《侠义英雄谱》《风尘侠隐记》《双鞭将》《红粉金戈》《荒山侠女》等九部小说，不过遗憾仍然继续，这些小说中只有《双鞭将》的故事勉强告一段落，聊算是不完之完。其他的均是半途而废，有的甚至只连载数月就消失不见，最长的《白莲剑影记》连载三年多，但从情节看，似还远未结束。

从有关信息推测，"七七事变"前后，赵焕亭已在玉田老家居住，抗战期间似也未曾离开。作为当时知名的小说家，自然经常有人向他约稿。从作品遍地开花的情况看，赵焕亭对于约稿有求必应，或许因此备多力分，造成不少作品烂尾，当然不排除有报方的原因。另外一直流传一个说法，谓那时不少作品实为其子代笔，或许这是造成作品连载未完就遭下架的另一个原因，不过目前没有发现确凿证据，仅聊备一说而已。

1943年以后，报刊上就看不到赵焕亭的作品了。目前仅发现一篇《忆凤庐谈荟·名士丑态》于1946年发表在上海的一家杂志上。同年12月，北京《一四七画报》记者曾发文，征询老牌作家赵焕亭近况。两周后，《一四七画报》报道："本报顷接赵焕亭先生堂孙赵心民来函，谓赵焕亭先生及其哲嗣彦寿君，刻均在玉田，此老仍康健如昔，知友闻知，均不胜欣慰。"

之后的报刊和市场上，再也没有出现赵焕亭的作品，但他在武侠小说史上，已经占据了应有的位置——"北赵"。

1938年金受申《谈话〈红莲寺〉》一文中即出现"南有不肖生，北有赵焕亭"一语，估计这一评语的真正出现时间应当更早，因为针对二人的武侠小说成就，在1928年5月的《益世报》上，就刊有署名木斋的读者发表了《评〈北方奇侠传〉》一文，该作者指出："近时为武侠小说者极多，而以（赵焕亭）氏与向恺然氏为甲。"并认为："（赵焕亭）氏之长处为能以北方方言、风俗、人情、景物，一一掇取，以为背景。盖氏本北人，于此如数家珍，而向来技勇之士，亦以北人为多，故能融合于背景之中，使卖浆屠狗之徒跃然纸上，读者亦恍若真有其人，为其他小说所不易见。其描写略似《七侠五义》及《儿女英雄传》，而卓然自成一家，盖颇具创造之才，非寄人篱下者也。"

对于与赵焕亭齐名的、同为武侠小说"甲级高手"的"向恺然氏"及其小说，木斋却并没有做进一步评价和比较，反而以当时著名的南派通俗小说家李涵秋与赵焕亭做比较，认为"苟取二氏全部著作之质量较之，则赵之凌越李氏，可无疑也"。

从这个角度看，木斋虽然把赵焕亭与向恺然相提并论，但他对赵氏武侠小说特色的评论，可以用之于任何小说。或许木斋心中对于小说类别并无定见，一定要遵循小说上的标签，但从另一方面来说，赵焕亭小说的"武侠特征"与向恺然相比，颇不相同。

简而言之，"南向"偏"虚"，而"北赵"重"实"。"南向"《江湖奇侠传》等小说是玄奇怪诞的江湖草莽传奇故事；"北赵"《奇侠精忠传》等小说则是在一幅幅市井、乡村生活画中，讲述的历史人物传奇故事。

虽然是传奇故事，总的来说，赵焕亭小说中的大部分故事都有所依据而非向壁虚构。《奇侠精忠传》据一部《杨侯逸事纪略》敷衍而成，《英雄走国记》则采明末笔记中人物和故事而成书，《大侠殷一官逸事》来自河北蓟县大侠殷一官生平逸事，《山东七怪》《双剑奇侠传》则依据山东济南、肥城一带真实人物的乡野传闻等。对于情节中涉及的历史事件，他的基本态度也是尊重历史记载，如《双剑奇侠传》中，浙江诸暨包村人包立身率众抗拒太平军，最后兵败身死。赵焕亭基本是完全采用相关笔记记载，连所谓的法术传说也照搬。为了故事情节的充实与好看，他当然会做一些发挥和演绎，比如把包立身这个普通农人改为武艺高强、韬略精通的英雄，同时还有好色的毛病，但这类演绎都不会改动历史事件本身的结果。

而对于不涉及历史事件本身的内容，赵焕亭就表现出化用材料的本领。在《续编英雄走国记》中，有一段谈到广西的"过癞"（俗称大麻疯，一种皮肤病）之俗，当地女子若不"过癞"给男子，自己就会发病，容毁肤烂，于是，很多过路人因此中招，而一个广东公子因女方多情善良，得以免祸。该故事原型出自清代著名笔记《客窗闲话》，发生地本在广东潮州府，"发癞"人也是男方，不惧牡丹花下死而中招。幸得女方情深义重，主动上门照顾，后来无意中让男的喝了半缸泡了乌梢蛇的存酒，癞病豁然痊愈。赵焕亭改变了故事发生地，发病人则改为女方，于是，一方面表现了女子的多情重义，另一方面又展现了男子一家的明理与知恩图报。治癞之方则仍然是那半缸乌梢蛇酒。

"北赵"的重"实"，还体现在小说内容的细节上。举凡山东、河北等地的风景名胜、美食佳肴，或出自前人笔记如《都门纪略》之类书籍，或出自作者往来京、津、冀、鲁各地的亲身经历。就连书中不经意间写到的地方风物，也同样是实景实事。《北方奇侠传》中有一段情节写向坚等几兄弟于苏州城外要离墓前给黄鼐饯行。此地风景如画，"左揖支硎山，右临枫泾"，不远处是"隐迹吴门，为人赁春"的梁鸿墓。笔者曾根据上面这段描述向苏州一位熟悉地方文史的朋友询问，他证实苏州阊门外确有支硎山这个古地名，今天见不到小山了，清代曾在那里挖出过古要离墓的石碑。

赵焕亭的长篇武侠处女作《奇侠精忠传》，洋洋洒洒上百万字，以清朝乾嘉年间杨遇春兄弟平苗、平白莲教事为主干，杂以江湖朝野间奇侠剑客故事以及白莲教的种种异术奇闻，历史味道看似浓厚，然而里面有关奇侠剑客的内容所占比例并不算大，平苗和平白莲教的战争与武打场面也有限，倒是杨遇春师兄弟及各色人等的日常生活与交际、各类生活琐事的碰撞与解决则占了相当大的篇幅，农村空气中漂浮的乡土气味仿佛都能闻得到。其他长篇小说如《英雄走国记》《北方奇侠传》《惊人奇侠传》等也莫不如此。

一触及生活内容，赵焕亭手中的笔就显得格外活泼，村夫野叟村秀才，恶棍强盗恶婆娘，还有诸如闲唠家常和赶庙会的农村妇女、混事的镖师之类过场人物，其言语举止、行为谈吐，或粗鄙，或斯文，或虚伪，或实在，展示着世间的人情百态、冷暖人生。比如《大侠殷一官逸事》中，名镖师李红旗的镖车被劫，变卖家产后尚缺几百两银子赔款，以为和北京镖局同行交往多年，这最后一点儿银两多少能得到点儿帮助，结果各位大小镖头该吃吃，该喝喝，拍胸脯的、讲义气话的、仗义执言的……表演了一个够，最后镝子儿不掏，躲的躲，藏的藏，还有捎回点儿风凉话的，把李红旗气得半死。已故著名民国通俗小说研究学者张赣生先生称赞这段文字不让吴敬梓《儒林外史》专美于前，而类似的文字在赵氏小说中也不止一处。

虽名"武侠小说"，而满纸人世间的生活百态与人情勾当，使得赵焕亭小说表现出与大部分武侠小说颇为不同的特色。书中的侠客奇人们更多地表现出"世俗气息"或曰"世情味"，而缺乏"江湖气"。他们活动的地方多在乡村、市镇乃至庙会中、集市上，除了头上被作者贴上个"大侠""武功家"之类的武侠标签外，其日常言语、行为与普通市民、村民并无二致。若说"南向"小说中人物是"江湖奇侠"，那么"北赵"书中人物最多称得上是"乡村之侠"。即使是已成剑仙的玉林和尚、大侠诸一峰、南宫生等，也没有在名山大川中修炼，反而在红尘中如普通人般生活，有当塾师的，有干算命的。《奇侠精忠传》和《英雄走国记》属于赵焕亭小说中历史类武侠，书中正反面人物各个盛名远播，也仍然近似普通人，而无我们常见的武林人面目。

应该说，这样的侠客源自他心中对"侠"的认识。在《大侠殷一官逸事》（1925 年）序言所述："予独慕其生平隐晦，为善于乡，被服儒素，毕世农业。侠其名，儒其实，以是为侠，乌有画鹄类鹜之虑乎？……俾知真大英雄，必当道德，岂仅侠之一途为然哉。"

再如次年所写的《双剑奇侠传》，男主角山东大侠梁森武功大成之后，"恂恂粥粥，竟似一无所能，武功家的矜张浮躁之习，一些也没得咧。……绝口不谈剑术。春秋佳日，他和范阿立有时巡行阡陌之间，俨然是一个朴质村农"。活脱脱是大侠殷一官的又一翻版。

可见，"儒其实"才是赵焕亭认可的"侠"之本质，侠行、侠举只是外在表现。真正的英雄豪杰，必是重操守、讲道德的人物，苟能如此，又不一定只有行侠一途了。他有这样的认识，无疑与前文述及的自幼年即长期接受儒家思想的教育密不可分。其实，在更早的《奇侠精忠传》中，他就是完全按照儒家的做人标准来写主人公杨遇春，一个类似《野叟曝言》主人公文素臣般的完人。其人武功高强，处处以儒家的忠孝礼义廉耻观念要求自己，也教导、劝诫贪淫好色的师弟冷田禄，更像个老夫子，不像个名侠，刻画得不算成功，但"侠其名，儒其实"的观念已经形成，并一直贯彻到后面的作品中。如1928年写的《北方奇侠传》，主人公黄向坚事亲至孝，终于学成绝艺，最后万里寻父，同样也是"儒其实"的表现。

就这一点而言，"北赵"之侠或又可称为"儒侠"。"南向""北赵"之别不仅在于两人的地理位置之不同，也在其侠客属性有所不同。

作为"儒侠"的对立面，自然是"恶徒"，武侠小说中不能没有这样的反面角色。赵焕亭自然不能例外。值得一提的是，赵焕亭小说中的不少主要的反面人物并不是一出场就开始作恶，甚至很难说是一个恶人，如《奇侠精忠传》中的冷田禄，虽是名师之徒，但屡犯淫行，品行不佳，但在杨遇春的不断劝诫与行为感召下，心中的善念在与恶念的斗争中，曾一度占了上风，于是冷田禄力求上进，千里赴京，追随杨遇春投军，在平苗战役中立了不少功劳，但最后还是恶念占了上风，彻底滑入邪魔外道中。又如《大侠殷一官逸事》和《殷派三雄》中的赵柱儿，本是聪明孩子，性格上有缺点，虽有师父、师兄的提点、劝告，但终不自省，终于蜕变为真正的淫贼。《马鹞子全传》中的主人公马鹞子，由乞丐小童成长为武林高手，然而不注重品德修养，逐渐热衷功名富贵，不论大节与是非，反复无常，最后羞愧自尽而亡。马鹞子王辅臣是真实的历史人物，最后结局确实如此，小说中发迹前的故事多是赵焕亭的自行创作，讲述了一个武林好汉如何变为热衷功名、三二其德的朝廷走狗的历程。

上述这类角色身上都或多或少反映了人物性格的复杂和多变，赵焕亭或许并非有意塑造这样另类的武林人物，但与同期包括之前的武侠小说相比，大约是最早的，有些角色也是比较成功的。

对于这些角色包括书中的真恶人，其为恶的途径与发端，赵焕亭却处理得很简单，基本归于一个字——淫。恶人无不是好色之徒，也往往由各类淫行，终于走上为恶不归之路。更有甚者，普通人物也往往陷入其中，招致祸端。如此处理人物未免过于简单，只是赵焕亭在这类事情上的笔墨也花得有点儿过多。

顺带一提的是，时下论者都认为"武功"一词用于形容功夫系赵焕亭所创。其实他用的也是成品。清朝著名笔记《客窗闲话》续集里有《文孝廉》一文，其中就有"我虽文士，而习武功"一语。准确地说，赵焕亭的贡献是在民国武侠小说中率先使用而非创造该词的新用法。赵焕亭自己肯定没有想到，这个词竟然成为日后百年间武侠小说作者的必用词语，也成为日常生活中的常用语。

赵焕亭的武侠小说具有其他名家所没有的"世俗风情"，以此似完全可以单独撑起一个"世情武侠"的门户，与奇幻仙侠、社会反讽和帮会技击诸派别并立于武侠小说之林。

作为掀起民国以来武侠小说第一波高潮的领军人物"北赵"，作品无疑极具研究价值，可惜一直未能得到应有的重视。1949年新中国成立后，直到20世纪90年代才有零星的赵焕亭武侠作品出版，至今二十多年间，仅出版过四种。

此次中国文史出版社全面整理出版的赵焕亭武侠作品，大部分是新中国成立后从未出版过的，所用底本也尽量选择初版或早期版本，即使如出版过的《双剑奇侠传》《奇侠精忠传》《英雄走国记》和《惊人奇侠传》，也都用民国版本进行校勘，由此发现了不少严重问题。《奇侠精忠传》漏字、漏句和脱漏段落十余处，近2000字；《惊人奇侠传》漏掉了大约15万字；《英雄走国记》20世纪90年代的再版只是正编。这些意外发现的问题已经在此次整理中全部加以解决，缺漏全部补上，《续编英雄走国记》也将与正编一起出版。

此次出版的作品集中，还有几部作品需要在这里略做说明：

《南阳山剑侠》是赵焕亭写于20世纪20年代的文言武侠小说；

《江湖侠义英雄传》，又名《江湖剑侠英雄传》，系春明书局

1936 年出版的长篇武侠小说，封面、扉页均未署有作者名字。从赵焕亭所撰序言看，也许另有作者，他则如版权页部分所示，为"编辑者"；

《康八太爷》和《风尘侠隐记》都是未曾结集的报纸连载，也没有写完。为了让广大读者和研究者全面了解赵焕亭 20 世纪 30 年代和 40 年代不同时期的小说特点，特地予以抄录，整理出版；

《殷派三雄》在天津《益世报》上一共连载四十回，未完。天津益世印字馆出版单行本三册，仅三十回。此次出版据报纸补充了未曾出版的最后十回，以示全貌予读者。

笔者多年来一直留意赵焕亭的有关资料，幸略有所得，今效野人献芹，拉杂成文，期副出版方之雅爱，并就教于识者。

是为序。

顾　臻
2018 年 8 月 20 日于琴雨箫风斋

目　　录

2

第一回

山神庙降香惊睡虎
文县令献策净围场

剑影刀光笔底来，奇情都向此中开。
弯弓射羿者谁子，尝旦酬师亦壮哉。

绝世凶顽兼盗侠，感天孝义动风雷。
旧都逸事人能说，菜市街头鬼哭哀。

开场诗道罢，就中引出作者这部武侠奇情孝义复仇的小说。其中情节，端的是可歌可泣、可惊可喜，诸公当此热天，不须去乘凉避暑，只消手此一卷，北窗高卧，逐字逐段价读下去，保管你两腋风生，烦襟顿爽。因为但看这起手杀虎的一段，便吓得诸公冷气飕飕，都从脊梁骨上冒了。至于全书的细情节大关目，更是迥不犹人，只好就此打住，以下慢叙。

这盘马弯弓故不发，本是小说家的老法儿，你且别忙，且请去闷一霎，人家说得好来，读小说不怕闷，因为愈闷愈快，若那种直脚袋似的小说，一览无余，虽则不闷，那快感也就说不到了。但是，作者一支秃笔，穷干了十余年的武侠小说，虽谬博微名，颇有著作，却散见于沪书坊平津报纸之间，却不曾在沪报纸上见些笔墨。这大概是南方人们文弱，报界先生们便投其所好，专取些言情社会类的

1

小说登在报屁股上，因此便征采不到区区在下。不想《社会日报》独具特见，偏偏驰书约作这部武侠小说，这真是令人可喜的事，作者并非喜的是卖文得钱、治饿肚皮，却喜的是《社会日报》独能取慷慨悲歌之作品，以振南方人士尚武之精神哩。

哈哈！说到这里，你瞧好热闹的《社会日报》哇，才过去神龙不测的大刀王五，又来了横虎飞空的康八太爷。这两个人都是前清同治光绪年间江湖间响当当的角色，并非作者们面壁虚造来哄诸公。但是说到康八这小子，凶淫异常，无所不为，仗了一身绝世武功，杀人放火，采花盗财，不但拒捕戕官，并且横行都市，驯至于劫皇纲闯御园，连九门提督的胡子都剃光，慈禧太后的珠履都盗去。此等高去高来，虽是本领惊人，毕竟是个飞贼角色，似乎不可与行侠尚义的大刀王五相提并论。但是，康八虽是个杀人不眨眼的凶盗，他那良心偶然流露，意气忽然发作处，所作所为也颇有些侠义可称。皆因他一念之差，忍于其师，行同枭獍，遂致堕入邪恶之途，这才引起了孝义双侠许多的奇情壮彩，便是作者这部书的骨子了。至于康八当时的威名，在北方各省真是能止儿啼，后来他伏法之后，也有编戏本的，也有编唱本的，演叙得离离奇奇。其实都不是那么一回事。

闲言少叙，书入正文。

正是：

枭鸾本同门，一念分邪正。
把笔传盗侠，生气犹凛凛。

话说前清同治年间，那口外热河地面有两处很大的建筑，一是行宫，名为避暑山庄，其中的楼台殿阁，一切铺陈，便如北京的颐和园一般，是准备皇帝偶然巡幸驻跸的；一是木兰围场，据说那围场足有方圆百里的面积，其中有大山，有老林，缭以周垣，场门四启，好不壮阔得紧。

这围场是专为皇帝秋蒐而设，俗又称为打御园。要说皇帝羽猎，虽说是操练骑射，以示神武，并昭示臣民无忘武备之意，其实也是皇帝在宫中闷得不耐烦了，想到外边白相白相。他老人家龙心一动不打紧，这番排场可就大咧，那扈从的王公大臣并各档的执事人员，以及羽林卫士等等，都一色地撰袍端带顶盔贯甲，由都门直接御路，真是千乘雷动，万骑云屯。又有随行宫监、副车妃嫔，翠华所至，百姓跪道纵观。至于沿途的一切供帐，縻国帑币万计，更不消说。及至到得围场外，那一片行幄参不整齐，是皇帝的御幄居中，其余扈驾人等的行幄，如插旗镖，四周环列，再其外，便是羽林铁骑列帐巡缴，以防不测。一切排场都毕，大家略息，然后由御园常值的虞人，并勇健侍卫，引驾入围场。

　　这时，皇帝骑逍遥马，带了宝雕弓、金钑箭，全身戎装，便如戏场上的小秦王朱洪武一般，由大家捧到猎圈之内。那侍卫们是分弓箭队、标枪队，便雄赳赳列立皇帝左右，当由引兽虞人戴了兽头面具，分头价伏向四外深林茂草中。须臾，呦呦鸣鸣，作各种兽鸣，并奔腾骇蹿之声。说也奇怪，舌然就有野鹿野猫并狼子等等，纷纷乱跑，于是皇帝弓开如满月行天，箭去似流星落地，嗖的声，先发御射，然后侍卫等枪箭齐奋，众兽倒地，于是大家都伏，齐呼万岁。

　　这一场闹罢，又由虞人引皇帝到一处猎圈之内，皇帝身旁便加多了标枪侍卫。须臾震天价一声吼，便有一只猛兽，或虎或豹，或是披发人熊，被众虞人持叉赶来，于是皇帝飞马又是一箭，那箭中也罢，不中也罢，但是那猛兽早被大家枪叉齐下，搠煞在地了。

　　哈哈！你道围场中便有这么现成的猛兽吗？如果这样，真是圣天子百灵拥助，便是山神土地也要抱皇帝的粗腿了。原来那猛兽等物都是当值虞人先期捕得，在笼内豢养着，单伺候这份差事的。到御猎时，便开笼纵兽，哄着皇帝龙颜大乐而已，上下欺瞒，有如儿戏。

　　如今单表这一年，木兰围场又将到秋蒐之期，照例地先期两月由内务府大臣领了手下人员，并虞人夫役人等，来启放场门，收拾

3

一切。因为场内的荒草恶木，有碍人行的，都须剪除，偌大的面积，每一队夫役进去，就是一二十人，其余的人等便收拾场外各地，以做驻扎行幄的准备。但是，每天进去的夫役，及至息工出来时，总少个四五人，里面百里方圆的面积，又没法去寻。

过得两三日，那夫役头儿慌了手脚，便向内务府某大臣道："这围场本是圈来的一块荒地，其中高山老林，年深日久，或者就有精灵等物作怪，那里面靠西南角本有座山神庙，向来收拾场内时，都是该由管围场的老爷们前去致祭，如今大人何妨亲去致祭祷告一番，以后夫役们进去，或许就平安了。不然，夫役们因丢了人口，都不敢入内，倘误了差事，如何是好？"

某大臣听了，觉得甚是有理，又搭着旗员们都信神道，又要卖卖气力，显显自己的精诚，于是传下令去，命人先到山神庙扫除大殿，摆设祭品，自己躬赍高香，只带两个仆人，步行前往。

到得次日，某大臣居然发恨地起了个大早，用毕早膳，又过足了大烟瘾，因为祷祭神明，须毕恭毕敬，方足以昭虔诚。于是靴乎其帽，袍乎其套，翎顶辉煌地扎括停当，由两仆引路，摇摇摆摆，竟入围场。起初是乘着高兴，又场门边路还平坦，某大臣大步小步踅过一程倒还罢了，哪知转弯抹角，已踅过十来里，却已叫了妈咧。因为路既渐渐崎岖，他老人家又穿了厚底朝靴，踏在那滑烂荒草上，既已一步一蹶，又搭着荆棘牵衣，盘旋吃力，所以直弄得大汗满头。

一路颠顿之下，不由暗恨道："都是夫役头那厮，好端端的无事生非，请我去祷什么山神？夫役们不见了，或是畏劳逃跑，亦未可知，他们便说有什么精灵作怪，岂非笑话？"想至此，心下虔诚一懈怠，便越发步步吃力。好容易奔到那山神庙前面时，只见高高的一处山坡，四外价林木映带，乱石纵横，从孤耸耸一处崖头下面，却现出一座山神庙。某大臣没奈何，喘吁吁上得山来，就庙前略为驻步，仔细一瞧。但见：

胶泥碎石砌红墙，夹路松荫面凉凉。

云气灵风多恍惚，烟庭开处见深堂。

当时某大臣不暇细瞧，即便跟了仆人匆匆进庙。这时，里面的执事人等都已伺候，先引某大臣到歇息室内小坐吃茶。某大臣劳乏已极，没处去过烟瘾，只好悄悄吃了两个烟泡，不觉精神暴长，便到大殿上焚香叩祷毕，站起来徘徊一番。只见除一个怪模怪样仗剑端坐的山神外，何曾有什么精灵出现？这时执事人们早于歇息室内摆下点心，随行的两仆人亦于下房中吃茶歇坐。某大臣跑了许多山路，也觉得饿了，便在歇息室内更换了便衣便帽，一面落座用点心，一面由窗内瞧那崖头上，草树青葱，甚是有趣。于是逡巡踅出庙来，信步由一条平洁沙路上转向崖后。但见长松高槲，杂以大石林立。那石块千形万态，或以蹲狮，或如舞凤，或偃蹇如老人，或森声如奇鬼，那平沙细草之间，复有许多的明洁白石子，光滑可玩。

某大臣一路觇玩，不觉踅过一二里远近，便就一块大石上歇坐下来，正望着四外山光，心目开豁，忽闻距身旁不远处一块大石后似乎有人鼾息如雷。某大臣以为是樵牧人等偶然盹息，也没在意，不料那鼾声越来越大。某大臣觉得诧异，不去张时，还倒罢了，一张时，登时倒抽一口气，两条腿子只颤索索乱抖起来。

原来那石后深草中，正尾北头南，伏着一只斑斓睡虎，一条懒龙似的大尾巴盘向颐颔之间，所以堵得息闷如雷。那身躯一半为深草所掩，但见那黑黄花脊就有丈许长，好不凶实。昔人有诗，单道这睡虎的光景，道：

暂敛雄威藏爪牙，吞牛气概总无差。

大风惊起山君梦，长啸一声山月斜。

当时某大臣魂惊千里，一面扳着腿子，好容易回身转步，一面

5

颠倒价念着佛爷菩萨，又暗想道："怪不得近日丢失夫役，原来都变作虎老官的张鬼了，好山神，真够朋友，俺特地来虔诚致祭，你倒和俺开起玩笑来咧。"怙惚间，原想举步如飞，哪知那两只鸟脚只管就地上乱画圈儿，正死命地跑到崖前，忽地长风起处，树叶乱飞，并闻背后岔道上一阵奔腾。某大臣骇极，以为是老虎赶来，腿下一蹶，正在扑哧一跤，却闻仆人喊道："老爷慢走，如今时光不早，自也该转去咧。"说话间，趱过两仆，扶起某大臣。

原来两仆在下房中歇息够了，也来这岔道上散步，恰巧值主人家慌张跑来哩。当时某大臣定神良久，方能胡乱地一说所见，也顾不得再入庙去，即和那两仆匆匆价便奔归路。这次却举步如飞，两仆垒息，始能追及。因为某大臣怕老虎赶来之故，及至出得围场，进得行馆，却一堆泥似的瘫在那里，张着大嘴，直喊："虎……虎……"

这一乱，大家都知御围场中出了老虎，连随行的幕友师爷等也都趱来问状。只见某大臣正歪在榻上，一面双枪并举地大过烟瘾，一面鸟乱得一天星斗，一会儿叫左右去锁起役夫头来，一会儿又要派人去拆那山神庙。幕友中有机灵的，等他毛色性儿发作过，便正色道："东翁且不要乱，那没要紧，快些想法捕虎才是。不然，秋蒐到来，惊了圣驾，那还了得！"

某大臣这时正一气儿抽着娇黄稀嫩的面条烟泡，嘴腾不出，便用手中的烟签乱晃，一面鼻孔间烟如白絮。及至拔出嘴中枪，又赶忙喝了一口酽茶，顶下烟去，然后跃然坐起，一丢烟签道："他妈的，那虎不虎的，通不干我事，围场不净，自有地方官去担处分，难道我有本事去寻武老二或飞镖黄三太吗？"

说着，一个卧鱼式翻身过去，方要去取烟枪。那幕友却道："东翁，话不是这等讲，此事要大家和衷共济，不可专靠地方官去办。刻下此地的县官，名叫文斌，也是咱们旗人，并且为人精明强干。东翁似乎该降尊一下子，请他到来，彼此商量个道理才是。东翁既办着围场的差事，焉能袖手呢？"

6

一句话提醒某大臣，这才登时命人去请文斌。慢表这里围场闹虎，顷刻轰动远近，并那夫役人等也都停了工作。

如今且说那文县官，既闻得御围场出了老虎，惊了某大臣，因在本管的地面上，正要去禀见某大臣，一来道惊慰问，二来就势探探他的口气，是想甚办法，若是他自有办法，自己便乐得不管了。正在怙悌之间，恰好某大臣派人来相请，并须马上就去。文官本是精干老吏，先自心下盘算一会儿，暗想道："这不消说，他定因老虎的事寻我想办法，俗话云，重赏之下，必有勇夫，我且叫他破费一注大钱，多少我总可以从中捞莫一半。他们内务府好不肥实，用一报十，每年便有百八十万银入腰包，俺今敲他个小小竹杠，且不为过哩。"想罢，便整整衣冠，直赴行馆。

每次文官趋跄叩见，那阍人们都火辣辣地待理不理。这次履才踵门，那阍人早笑脸相迎，左一个文老爷，喊得震天，并且如飞传禀进去。文官暗笑之下，一面打叠言词，随他进得客厅。只见某大臣正歪在烟榻上，抱着一夏三攘玉嘴的烟枪，似睡不睡，明亮的广漆烟盘旁，排枪似的横着四五支各式烟枪，紫泥的寿州斗上，起着枣儿大的烟泡，那盘中精巧镂花玲珑剔透的太古灯，却有些昏暗暗的。因为这时某大臣过瘾半足，舒服得已入化境，探项垂头，迷齐得眼只剩一缝。但见那烟斗岑不离灯，老长的指甲和烟泡正熏在烟焰上，发出一股焦臭之气，也不知是烧得是烟臭，是人臭。

正这当儿，恰好某大臣喃喃吃语了两句，手一歪，啪的声，斗落盘内，那久低的头急切间挺不起脖儿。慌得那阍人赶去搊扶，又是一面低禀文老爷已到。这里文官趋进张时，不觉好笑。

正是：

　　　　未见应征来勇士，先劳画策到贤侯。

欲知后事如何，且听下回分解。

第二回

木兰围应募来壮士
磨盘山置酒会名王

　　且说文官见某大臣龇牙咧嘴地被仆人拥起，乜着眼子，先是一个呵息，好笑之下，连忙趋近道："大人不要劳动，卑职现在这里伺候。"

　　一句话闹得某大臣直跳起来，乱吵道："了不得，文老哥，你瞧瞧这档子事多么糟，凭那所在，愣会出那个，这不是野岔儿吗？那家伙大嘴一张，不会客气，便是皇帝，它也要尝尝滋味。如今少说闲话，你老哥也该替兄弟想个道理才是，不然的话，惊了御驾，俺这份差事当糟了，轻煞的罪名也须向黑龙江跑过跑（谓谪戍也），若再时气别扭点儿，说不定也许闹这么一家伙。"说着，侧起一掌，竟向文官顶上一削，又吐舌道，"文老哥，你好歹地也是个地方官，只怕兄弟当真挨这么一家伙时，你也脱不了干系哩！啊呀呀，怕人怕人，咱且躺下商议吧！"说着，抹抹脑门上的虚汗，将文官拖就客位，自己陪卧下来，一面唤仆人快泡好茶，一面抄起一只虎尾九节钢鞭式的甘蔗老枪，直递过来，道："你尝尝人头土（烟土名，用罂粟花瓣团团包裹，形似人头，故名。或云即广土，或云印度土，此亦黑籍中瘾君子之掌故也，不可不识，一笑），味道还不坏，并且很好的劲头儿，咱谈话没讲究。便是小妾，每天晚上总要叫兄弟用这土，你想这土若没劲儿，她也不来管这闲事了。"说着，哈哈一笑，一手持签，一手竟去扶斗就灯，殷勤敬客。

在那时光的交际，主人这样敬客，是靠近无比的，况且文官素知他这支甘蔗老枪非同小可，还是他祖太爷留下来的传代法宝，因口泽手泽之所留，某大臣视如至宝。如今居然以此敬客，总算靠近到十二分了。

当时文官见某大臣急来抱佛脚的光景，早已心下打就谱儿，索性地也不客气，便呼呼地吸了两口烟，然后笑道："大人不必着急，好在秋蒐为日尚远，热河地面有的是惯走山林打洪围的猎户，只须命他们到围场中猎取那虎就是。话虽如此说，毕竟猎人等还靠不住，倘或捕不着虎时，岂不误事？依卑职之意，还须一面张榜悬赏，募人来捉那虎，方为妥当。俗语云：'重赏之下，必有勇夫。'咱总须见了死虎，方算心头一块石落地。若但凭应官差的猎人们进围去，模模糊糊走上一趟，便报称无虎，或是说虎被驱走。倘圣驾入围，虎或闯出，大人，不是卑职好说血淋淋的丧气话，只怕那时，你真要挨……"

某大臣一缩脖儿道："哎呀！文老哥，你说丧气话不打紧，若真个丧了气，便不妙了。如今事不宜迟，你就快去张榜募人，那虎若在园中扎下窝成了群，更不好办了。"

文官听了，晓得是已到筋节，便攒眉沉吟道："卑职去张榜募人倒现成，只是这悬赏的银数也须请大人斟酌示下，或由卑职暂垫，或由大人处领取。因为应募者既然卖命，咱也须蓄银以待哩。"

某大臣道："好啰唆，这点子事，由你随便去办。只要见着死老虎，俺们内务府随手拨个万把银，算什么鸟事？你用多用少，只管来着，由我这里领取便了。"

文官听了，暗喜之下，料自己这一竹杠敲个正着，便又敷衍了几句话，匆匆退出。按下这里某大臣且耍烟枪，且自静候好音。

单表文官回到县衙，一面虚张声势地募壮士杀虎，一面传齐了猎户十来个人，命去入围捐虎。在文官之意，以为猎户们猎取虎豹也是常有的事，倘或捕杀那虎，便托言是募人得来的，但稍稍赏猎户些银两，自己便可以中饱某大臣的赏金，算计停当，甚是得意。哪知十来个猎户入围三四日，及至出围，却剩了七八个人，因为他们是分两队就围中从事搜捕，一队连个虎毛也没见着，那一队却如泥牛入海，永无消息咧。这一队吹哨齐人，却不闻那一队鸣枪相应，却于道途深草中见了些衣履残骨，并丢的猎具等类，这不消说，是被虎老官把去做点心用了。

当时文官闻报，好顿皱眉，只好从邻县各地寻求有名的猎人。其时有一猎人，诨号兔子王，因他善用一支线火枪，能以联珠发出，声如雷霆，并且健步善走，能追奔兔，故得此名。他手下猎伙们有数十人，也都是久放洪围的角色。看官，你道什么叫作放洪围？

原来口外热河地面有的是山套老林，往往数百里不见人烟，猎人们出发一次，须结大队，不但猎具齐全，并且须裹粮携皮幕，便如行军一般，及至天晚，便择地驻扎。至于放围时，都由那领队人部勒一切，怎的引兽，怎的下伏机弩箭，怎的喊山惊兽，怎的合围大猎，因其局面阔大，所以名为放洪围。

当时兔子王大队既应文官之命，自恃本领，也没将御围场内的老虎放在心上，便领了大队的猎伙来见文官。文官见他体格雄壮，头戴力士巾，腰束皮带，站在那里，威风凛凛，自然心下欢喜，于是便略言那一队猎户失事的光景。

兔子王笑道："他们是不惯放围，所以失事。虎为兽中王，凡所过处，草木都有异样痕迹，但是非眼亮的老手瞧它不出，这只须先探准虎的窝穴，然后再放围动手，便万无一失了。若逐虎的分队乱寻，岂能济事？老爷但请放心，小人不出三日，准能拖得个死虎来哩。"

那文官听他真吹了个滴溜圆，自然越发欢喜，于是先犒赏众猎人饮酒。大家大吃大喝一天，然后兔子王掮起那杆联珠线枪，领众入围。一路上枪叉耀目，弓弩排云，又由左右队长吹起一种极尖厉的铁叫子，浩浩荡荡，直奔御围场而来。

休要说满城人众都叉着腰子等看这位打虎而回的武都头，便是文官也十拿九稳，以为这一次总可以马到成功了。哪知三日之期转眼已过，却不见兔子王回头复命，闹得文官正在心下怙惚，恰好众猎人匆匆都回，其中单单地少了个兔子王。及至文官向他们问明缘故，好不骇然。

原来兔子王领众入围之后，因为要去先探虎穴，便就所经的道路上仔细察看。忽然来至一处，前有小溪，靠着矮矮的一处岭头，那溪边不但荒草都倒，并且沙路上隐隐有梅花虎迹。兔子王端相一会儿，便笑道："诸位且瞧，这左近定有虎穴，这溪边虎迹便是它就溪饮水之证验。且待俺翻过岭去，探探再说。倘或俺枪声一鸣，便是遇虎，你们便赶紧就此放围。待俺引它到此，便大家一齐动手。"

众猎人听了，唯唯之下，便登时分头埋伏。正鸟乱得一天星斗，兔子王已掮了火枪匆匆过岭。像这等阵仗，众猎人都已见惯，又知兔子王有联珠枪法，凡遇猛兽，无不得手。于是大家并不为意，只防备虎来跑掉。

大家这里正在眼观四路，一面倾耳，恰好闻得岭那面枪声大震，于是左右队长铁叫一吹，登时放围，并且闻得岭那面山风暴起，尘沙乱飞，大家以为是有虎来了，便目不转睛地专望岭上，哪知大家望得眼酸，却不闻一些枪声续起。及至左右队长趱过岭头张时，只落得叫苦不迭。

原来那岭后一片沙地上，虎迹纵横，鲜血满地，只剩了兔子王的火枪抛掷在地，至于兔子王就不问可知。这一来，轰动远近，都说是御围场出了神虎。这期间，却急煞文官，只因为自己希望的大财还没到手，先须自掏腰包把出抚恤银两与兔子王，并殉死猎户的家属人等。又因自己在某大臣面前夸下海口之故，当时文官沉吟一会儿，这才正经地张榜募人，标出重金酬谢，就县门首挂起榜来，并派两名伶俐衙役守候榜下。这一来又自轰动远近，那每日来看榜的人虽是十分热闹，但是却没人敢去揭榜。

过得数日后，也便没人来瞧，只有两个衙役大眼瞪小眼地坐在那里，倒招得往来的行人暗暗好笑。

光阴如驶，倏忽地过得两月余，文官知秋蒐为日不远，好不心焦，因没好气，便将两衙役责骂一顿，数说他们守候不当心，所以无人揭榜应募。衙役对官长不敢辩理，暗含着这闷气可就大咧。

一日薄暮时光，两役正在嗒然相对，却见各班衙役沽酒市脯，抱肩把臂，有的趱向班房，有的笑嘻嘻转向衙后猥巷。更有拉了吃衙门混饭的朋友们，且走且语，似乎交代钱物过节一般。一时衙前都静，定的鼓声、号声也便闹过一阵。

那甲役不由长长出一口气，向乙役道："喂！你见吗？你瞧瞧人家，再瞧咱们，人家这些日是人走时气马走膘，拿着大签大票，下乡去大吃大喝，呍五喝六，摆足了大爷谱儿，腰包还装得满满的，这会子打酒买肉、三朋四友地乐够了，还要去摸索小娘儿。咱呢，就他妈的可怜了，坐软监似的在这里，不但一个小钱摸不着，他老人家高了兴，还要给咱们屁股开张。今天眼睁睁又没人揭榜了，少时，咱也给他个穷开心，等下了班，咱到山东馆闹四两烧刀子、两碗羊肉烂面，吃饱喝足，咱两个去寻白家雀打连台，你道好吗？"

乙役笑道："你没的说，若干那营生，更要晦气了。咱们没奉这鸟差时，我就觉着晦气，因为我轻易不干那营生。有一天被朋友拉去胡闹，却他妈的遇着个白虎星君哩。"

甲役听了，不觉大笑站起，正要去卷起挂的榜文，却闻身旁有小儿笑道："爹爹你瞧，咱们那里叫作山猫儿，兔子似的菜物货，他们这里却叫作猛虎，又说得活龙似的凶实，出这样重价募人捕杀。早知这样，便来此地杀虎，只怕还要发了财哩。"

说着，那纸榜下角，伸过一只小手，哧的声，方揭破一角。便又闻有老者语音道："青儿，莫要顽皮，你放着正经不用心学，只管这些没要紧的事，这是御围场中的事儿，咱岂可冒昧应募？况且咱路过此地，又因此耽搁怎的？"说话间，拉了那只小手儿，人影双双，竟自趱过。

这里甲、乙两役忙望时，却是一个五旬开外的老者，携着一个十二三岁的女孩儿。那女孩儿头梳歪髻，额发初覆，生得团团脸膛儿，喜眉重穗的蝴蝶履，左手提一只竹篮儿，似乎是由街上市物而回。甲、乙相顾之下，再瞧那老者，生得赤红脸膛儿，剑眉海口，隆准虎目，飘着疏落落的三绺长髯，顾盼之间，精神四射。头戴卷檐草笠，身穿搭漆麻布杏黄衫，腰束草带，上面挂着短烟筒并烟荷包，下面露着邪缠布纹的腿绷，踹一双十纳帮的双梁青布鞋子。一手提着个酒葫芦，质朴朴的便如村叟，但是他步履之间，却又是一番气象。但是：

静如山峙动如流，趋走如龙气自道。
火气都消归质朴，便疑村老到街头。

当时甲、乙两役见他老少两人从衙前趱过数步，乙役便唾道："好晦气，俺当是真有揭榜的人，原来却是个庄稼老儿和小孩儿来说玩话，没别的，咱还是准备屁股着标吧！"

甲役道："慢着，俺看这老者形状不俗，咱们何妨去探探光景？硬拿他来塞塞责也是好的，横竖咱脱过这差事就是，管他会杀虎不会杀虎呢。"

乙役笑道："好主意，如此咱就快去。"

于是两人跳入班房，取了黑索，忙赶向衙前。早见那老者健步如飞，业已携了女孩儿混入县前长街人丛之中。

这时，街坊上灯火始上，行人车马十分热闹，两人只顾了直着脚子扬着头向前直闯，却不提防甲役在前，扑哧一跤，刚觉提索的那手按着个胖胖的屁股，便闻有人叫道："哎哟！我的妈，我把你这瞎业障，这是什么硬邦邦的东西就向屁股上按？老娘好容易穿件新衣，被你撞跌了一身土，如今少说闲话，你就赔俺衣服吧。"说着，由地下爬起个胖婆娘，只顾拖了甲役不放。

这一来，招得行人都围拢来。及至乙役赶到，向那婆娘赔礼毕，再望那老者和女孩儿，两点黑影儿已自没入街横头一条深巷之中。于是两人如飞赶去，只见那条深巷曲折而长，望衡对宇，都是小家住户，并且大半已关门闭户，虽间有临窗的灯火，也不过荧荧然有似青磷。两人没奈何，瞎摸了半条巷，何曾见那老者和女孩儿的影儿？

须臾，深巷已尽，却见靠南偏有处篱笆门，短篱周匝，里面灯光隐约。两人相顾逡巡，正没做理会处，却闻篱内那女孩儿喃喃地道："爹只顾吃酒罢了，却又叫人家要猴儿。那四平拳法，俺还生喳喳的，便是八门剑俺会了一半，有什么瞧头呢？"

即闻那老者笑道："你这妮子，只好躲懒，须知业精于勤荒于嬉，又道是幼不学老何为，你这妮子体力、气力都不错，就吃亏了贪玩不用心，所以长进不快。人要天生的性笨还可恕，像你这样便该打了。你瞧月光已上，趁此良宵，正好演习那八门剑法，俟俺酒罢，便教下一半剑法，何如？"

甲、乙听了，正在悄悄拉手，轻步价蹭至篱门，便又闻女孩儿笑道："俺偏不，爹自是没钱买肉吃，却拿人家做下酒物。与其这样却揭了那榜，杀掉山猫，还愁没钱买肉吗？"

甲、乙听了，正又悄悄捻手，即闻老者哈哈大笑，膛音洪亮，中气充足到十二分。两人暗喜之下，悄推篱门，却是虚掩的，先就门缝去瞧。这时月光已上，望得分明，但见里面是宽敞的一处院落，坐北朝南是三间草厅，也净敞异常。厅前有株直耸耸的老松，枝柯攫拿，直上青冥。其中有倒垂的枝干，势如飞舞，浓阴四覆，那月光从上面穿露在地，便如筛银簸玉，又如荇藻交横于空明积水之中。这时，堂上是红烛高烧，长案上置列把酒葫芦、竹篮儿，并有一柄二尺多长的蒲叶短剑，其光潋潋如水。那老者正和那女孩儿左右对

14

坐，一面从篮中探取食物，一冝拾起酒葫芦就口吸饮。

那女孩儿却不理会，只倏地拿起一短剑道："爹瞧着，你总只顾吃酒，不教给俺一半剑法，我可不依。"

老者听了，大笑之下，疏髯飘动，啪的声置下酒葫芦之间，那女孩儿早倒提短剑，用一个轻燕掠水式，嗖一声蹿向院中。这里甲、乙两役方见厅上烛光摇摇，并那老者撑臂据案，势如虎踞。那女孩儿已就一片月光中丢开身段，挥剑如风，嗖嗖舞起。但见：

> 银花乱飚处，光影四围关。
>
> 迅赴水趋壑，迟旋石砖雷。
>
> 八门多变化，一气莫非佪。
>
> 剑法真堪美，疑从越女来。

原来这八门剑法在武功中是初学入手的一套剑法，便如音乐中那套老八板一般，讲的是沉重坚稳，旋中规，折中矩，步步紧，招招实，不要那些虚飘的花招数。乍看去，似乎平平无奇，其实这便是初学扎实的根底，以后无论怎样的神妙剑法，大概皆由此变化而出，便如那钧天广乐，也离不了工工四尺上一般。当时女孩儿撒开一层层的剑势，前推后荡，左格右拦，倏地藏锋入地，倏地扬刃摩天，来如风旋，去如电逝，既已照得甲、乙两役眼花缭乱，偏又搭着她人小剑短，伶俐无比。须臾，舞到酣畅处，一个俏身儿直隐入一围剑光中，唯见那歪髻并蝴蝶鞋子或上或下。

这时，月色大上，甲、乙两役虽不懂得什么剑法，但是见那女孩儿的武功业已如此，那老者不消说，更是惯家了。正在相与捻手示意，要去推门，忽见那女孩儿就地一滚，直趋松下，明亮亮短剑一闪。甲、乙两役正又见厅上的烛光一捻，却见那老者从女孩儿背后一拍她肩头道："青儿，你记着，如与人对敌时，切须紧防背后，怎的俺跟你这半晌，你却不知回头照顾呢？如今俺且教你那一半剑

15

法吧!"

几句话不打紧，不但那女孩儿听得回身发怔，便连甲、乙两役也自怔住。原来两人直着眼子瞧了半天，竟不知老者跟在女孩儿背后，其身法灵妙，真可骇人了。

当时两人不暇再瞧，正要推门直入，恰见那老者接过短剑，便笑道："青儿，你须切记，这八门剑法的那一半，却是耸跃功夫为多，喜得你身儿伶俐，还不至费手。"

说着，唰一声，仰抛短剑，一道光华直腾树梢，便如放起火一般，一时间冷风四起，松叶乱落，那剑倏地劈叶而下。正乐得那女孩儿手舞足蹈，要去接剑，这里甲、乙两役却已大呼闯入道："你这老儿，倒会自在，方才在县前揭破榜文，却来这里吃酒舞剑。如今少说闲话，快随俺应募去吧!"

女孩儿见了，只顾拾取短剑。

那老者却笑道："头翁们，话不是这等说，孩儿家说戏话，手儿间揭破榜文，你等如何认起真来？老朽如有能为去杀虎，自当去揭榜应募哩。如今既承头翁等枉步，且来吃杯水酒如何？"

甲、乙听了，哪里肯依？便一抖黑索道："官差吏差来人不差，你的孩儿既揭破榜文，你就快去应募吧!"

按下这里老者听了，只好吩咐那女孩儿看守门户，且去随役赴县。

且说那文官当晚在公事房中阅过两件公事，正因捕虎之事心下发闷，忽左右来报，有人揭榜应募。文官大悦，先传进甲、乙两役，问明应募人的光景，便传进那老者一瞧，不由暗想道："这老儿灰扑扑的，只如村叟，哪里会能捕虎？没的倒搭上他一条老命，却也可怜。"因漫问道："你果能入围杀虎吗？但是那虎已伤却许多猎人，想是凶猛异常。你如今年已老迈，须要自忖力量哩。"

在文官之意，原是怕老者徒膏虎吻。哪知老者听到"老迈"二字，不觉双眉轩动，登时目光炯炯，透出着屹然山立、大有据鞍顾盼之势。这一来倒出于文官意外，诧异间，因又道："如此好极！你此去带多少猎人，并怎样的布置，且先说来，以便俺传谕齐人，准备一切。"

老者笑道："好叫老爷得知，只俺父女两人便能杀虎，其余一切不用。老爷若高兴，倒可以去瞧个热闹哩。"

文官听了，越发诧异之下，不觉也引起一团豪兴。原来这文官是满洲旗员，颇精骑射，当年在北京时，原是个飞鹰走狗的侠少角色哩。

慢表当时那老者和文官定准了明日午后同赴御围场，并那文官也自传出话去，准备一切。

且说次日早晨，那有人应募杀虎之事早已一处处远近轰动，大家又探知应募之人是一老者并一小女孩儿，你说谁不要去瞧这稀罕的热闹？于是不约而同，那场门左近各岔道上，来的人络绎不绝，刚及巳分时，那场门前业已聚拢得人山人海，但是大家却都不敢跟入围场去瞧杀虎。

正在彼此地纷纷乱望，忽见十余猎人一色的花布缠头，浑身劲装，提叉荷枪，结队入场，一面相语道："本县太爷随后就到，咱们先到山神庙伺候去吧。"

大家听了，方知文官竟有胆量去瞧杀虎，于是奔走相告之下，不觉也跟着壮起胆来。正在望着场门，且前且却，忽见猎人们的来路上，尘头大起，泼啦啦马蹄响动，先由四名雄赳赳的长大护勇，帕首荷枪，大步前驱，都一色的短衣佩刀，十分伶俐。随后是数对标枪、一柄红伞，跟了两名健役，引了一骑枣骝追风马，马上端坐定文官，浑身行装，头戴瓜皮更帽，穿一件天青缎窄袖得胜马褂，配着老米色宁绸八团花缺襟长袍，那玲珑雕玉扣带之上，右佩一柄七宝镶鞘的长铗宝剑，左佩一系对子荷包，并挂着精巧小火镰袋和小刀之类，就马上略磕马腹，早现出踹的一双鹿皮挖云薄底快靴。

那文官当少年时，本是个漂亮小伙，如今虽然上了几岁年纪，风采犹在。再加上这身行装一搭衬，居然显得英风凛凛，诸公要问他左边佩的诸物如此零碎不伦，却是何故？这其间还有点儿满清的小小掌故。

原是满人入关时，只是部落穹庐，逐水草为转移，又复射飞逐走，尽日驰猎，不离鞍马，所以佩这零碎诸物以备应用。当初所谓荷包者，便是所携的那老大牛皮袋，里面盛着干粮水壶之类，那火镰小刀子便为的是取火割炙兽肉，随时随地把来便吃。及至入关之后，那马上皇帝本是枭雄角色，唯恐满人沾了汉人文弱之气，渐忘本族尚武之风，于是除谕习骑射之外，并饬须佩荷包等物，以示不忘根本之意。不过后来所佩的诸物，制作得十分精巧，每一件就是数金之值，北京中并且专有制作此等物件的，如火镰胡同荷包巷等处，便是此等物品萃积之所。那时节，满人当国，此等佩饰自然最是名贵的了。至于那得胜马褂，便是清太祖吞灭叶赫部落时，亲率雄兵经血战四十余日之久，时当严冬盛雪，端的是堕指裂肤，太祖为鼓励士卒勇气，便单衣袒臂，亲摇桴鼓，士卒见了，自然是勇气百倍，正在潮水似卷向敌人，大呼突阵。忽地鼓声断续，大家忙望太祖时，业已冻得面目更色，于是敌人趁势大呼反攻。其时，却有太祖一个马前亲卒，忙脱下自己的马褂儿披覆太祖，这才鼓声又振，反败为胜。及至追奔逐北，凯旋而归，那亲卒却已冻僵在地。太祖为纪功，便珍藏起那件马褂儿，并赐名得胜，因此才流传开这件衣制。再讲到那缺襟长袍，这其间更有一段很热闹而有趣的故事。

原来当太祖兵威极盛时，却有一个雄强部落偏不归服。那部落在磨盘山下，其酋长为兄弟五人，因善制用火器，便以火为姓，以仁、义、礼、智、信排次为名。五人都骁勇非常，其中火礼生得赤发狞须，每临阵腾踔如风，便如飞天夜叉。五人又各拥有艳妻，都是从其他部落掠夺来的。那火礼的妻子喜着红衣，亦通剑术，每驰马军中，大家都呼为红姑姑。兄弟雄踞磨盘山，正过得快活日月，却不道这里太祖业已雄心陡然。自古那马上皇帝大概都好酒及色，太祖这时虽有天仙似的吉特后陪王伴驾，但是还不自足，既想收服了火氏兄弟，多得精良火器，又想得红姑姑来充下陈。于是便亲率雄兵，直压磨盘山，一面价遣使致书于火仁，来了个先礼后兵。火仁兄弟聚议一会儿，毕竟因卵石不敌之势，只好去归附。

当时五人进谒之下，太祖不但大咧咧地摆出一副受降的面孔，并索所有的精巧火器并红衣大炮。及至五人退出御幄，归路上所经行帐又被清将们盘来查去，瞧了许多狰狞脸子，所以五人都闹得索然短气，颇悔此降哩。但是事已至此，只好且结这新主的欢心，再作道理。于是一面遣人去酌交些火器红衣炮，一面杀牛宰马大犒清军，以尽地主之谊。兄弟五人和红姑姑等，又就宝帐中盛陈酒醴，大排筵宴，去请太祖前来会饮。端的是兰馐蜜醴堆满春台，极水陆之蔬果，穷山海之珍馐，又选乐姬舞女共八人伺候左右。届时，火仁兄弟并红姑姑等，五对夫妻都盛服到场，男的是雄冠佩剑，既多刚健之风；女的是云鬟花颜，更饶袅娜之致。唯有红姑姑却作俏丽劲装，窄袖蛮靴，秃襟矮髻，浑身红锦，既已灿烂如霞，偏又髻上插朵石榴花，越映得莲颊绯春，桃腮晕媚。

须臾，太祖的前驱已到，是五百名铁骑护卫，刀光如雪，先就帐幄外扎队停当，然后有数名佩剑刀士入帐去巡视一周。须臾，帐外远远地海螺吹动，火仁、红姑姑等料是太祖驾到，连忙出迎，只见十来个佩刀裨将，一色的红缨大帽，夹护了太祖，由垒门外徐步而来。那太祖秃着头，只御一件天蓝暗龙团花长袍，脚下是挖云垫月猪嘴式的软帮快靴，风仪严整中，又有潇洒之概，趋走间，果然有龙虎之状。于是火仁领众前趋，伏谒如仪。哪知太祖目光一转，却萦注到红姑姑面上，火礼大怒，手按剑柄，正要越班而出，却被火义暗踢一脚。一时间，宾主入帐，即便开筵，是个个花枝招展，来参过席，分列左右。这壁厢玉喉莺啭，那壁厢长袖风回，歌的歌，舞的舞，香尘四起，响遏行云。一时间杯来盏去，宾主极欢，倒也是一场盛会。但见：

19

穹庐风厂御筵高，妙舞清歌气自豪。

五虎一龙今会合，乐音嗺杀上干霄。

当时火仁等因为要结太祖的欢心，兄弟五人自起与太祖轮流进酒，自不消说。便连红姑姑等也都依次价亲捧玉盅，殷勤相劝。那太祖虽是个马上英雄，却当不得这班美人儿只顾就自己面前摆来摆去，瞧瞧这个，既红得可爱，望望那个，又绿得可怜，不觉酒到杯干，哈哈大笑。因趁醉踉跄站起，向火仁道："你等既归附于俺，咱就是一家人了。今日嘉会，不可错过，都须起舞，以尽兴致。俺虽是个莽汉子，也略晓些破阵舞法，且待俺先来献丑如何？"

说着，投袂而前，便就席前回旋舞起。果然是鸾翔凤翥，捷疾如风，于是乐姬承旨，便奏起一套军中得胜之乐，以助音节。太祖舞到得意处，未免要博美人儿一笑，便单就红姑姑身边逞些身段，却吓得红姑姑低垂粉颈，不敢仰视。因为火仁兄弟中，唯有那火礼善用一柄大环刀，尤其性如烈火，这时见太祖婆娑作态，向红姑姑障袖招握，全没些尊重气，已自气得环眼圆睁，手摸剑柄咧。亏得火仁机警，连忙向火礼一使眼色，却趁势道："大王既如此高兴，吾等亦合献艺，以助欢笑。"

于是拖了火礼等，各占场位，铁臂纵横，穿插游走，登时合作一套《夜叉舞》。这时，乐姬也便各换了铁板铜琶，奏起雄壮音乐。太祖见了，不觉鼓掌大笑，也不知是有意是无意，竟就红姑姑髻上拔下那朵石榴花，突地来了个胡旋舞式，翻转身，便加入舞场。这一来，火仁兄弟都惊，不觉霍地一分舞势，火礼大怒，一个鹞子翻身跳转来，甩得佩剑正在铮的声出鞘寸许。恰巧帐外泼啦啦马蹄响动，原来是接太祖的将弁到来。于是太祖大笑，掷花出帐。那火仁毕竟机警些，只得仍领众恭送如礼。

但见太祖飞身上马，领了一班如云铁骑，竟自直出垒门，滔滔去掉。一时间四边静悄，唯有自己部下人等都一个个嗒然无语。火仁叹口气，率众归帐，但见残肴满席，酒泼狼藉，连太祖坐的椅都被太祖狂舞翻倒。更刺眼的，便是地下那朵红艳艳的石榴花。兄弟相顾气索，正没做理会处，忽地眼前红光一眩，白刃双飞，却有一人从帐后直抢将来。

正是：

　　方见抛花戏美女，会看设计困名王。

欲知后事如何，且听下回分解。

第三回

乱紫沟兄弟遭火厄
黄风谷父女探山君

当时火仁兄弟见太祖属意红姑姑，拔花相戏，颇露慕色之意，正在相顾气索，各悔此降。忽见红姑姑眉柳倒竖，杏眼圆睁，手执双刀，从帐后直抢出来，大叫道："此人如此相戏，俺却容他不得，如今没别话，俺拼着性命，先去刺杀他再讲。"

于是火礼也便拔剑大叫，连火义等都哇呀呀地乱嚷起来。火仁却握手道："你等不可如此，凡事须策万全，如今他兵已压境，咱岂可与之力敌？俺颇闻此人好恃勇独行，又爱一匹名马，号乌云驳，往往跨马独出，驰戏林麓。为今之计，只宜如此如此，若除得此人，咱还怕什么雄兵压境？"

火礼等听了，都各大喜。

按下这里火仁一面分首遣精细探子，伏伺于各处林麓，一面不时地去起居太祖，使之不疑。

如今且说清太祖，不费一矢，便降服了火氏兄弟，收了这片雄强部落，又得了好些精巧枪炮。素知穿过磨盘山的乱紫沟地面，还有一稍小的部落，其酋长名为乌特陵，只待将火氏兄弟安插就绪，便趁势引兵，去降伏了乌特陵，岂不甚好？主意既定，便引了百余骏骑，亲去探那乱紫沟的地势。在太祖之意，以为也无非是个寻常山沟，哪知及到得沟中，却吃一大惊。但见那沟长可数里，两旁都是悬崖峭壁，上面草木丛杂，望不可际，历年的落叶枯枝，自生自落，铺满沟中，虽也有拾薪采樵等人，哪里能取用得尽？并且那沟形如牛角，初进去还可以列骑并驱，须臾越走越窄，末后到沟的尽头，竟自只容单骑。

当时太祖就沟的尽头处勒马徘徊，仰望两旁青宕宕的积石草树，不由暗想道："此等险道，却非行军所宜，倘敌人于此扼守，真是一夫当关，万夫莫开了。今欲取乌特陵，须要别寻道路哩。"

怙愡间，领众趄回，便一面遣人去探访其他道路，一面和火仁逐日盘桓。那火仁是个直性汉子，虽是有意图谋太祖，但是于酒酣耳热之下，未免自矜善用火器，并稍夸本部雄强。太祖暗惊，便于言来语去间尽询得施火器使用法，便一面待探子来报道路，一面逐日价独出游猎。那乌云驳裤骏非常，登峰涉涧，如履平地，因此太祖不惮险阻，专寻那幽胜所在。

一日，太祖信马游缰转过一处岭头，正望着前面一条小径，略为驻辔，忽闻身旁唰的一声，却有一支羽箭擦耳而过，太祖忙望时，却有两个长大猎人，由岔道深草中直趋近来，都一色的短衣皮带，戴着首头血具，只露着灼灼双睛，一个持一杆驼龙枪，上挂一张弓，一个荷着明晃晃山字钢叉，上挂一只野兔。太祖见了，知是猎人所发的射飞之箭，便不在意，依然地纵辔前驱，直奔小径。

却闻背后两猎人履声橐橐，也似乎是随后赶来。这时，那乌云驳四蹄撒开，赛如风疾。太祖揺鞍按剑，正在顾盼自得，忽闻两猎人在后相语道："你瞧这匹马倒也有些脚力，如今咱就抄到前面去吧。"

太祖听了，正暗诧是何等猎人，竟有快腿，走及奔马，忽地那马一昂头，咮咮乱叫，唰一摆头，险些将太祖甩落。太祖忙停辔望时，不由大怒，原来前面道正中却横卧着个长大樵夫，面目为深笠所掩，望不清楚。但见他颔下虬髯如猬，袒着两条青筋暴露的健臂，只穿一件肉红色麻布背心儿，短脚裤之下，光着两条铁柱似的黑毛

23

腿。头枕一柄钢板斧，正在白眼看天，似乎是醋睡初醒，见自己马到，却动也不动。

当时，太祖怒喝道："啊！你这汉子，怎的这等没眼色？若非俺勒得马急，岂不将你踏坏？"

那樵夫大笑道："如今前面已到你的尽头路，你不自思量，还怕踏坏人怎的？"说着，一个鲤鱼打挺式跳起，板斧一摆，向太祖当头便削。这一来，太祖大惊，料有变故，赶忙地把马一拎，倒退数步，一手拔剑，喝声好。正要撒马冲去，那樵夫也复挥斧如风，踊跃直上之间，不好了！这里太祖马未及放，忽闻背后喝声"着"，唰的一枪，太祖就马上略扭身形，翻身一剑，方当啷声搠开来枪。却闻身左畔又有人大喝道："你这厮哪里去？好歹也须留下买路钱去。"

说话间，叉环一响，已到马旁。太祖不及去望，因抖辔大呼，那马跃起丈余，哗啷声，马的颔铃红缨都被那叉锋刺落的当儿，恰好那樵夫板斧翻飞，又已截住去路。于是太祖奋起神威，大喝一声，恍如霹雳，从斜刺里兜转马头望时，这才知是两猎人和那樵夫竟是一伙儿，太祖因为在仓促变起之下，不及思量，又听得他们说留下买路钱，便以为真是什么剪径的强徒了。于是把马一拎，挥剑便上。

要说太祖，本是毡裘名王，自本部崛起以来，仗了一剑，吞灭诸部落，真是所向无敌。这时使发剑势，马跃如龙，哪里将三个强人放在心上？但见：

霜蹄蹴踏闪青锋，人马交腾起两龙。
叱咤声中山石裂，会看一剑敌三雄。

当时太祖跃马挥剑，端的赛如风驰电掣，哪知敌人等殊不理会，三般兵器也自火杂杂地兜裹上来，枪叉并举，既不离左右盘旋，柄斧独飞，更只在前后出没。其中那杆驼龙枪，不但舞开来如游龙戏空，并且力量沉着，饶是太祖这般神力，只隔过几次枪锋，却已觉得震臂吃力。这一来，太祖转怒，只暗道："好狠强盗！"窥个破绽，来了个撒花盖顶，挡开枪叉，把马一拎。刚要跳出圈子，忽闻顶上唰的一声，眼前白光一闪，忙望时，却是那樵夫，猛跃起三丈来高，一柄板斧业离自己头顶分寸之间唰。好太祖，并不慌忙，只用个镫里藏身式，原想是险中取胜，用剑去仰刺敌人，哪知手未及翻，板斧已落，喳的声雕鞍立裂，直及马背。那马负痛，咳的声一个风旋式，向前猛蹿，倒将太祖缀铃似的带出里把地外，方才甩落于地。太祖仗剑跃起，迷惘中更不辨东南西北，正要沿着一片山田向前跑去，便见那乌云驳哀鸣数声，一阵滚尘，竟自仆地死掉。这一来，太祖既惊且怒，不由望着那马，落下两点英雄热泪。无奈后面的敌人杀声又近，于是太祖情知不敌，只好且图逃脱，便反掖袍襟，沿山田匆匆撞去。

一路纳头，正在伤感那马，忽闻对面有人喝道："汉子慢走，前面已是绝路，你还只顾胡撞怎的？"

太祖抬头望时，却已来至田沟尽头，四外价歧路交错，都是羊肠小径，身右畔里余远近，却有一片莽苍苍遮天老林，远望去抱气藏风，十分深邃。那沟头边却坐着一对农家夫妇，男的是草笠芒鞋，女的是短衣椎髻，身旁都置着一柄老粗的锄头。再望到两人面目，却是一对花脸儿，男的是尘汗交揉，杂以黄泥，闹得一张糊涂花面。女的是薄施粉黛，画眉狼藉，和那尘脸土鬓一搭衬，也便似个戏场上的丑婆儿了。

太祖好笑之下，一面四望觅路，一面道："你两人还不快走，俺因后面有强人赶来，所以到此。"因举剑指那老林道，"那林旁可是出山的道路吗？"

那女的听了，倏地持锄站起，正在咯咯咯一阵笑，那男子便道："你偌大个汉子，好生脓包，盗人赶来，打甚鸟紧？杀得过他便杀，不然，便把脑袋把与他，岂不比走路轻松？"说着，手持那锄，虎跃而起。

这里太祖听他们语意不伦，一怔之下，正在略为退步，便见两人双双地一抖那锄，却由锄杆内掣出两条竹节点钢枪来，不容分说，便是个二龙出水，向自己两肋刺来。这一来，太祖大惊，因为后有追兵，前有劲敌，自己便有掀天本领，也恐难逃出此危。正在把心一横，和两人杀作一团，那后面的三人早又如飞赶到，三般兵器已自雨点儿似直裹上来。于是太祖奋呼跳荡，力敌五人，左冲右突，虽是神勇，无奈独力难支。

正在危急之间，恰好唰啦啦吹起一阵山风，一时间尘沙迷空，响传空谷。那四外林壑间，回音所波，便隐隐如有鼓角之声，并大队人马杀来。于是太祖心生急智，便嗫唇胡哨，似乎是招应来军，这一来，赚得五人果然围势一松，愕然四顾，这里太祖却长啸一声，突围便走。颠顿中不择道路，只顾如飞闯去，及至抬头一瞧，叫声苦，不知高低，原来已到那老林跟前。

这时风势正盛，里面黑压压的万木怒号，十分可怖，太祖疑有强人的余党埋伏，不敢径入。正在提剑逡巡，那后面一片杀声又已将临切近，于是太祖情急之下，又生急智，忙割下那披的袍襟，悬于林树，来了个金蝉脱壳，自己却绕林而走，一径地隐身于深草之中。却闻得五人赶到林前，大叫大跳，又搜寻半晌，方才呼啸而去。

太祖略为定神，出得深草张时，只见那副袍襟已自裂为粉碎。当时太祖幸脱此险，觅路归帐，脱下那缺襟袍，犹为之凛然心悸，又一思量，那五个敌人若是寻常强人，断无那等本领，并且其中有一妇人更为可怪，并且自己回帐后，诸将都来慰藉。火仁亦到，但是神色间颇露着惊悚不安之状。太祖至此，不觉瞧科三分，便不动声色，暗遣人去探火氏。

不消数日，已尽得底细。原来是火氏兄弟因太祖戏逗了红姑姑，谋为变故，猎人等便是火义四兄弟，那农妇便是红姑姑哩。按下这里太祖大怒之下，略一踌躇，早定了绝户毒计。

且说火仁等行刺不成，虽惴惴了几日，但是见太祖谈笑如常，毫无疑到自己之意，并且礼遇有加，赐予稠叠，今日赐宴，明日犒军，更兼引为心腹，参议军事，有大举招降其他部落之意。火仁等都是一勇之夫，至此也就放下心来，便趁势自告奋勇，去招降其他部落。太祖大悦，便给予驰谕的檄文，火氏兄弟既英雄又有精利火炮，自然是声威所被，马到成功，其倔强不服的，便以兵力降服之。

不及数旬，磨盘山远近一齐降服太祖的大小部落就有二十八家酋长，都次第各宾贡品，枉率来朝，好不热闹。若说火氏兄弟这段功劳，真也不在小处，哪知越是功高，越犯了太祖雄猜之忌。当时太祖列卒受降之下，便一面赐予火仁等精铠名马、黄金白璧，一面定期置酒，大会各酋长。届期是高搭幕帐，结彩悬灯，筵席毕张，鼓乐罗陈，由壁门直接幕前，燕翼般排开八旗将士，都一色的全身甲胄，胁下佩刀，端的是缨开耀日，弁转疑星。一阵价大吹大摆之后，火氏兄弟先自佩剑入帐，随后那二十八家酋长也便盛服到来，有的挺胸腆肚，有的垂头耷脑，又有瞄瞄瞅瞅，耗子似各处乱瞧的。服装既五颜六色，面貌又七青八黄，身个既长长短短，皮肉又肥肥瘦瘦，一阵价拥拥挤挤，都入帐中，好不有趣。

须臾，太祖驾到，大家伏谒如仪，宾主依次落座，即便开筵，鼓乐暴作，杯觞亦举，端的好一场盛会。但见：

敦槃玉帛会群豪，毳幕毡浆气自高。
狡兔既来功勋死，英魂竟向此中销。

当时太祖见了二十八家酋长，一齐伏着就坐，顾盼之下，好不意气飞扬。

须臾，酒至半酣，太祖却亲擎所佩的宝刀，向大众道："今幸诸君不弃，都会此间，从此咱等永敦盟好，载戢干戈，真是幸事。但是乌特陵部落尚自负固未报，古语云：'卧榻之侧，岂容他人鼾睡？'"

说着，目视席上一周，却问火仁道："今与诸君约，哪个能去代俺谕降乌特陵？不然，便兵力平之，俺当赠此宝刀，使世为磨盘山诸部之主，吾便当旋师辽阳，以待天命。将来河山砥砺，世世勿替，与俺同其休戚如何？"

说着，哈哈大笑，将刀入鞘，恭恭敬敬置在席上。那刀七宝镶鞘，光华夺目，便是太祖家庙中传世之物，每有征伐之举，便告庙请刀以行哩。

当时各酋长见太祖如此郑重将事，谁不想取那宝刀做诸部之主？但都自揣敌不得乌特陵，又见太祖属意火氏兄弟，于是大家便面面相觑，逡巡着且自吃酒。这时却有一人昂然取刀，佩在身边。大家观之，却是火礼。

原来火礼为人，心粗志大，因刺杀太祖不得，毕竟心下怯悒，便欲趁此机会为诸部之主，囤积兵力，以抗太祖。却不道中人毒计，转眼间，兄弟化为灰烬哩。

按下这里一场酒罢，大家各散，并那太祖也悄悄地派人去埋伏一切，又一面准备香车，专待佳音报到后便辇取红姑姑等五个美人儿前来取乐。

如今且说火氏兄弟取得宝刀，兴匆匆趱回自己帐中，向红姑姑等一说太祖之意。

红姑姑道："那人为意叵测，并且乱柴沟道险难行，便是去取乌特陵，也须别寻道路。妾身放心不下，也便随将军等一行如何？"

火礼大笑道："现有乱柴沟的捷径，何必舍近求远，别寻道路？那乌特陵只须俺兄弟靴尖一蹴，立能降服，你又何须去辛苦一趟呢？"

于是遂不听红姑姑的话。兄弟五人于次日酌带本部锐健，分为前后两队，披挂上马，匆匆竟行。兄弟因善火器，所用的旗帜一色尚赤，一路上翩翩招展，障天都红。人喊马嘶，撞入乱柴沟。

那火礼昂首四顾，只见岚光四开，坡陀宽敞，不觉横刀大笑道：

28

"人都说乱柴沟怎的狭窄，若都像这样光景，足可行兵。如今宜速前进，与乌特陵个疾雷不及掩耳，他一定是不战而服了。"

于是立饬前后队，滔滔走发，兄弟居中，也便叱驰而进，一时间马蹄如雷，殷动崖壁，不想甫至半途，却已越走越窄。时当五月，十分炎热，加以沟如深井，郁闷异常，虽有热乎乎的山风从崖上吹下，倒闹得众士卒汗透衣甲。

须臾，因道窄列队不得，只好拉作一条蚰蜒似的卷旆疾趋。火礼等马上仰望，但见天如一线。并微闻崖上草树间似有步履响动，大家以为是山中樵牧之辈，殊不在意。又竭蹶趑过一程，已将到沟的尽头，那火仁因热不可当，便催马当先，正想去督促前队，不好了！忽闻前队一声喊起，纷纷倒退。

原来那沟的尽头路口已被许多的大木乱石堵得水泄不通，并且两崖上面，一声鼓起，杀声大震。只大喊道："休走了火家五刺客！"这一来，火仁等大惊，情知是太祖已识破自己行刺的事儿，如今被赚入沟，料无生理，于是兄弟下骑大呼，袒臂跳跃，正要攀爬绝壁，死中求生。说时迟，那时快，但闻前后崖头上又一声鼓，接着便火器砰訇，大炮如雷，一时间红光烈焰，拉杂满沟。没得一刻工夫，可怜火氏兄弟并两队锐健竟都化为灰烬。后来，这乱柴沟崖石都赤，还有人说是火氏兄弟血染的哩。慢表这火氏兄弟的凶耗，当有后队中一二不死卒便去飞报与红姑姑等。

且说太祖既得佳音，便领了将弁，一面安抚火氏部众，一面去拏取红姑姑等。哪知一团高兴，闹得冰冷。原来火仁等妻子都已自缢殉夫，却单单跑掉了红姑姑。

当晚，太祖宿在宝帐中，不乐之下，只觉耳鸣眼跳。他有一匹机警神獒，通身白毛如雪，号为玉狮子，至此忽然就帐外狂吠不已。太祖料有警动，方霍地擎剑下榻，便见眼前白光一闪，一刀早到。太祖仓皇中举剑一格，大呼有警，一面价冲出帐外。方立定脚，用剑护住面门，那后面的刀光早已风片似赶将来。这时，太祖就赶来的护卫士火燎光中，望得分明，不但不惊，反倒大悦，便一紧手中剑，拨开刀光抢进去，就要生擒来人。哪知来人双刀使发，拼命相搏，太祖至此，越发大悦，便尽力价一剑紧似一剑直逼上去。须臾，两人绕帐而走，赶来的众护卫大呼围拢来。那来人情知不敌，便长叹一声，飞身上帐。这里太祖正向众护卫士大叫慢来，自己要跃身赶去。不料护卫早已箭似飞蝗，将那来人射落帐下，登时死掉。这里太祖失声一叹之下，赶来张时，只落得连道可惜。

诸公阅至此，也就晓得那来人便是红姑姑了。从此，火氏部落尽归太祖，但是太祖虽是个杀人不眨眼的汉子，毕竟因炮打乱柴沟之举于自己良心上不大自在，及至晚年，不觉只管将这件事在心头上啾唧。也不知是疑心生暗鬼，或是火氏兄弟真有灵气，以太祖这样一个铁铮铮雄气，到得病临危之时，却恍惚中见火氏兄弟带剑往来，并且怒目相向，赫然如生，闹得太祖在九龙华帐里叱咤终宵，声动左右。于是宫中相惊以訾，便有人献策于太祖，要延请高僧讽经，为火氏兄弟超度亡魂。

太祖叹道："火氏兄弟取精用宏，游魂无归，所以为厉，是宜有以妥之。"

于是敕封火氏兄弟为五火神，于盛京城内择地立庙，并命于宫中立堂子的神祀。

说到这堂子的神祀，诸公想也都知大概，便是满清入关以后，就宫闱中起盖一所小小堂子，终年封锁，里面只设黄缎神幔，并无神像。及至除夕晚上，方开了堂子门，明烛辉煌，酒肉罗陈，帝后亲来致祭，另有当值的善歌宫女都花冠彩衣，做天魔装束，联臂踏歌，就幔前婆娑起舞，帝后却席地价对坐幔前，亲自击鼓，名为侑神。

须臾歌舞毕，又吹灭满堂灯烛，帝后恭默一小时，方成礼而退。相传那堂子内的神道颇为秘密，因此便有些自充懂二叔的人们觉着自己是掌故名家，便胡造谣言起来。有的说那神道是爱新觉罗氏的初祖某王，因犯杀戮过甚的罪孽，上帝震怒，罚他化身为蛇，其形甚丑，整年地压在阴山背后，只许除夕来享受子孙之祭；有的说那神道便是什么山东老虎邓侉子，因为太祖之后吉特氏不但一貌如花，并且深识兵机，精娴弓马，一向参太祖帷幄，并收服诸部落，都是她赞助之力。因此，太祖爱而畏之。

一日，吉特氏跨马独出，游猎林麓，正在垂鞭缓辔，忽由岔道草树间蹿出一只披发人熊，其行如风，脊背上带着一箭。吉特氏见它来势凶猛，便把马一拎，闪入道旁大树之后，正要拈弓搭箭，趁势去射，便见一个少年壮士手持猎叉，由岔道上如飞赶来。那熊负痛之下，一跃丈余，回身便扑。

这时，吉特氏望得分明，且见那少年形容俊伟，捷似猿猱，没得转眼间，钢叉起处，早将那熊刺翻在地。吉特氏大悦之下，纵马趱出，一问那少年的来历，方知他是山东人氏，姓邓名德昌，因投亲不遇，却流落在辽东地面，只以打猎自给。吉特氏爱其勇俊，便命德昌做了一名马前亲卒，从此每逢出猎，便命德昌负弩前驱。那德昌本生得貌如好女，再搭上骏马精铠，驰骋于绣旗之下，有时引吉特氏联骑而出，端的如一双璧人，因此军中人无不注目，便呼德昌为邓侉子。但是太祖闻得此事，却甚是不悦。

一日，太祖微服出游，薄暮时分，却正值吉特氏出猎回头，因时已曛暮，火燎夹道，太祖不便去出头打搅。但见一队队轻弓短箭的亲卒按辔过后，随后便是吉特氏和德昌双双并骑而来。吉特氏稍前，和德昌只相差一个马头，两人一时间俊眼顾盼，笑语生春。只顾就万炬齐明中欣然归帐，却不道暗地里气煞太祖。

是夜，德昌竟失其首，于是太祖扬言，有妖眚为祟，这才兴起了堂子里的神祀。其实这两种说法，全是无稽之谈，哪里晓得那堂子里的神道便是火氏兄弟呢。

当时太祖临危之际，又深念自己割襟之险，想起创业艰难来，便留下那缺襟长袍的衣制。所以，凡是满洲旗员们都好服此袍哩。

31

哈哈！这段断云横岭的笔法插入本书中，似乎是稍微长些，但是作者因这段掌故甚有趣味，所以就不忍割爱了。诸君不信，如今北京旧都中，现有五火神祠，难道作者是胡诌乱谤不成？

闲话少说，如今可要叙正文了。

且说当时御围场的众观者见文官雄赳赳地驰马到来，大家跟着胆气一壮之下，其中就有大胆的人们呼一声跟了便走，大家闹哄哄趱到山神庙，一眼便张见那应募的老者，正和那班先到的猎人们在庙外坡陀上相与骋望，并一面向东北上抓风来嗅，点点头，庙门外却有准备的席棚坐落之所，案上设着茶点酒肉之类。那老者这时只着短衣，黄巾包头，腰间围着白布短裙，卷起麻布裤脚，露着瘦干干的半段精腿，脚下却踹双尖嘴式跑山麻鞋，连老长的大拇脚趾都露在外面。至于手中，更没器械，只一柄短柄柴斧掖在腰间，那斧锋倒明明亮亮、蓝艳艳，犀利无比，异于常斧。

大家正在张望，恰值那老者猫着腰子，咯咯地一阵干嗽。这一来，招得大家无不诧笑，暗想："许多的精壮猎人还都饱虎肚，这老头儿岂不是白去垫牙？"

正这当儿，文官业已下马入棚，老者望见，也便和猎人等从容进见，于是众观者又都集棚外。

但见文官问老者道："如今你去，毕竟冒险，俺欲令猎人尾随于你，以便策应，如何？"

老者摇手道："不必不必，他们徒自惊乱，反倒碍得俺手脚。便是老爷要去瞧，也要远远地隐身妥处，不然，虎或来犯，小人却拦它不住。如今小人抓闻嗅兽已略识虎的所在，只须再寻虎迹，便万无一失。"

文官站起道："如此甚好。"

于是亲取那酒，正要斟赐老者，老者却笑道："小人去杀虎，这酒倒少它不得，那么待小人吃了这酒，再去杀虎，还不迟哩！"

说着，抄起酒壶，一气饮尽，跄跟跟脚下一滑，却险些栽倒，张得众观者正在越发诧笑。那文官早已引了猎人护勇人等，跟了老者，匆匆出棚。于是观者又复跟去，刚向东北方面趄过百十步，却闻道旁高树上野雀乱叫。老者仰望，便笑道："你这妮子，总是顽皮，如今有了你逞疯的机会，还只顾弄那雀儿怎的？"

众观者向树望时，便见啪哒声，抛落个折翼的野雀儿，随后跳落一人，便是那小女孩儿。这时，头绾双鬓，手持一杆苦竹短枪，笑憨跳跳地道："爷怎的这时才来？没的叫那山猫跑掉了，咱却丢掉猢狲没得弄了。"

说话间，大家合在一处。当时众观者远远相随，但见那老者一路低头，并且时时地抓风来嗅，每至树石峥嵘处，必要审视一番。便连那小女孩儿，也收起蹦跳，只顾用短枪穿草拨莽，就像寻觅物件一般。众观者只顾注目，也忘了道路远近，但觉一路迤逦，趄过两重岭头，脚下是荒草危石，颠颠顿顿。大家竭蹶之下，又唯恐虎或钻出。

正在慌慌张张跟着乱跑，忽闻溪声潺湲，起于前路。那老者忽驻足欣然道："到了到了！"

大家抬眼望去，好一片苍莽所在。

正是：

负隅未见腾骧势，相地先怀凛凛心。

欲知后事如何，且听下可分解。

第四回

一举得双壮士搏虎
痛哭祭墓去子归宗

当时大家见那片所在十分苍莽，端的是：

> 沙石平铺草树堆，层峰叠嶂四围开。
> 风飘大壑疑挟雨，水走深溪似转雷。
> 巉石峥嵘方虎踞，危途曲折又龙回。
> 即看形势堪回步，况复山君据地来。

原来这所在名为黄风谷，在围场中是极深邃的所在，已是围场左偏的尽头。溪那面不远，有处高岭，势如蛇盘，因名蛇盘岭，一带高下围墙，便在岭脚下蜿蜒起伏，势如长城。出得围墙，直接岭头，都是参天拔地的老林。再向北面，便接连着华石山，一望苍莽，不可穷极，每当春旱之际，老林中郁极生风，飞沙走石，声闻数里，黄尘障天，直扑园墙之内，所以这片所在，名为黄风谷。又因这所在颇为偏僻，秋蒐之时，乘舆也到不得这里，所以该值的执事人也不来。

当时观众者见这样荒僻所在，除一片莽宕平沙、历乱林木，并无数的磈砢乱石外，便是溪声刷耳、野云低空。大家都料是虎老官的巢穴了，于是争先恐后都乱寻隐身之所。方才乱过一阵，那文官已自由护勇人等簇拥了，趄向一处高阜之上。阜上草树茂密，颇堪伏觇。这时，溪畔沙石间，只剩下老者和女孩儿两人，老者是就地歇坐，一面捶着腰胯，一面用手摸索着大拇脚趾，大大地一个呵欠，然后向女孩儿道："你瞧我已久不干这营生，如今腰和腿就有些发生硬了，那么你快去引那猫来，咱交代过这件事，也好回去歇息。都是你这妮子手儿闲，揭榜惹是非哩！"

女孩儿一歪小髻道："爹倒会说，如今在此玩儿会子，回去多吃两壶酒，且是没得亏吃哩！"说话间，一路跳跃，竟自趄向溪左边一带疏林之内。

这里大家方见她一双小髻　只顾就草头隐现，便见老者索性地脱却短衣，走向溪边，竟自临流洗濯臂汗。这一来，招得大家几乎笑出。

原来那老者一身肉彩，虽不至于骨瘦如柴，也就干枯得可怜，肋骨一根根历历可见，刀锋似的脊梁骨，正近那倒披的锋快斧头，大家都为之凛然惴惴。因下伸的两臂只管撩水，越显得臂上松皮摆动不已。

当时大家暗笑之下，正要转目去觇高阜上文官的光景，忽闻疏林内山风暴起，木叶乱飞，大家一怔，正又回望疏林，早闻里面小女孩儿大叫虎来。这一声闹得大家不知所为，只得立刻伏地，一面惴惴然由树根草头间张时，便见一团黑黄色毛茸茸的物儿，挟着风势，由林内直扑出来。四外荒草一阵价萧萧飒飒，倒而复起，并且那物儿旋滚之间，竟现出双双小髻。大家大骇，只以为那小女孩儿已入虎口。正在相顾变色，恰好那物件望见溪边老者，登时后缩蓄势。这时尘气一开，大家望得分明，先见那女孩儿短枪一拄，直腾上高树之梢，方喊得一声"爹爹仔细！"这里大家再望飞物时，但见：

目光电闪爪如钩，欲起先伏作势道。

35

大吼一声惊百兽，萧萧草木回山秋。

当时大家见那只黑黄斑斓的花脊虎自头至尾足有丈余来长，缩作一团，端的是威毛四抖，后面一条懒龙似的大尾巴直竖起来，啪啪乱掉，尾风兜得许多丛薄小树纷披乱晃。须臾，一吻着地，后尻掀起，四爪据处，已自没入沙土。这时，风声愈厉，就如挟着那虎的两道目光吹向溪边。大家气息都屏之间，忙望那老者，仍自临流蹲踞，徐徐地拭抹臂汗，便如没事人一般，并伸拳虚揾那水，自语道："好些日没事干，真觉筋骨有些酸懒了。"

说话间，那溪中水晕一荡，大可亩余，众观者中也自有略晓武功的人，便知这等拳风是内家派的罡气作用。正在色然而惊，便闻喳啦一声响，虎尾剪处，丛薄沙土纷纷四飞，那虎吼一声，一个悬梁巨跃，早已风也似扑到老者背后，前爪双奋，有似人立。

这时大家惊极，眼倒一闭，但闻老者大叫一声，大家百忙中以为老者已自了账，忙抖索索地睁目瞧时，不由吓得气息倒噎。原来那虎的两爪早已搭住老者的瘦肩，张开血盆似的大嘴，就要夹项一口咧。但是老者还依然不去理会，只猛地一长身形，双肩略摆。说也作怪，那虎的两爪就如抓到铁石之上，嚕的声，滑将下来，倒闹得连连后缩，为蓄势再扑之状。诸公要晓得，这虎之作威，全在起手时三跃三扑，那老于打猎的人总要设法闪开来，然后乘它猛气顿减的当儿，方好下手捕杀，再没个硬碰硬的。如今老者却居然敢攫其猛锐，也可想见其目无全虎了。于是众视者越发惊异之下，再瞧那老者，哪里还是先前的老迈光景？但见他两手叉腰，屹如山立，目光直注那虎，也自发出一种炯炯精光，一身的松懈肉皮忽地变作疙瘩健肉，并且虬筋纠结，养如铁铸，只猛地一跺脚，略矬身形，喝声："好孽畜！"那虎早震天价一声吼，又复悬空扑来。

大家正在目光都定，那老者却滚地如风，竟由虎肚下蹿过去，急转身形，向虎尻便是一脚。大家见那光的大拇脚趾，正在好笑，不想那虎负痛狂吼，大尾一扫　尾根上已是鲜血乱洒。原来那老者的脚趾尖却已染如血锥，竟自穿透虎皮咧。众观者至此越惊。那不晓武功的正疑老者或有什么邪术的当儿，早又呼啦啦山风大作，林木为摇。这里老者方又矬身，那虎已自大宽转地掉转头来。这次却威毛都立，赛如老大个刺猬团一般，且不直扑，只管据地价隆起脊骨，连连狂吼，并且大嘴一张　远探前爪，大大地伸了个懒腰，便似猫玩鼠，透着十分暇逸，原来那虎两扑之后，已自猛气锐减。这时的稍透懒状，却为的是稍定气息，全力再扑。

当时虎这一峥嵘对峙不打紧，却招得那树上小女孩儿咯咯咯一阵乱笑。就这冲破全场严寂之气之间，那虎早又吼一声，肚下的白毛乱扬，悬空一扑，直上两丈余。但是那老者眨眼间却又旋风似的出于虎的臀肋之间，趁势一个旋风脚，竟取横势，向虎肋下便是一蹬。

诸公要晓得，无论何等猛兽跑发时，竖里下力可千钧，横里下力是有限的。当时那虎冷不防被这一脚，身形一晃，险些翻倒，趁势一个风转磨，方闹得旋沙四起。这里老者却喝声"着！"铁臂一伸，便拖虎尾，于是人虎腾骧。正照得大家眼花缭乱，忽见高树上人影一闪，那虎却狂吼一声，一径地奔向溪头，就一块大石边一跳数丈，然后仆地死掉。

这时，大家眼不及瞬，模糊中，方见老者提斧赶去。忽闻大石后喵的一声，大家大骇，以为是又有虎到，那略起的身形正在一齐又伏，却闻小女孩儿道："爹回去先还俺好枪吧！这枪脏巴巴的，不好要了。"

说话间，从石后提枪转出，竟就虎尻上便是一下。大家见那苦竹枪血染半段，方知是她从树上跃下时，却将枪刺入虎尻眼。虎方死掉，于是大惊之下，齐声喝彩。又以为虎既死掉，还怕它什么？正纷纷然要从草中钻出去瞧死虎，不好了！忽地山风又起，远远的一声虎吼，响震天半。大家正在掩耳，便见小女孩儿喊声"仔细！"

早已钻入乱石深草之内。那风头一阵扶摇直上，方刮得溪那面围墙外树卷如潮、尘沙迷空，便闻又是震天价一声吼。大家仓皇望时，早见墙外岭腰悬崖之间又蹿出一只大虫。

那虎却非死掉之虎可比，通身作青灰色，都是卷毛花纹，长有一丈五六，生得头大项粗，旋毛四披，赛如狞狮，那条大尾真有巴斗粗细。这时，正目闪凶光，注视墙内的死虎，一面价缩身蓄势，四外的荒草乱偃。

大家至此，正慌得寻望那老者，忽闻溪中扑通声，水花四溅，那老者斧光起处，却从水中一冒头儿。大家见了，越发吃惊，以为是老者胆怯躲避，其中胆小些的，正想蛇行跑掉，只见岭上那虎一个巨跃，已自蹿入围墙，一径地张牙舞爪，践水而下，便奔老者。那溪虽是浅流沙底，却也有半人来深，一时间人虎交腾，悬流蹙沫，端的好片光景。但见：

　　　悬深倒挂人威震，惊湍急回虎气多。
　　　古语传来真不谬，居然暴虎又凭河。

当时溪中人虎腾踔，老者是鱼跃息趋，或出或没，那虎是狼奔豕突，载沉载浮，每一扑去，都是悬身半空，扑通声水涌如山。再瞧老者，却从远远的一冒头儿，引得那虎四爪乱舞，大尾狂掉。须臾，那虎越怒，只顾就水中乱打风旋，因为水光凌乱，所荡的光影甚多，虎的大尾弄影，它便以为是那老者，所以尽力地自家狂转。这一来，张得大家又惊又笑，正思量那老者或已从水底跑掉。

忽闻溪岸上大喝一声，恍如霹雳。忙望时，却是那老者已跃上岸来，屹如山立，单臂撑斧，睫毛不瞬，两目焰焰然，发出一种异样精光，瞅定斧锋，面含微笑。这时那虎业已就水中缩身作势，距老者数步之遥，吓得大家正又要闭却眼睛，便见那虎吼一声，四爪悬空，竟从老者当头扑落。老者喝声"着！"略一矬身，臂势屹然，又猛可地向上一冲。大家眼前红光一眩，但见斧锋陷入虎额，那斧唰的声向下一划，一片鲜血直从虎胸腹飞出。这里老者却撒手推斧，忙从虎尻后滚入草际。这时大家不暇去望那老者了。但见那虎一阵价翻腾滚掷，倒而复起。须臾，却狂吼一声，一个翻白儿，竟自寂然不动。

大家正在余惊未定，百忙中爬不起来，便见老者从草间和那女孩儿次第蜇出。老者却抓凤嗅嗅，面有喜色。这时文官大悦之下，也自由高阜领人蜇下。于是大家都拥去张时，好不吃惊，只见那虎却是一只雄虎，所以比那先死的雌虎尤其猛鸷。那斧头深陷虎腹，外面只剩些柄儿咧。

这时，文官喜得事已成功，也不暇询老者的本领并其来历，便一面遣人去飞报某大臣，一面命跟随人等舁了两只大虫，和老者等都出围场，这且慢表。一路观者越跟越多，见了那雌雄二虎并老者，无不骇然。

且说文官当时去见某大臣，一说得虎的光景，自然是露脸十足，又欲夸耀于某大臣，便命人抬得两虎来。

某大臣惊喜道："文老哥，真有你的，咱得了这虎，不但当了好差使，并且得这稀罕物儿，端的可喜。"

文官因趁势搔首道："得这虎虽然可喜，但是这项赏金也就不菲，卑职因为秋菟在迩，恐其误了御差，所以悬了万金的重赏，那么大人斟酌着，可以少给些吗？"

某大臣拍手道："怎的文老哥说话便搠屁股吮指头如此小气？人家这是拿性命换钱，又周了咱的场儿，咱不说是格外赏他些，如何倒要少给他？官长说话拉抽屉，就是笑话了。如今干脆俺发出一万五千两银，这五千便算俺的单赏银，不省得走江湖的人们笑咱小气吗？"说着，便命左右立刻去拨付款子。

按下某大臣这里乌烟瘴气，一面收过死虎，一面督人去整理围场。

且说文官无端地财星照命，好不高兴。回得衙署，便一面干落万金，只将五千银赏与那老者，一面置酒，大会同城僚佐，并士绅幕友人等，请得老者来，一来庆贺得虎，二来想询询他的本领来历。届期，广厅中大家咸集，老者亦到，由文官肃客就座。酒过数巡，大家争询杀虎的光景，那文官口讲指画，眉飞色舞，谈起虎来，就像那两虎是自己杀掉的一般，大家一面听一面望，老者却只微笑饮酒。

须臾，文官询及老者，怎的便有这等本领胆气。

老者笑道："小人的睫毛能以帚扫不瞬，小人的两臂能悬千斤之重不垂，并且持有内功罡气，锋刃不入，所以俺神闲气定，可以制虎的死命。并且这杀虎是俺世传的技能，这其间还有一段隐痛的事儿，小人祖贯徽州，家在黄山之麓，如今因访友不遇，落转至此，得与诸公相会，也算是一段缘法。"

说着，举酒饮尽，却慨然述出一段来历。

看官，你道怎的？原来这老者姓唐，名天骥，不但有杀虎世传的绝技，并且是个意气如云、慷慨好交的侠士。曾遇异人，授与铁布衫法，真可谓并世无两哩，且待作者转笔述来。

且说那安徽徽州地面，差不多可以说是山多地少，因此之故，徽州人们大半都远出经商。俗语云，徽州朝奉，就如山西老西一般，远贾于外的甚多，也可想见其地窄人稠之状了。那群山中尤以黄山为著名，黄山的七十二峰是名闻天下，谈到风景，自然是人间仙境，但是风景虽佳，山中的虎狼盗贼等也就十分可憎。

就中单表那黄山之麓，有一小小村落，名为芋田窝，聚积着百十户人家，都以种芋为业，因其地产芋特色，冬季里大家便就院中挖了地窖，藏芋以备明年发卖一春，甚是得利。其中有一个唐母，膝下只一个孩儿，年已十几岁，名叫唐保，便是这唐天骥的高祖了。

那唐母种芋抚儿，苦熬贫苦日月，虽然眼前不愁冻馁，但是思量起以后自己老迈，并唐保婚娶等事，未免忧贫。

一日，便问唐保道："儿呀，非是为娘多虑，舍得叫你们出门去冲风冒雨，俗话说得好：'常将有日思无日，莫待无时思有时。'如今咱家花费越添越多，只仗种芋，土里刨食吃，却怕不继。为娘之意，是想叫你去学习商业，一采你在外多少可挣几个钱，二来家中减去你花费，积下钱来与你定房媳妇，好歹地也了我一桩心事。"

唐保道："娘说的是，俺也想，只管在家，没得生发哩。"

母子商议停当。过了些日，恰好邻村中有个杜朝奉回家，思量就家乡寻两个小伙计，于是唐母央人荐得唐保去，自己仍然辛苦地种芋。

那唐保颇为伶俐，到得杜朝奉处，甚蒙刮目。没过得三四年，已由店伙升到管账先生的地位。每当腊底回家省母，居然是裘马辉煌，吃得又白又胖。那大包小裹的稀罕土物，只管向家里提。这一来，就将满村人看得眼红，从先唐母央人与唐保说媳妇，大家都暗笑得嘴歪，至此，那有女的人家都婉婉转转托人来提亲，都夸得自己闺女脸俊脚小，天花乱坠，恨不得拖唐母亲来相相，才是意思。于是唐母也便端起架子，左挑右拣，这才定下了吴姓的女儿。因为瞎先生们合算吴氏的命，宜男多子之故。

光阴如驶，不觉又是三四年，那唐母老而愈健。这年秋间，芋的收成又好，就院中靠篱边挖了地窖，收藏起来，除现在卖钱外，预计明春还可赚注大钱。唐母高兴之下，便说是定的新妇挂福气，所以事事顺适，又搭着唐保从外面寄了些银两来，于是唐母越发高兴，便诹吉为唐保完婚，虽不甚大举动，也一般准备酒食，大会邻里。先两日，唐保穿了簇新的衣冠，骑了大马，回家来，甚是发福旺相，就是眉梢眼角间，少挂点儿灰败晦气，唐母以为是风尘劳碌所致，殊不介意。

及至吉日，鼓乐迎娶，交拜成礼，将吴氏搀入洞房中，上炕坐福。众女客都花枝招展地团将来，一面吱喳，一面拥了唐保。挑去蒙巾时，险不曾将唐母乐煞，只见吴氏银盆大脸，白白胖胖，衬着一身华丽衣饰，羞答答低了头，面向喜方，真有点儿福胎福相。于是众女客一齐称贺。

其中有个阮二嫂，能说会道，并且多子，过门五年，业已一年一个胖娃娃，所以唐母特地请她做喜傧，取个吉利。这时，阮二嫂手执绒花，向新妇招摇作态，方要念坐帐的喜歌儿，忽闻承尘上骕然一声，有如裂帛。这一来，闹得大家正在仰望发怔，阮二嫂却笑道："好了好了，响响亮亮，两口儿兴兴旺旺，一年一个不拖账，九十九上还要来个末生大白胖。"大家听了，都各大笑。阮二嫂又笑道："你们不晓得，这叫作善神响房，是最吉利的，凡是成亲这日，新房中无端有响动，便是了。不瞒你说，俺当年成亲那夜里，恨那喜神不来闹响动，你说怎么着？俺便尽力子颠得那床咯咯吱吱地山响，末后，连帐钩叮当，好不热闹，慌得俺那天杀的尽力子往下压，本是想止住俺，俺为取吉利，哪里理他？如今这喜神自来报喜，真再好没有了。"

大家听了，越发大笑。那唐母只顾了应酬众客，又以为新糊的承尘经风干裂作响，于是也没在意。当日里外众客大吃大喝一天，入夜后，闹过新房，也便次第散掉。

唐保料理了一切家事，关了前后门户，自去新婚燕尔，自不消说。便是唐母，操持了这些日，也委实觉着疲乏，便自拎提灯，去瞧了瞧盖好的芋窖，然后踅回自己室内，倒头便睡。无奈操劳过度的人，一时间反倒精神不萎，又搭着心下一静，想起白日里承尘自响来，便侧耳去听新房中的动静。初闻两人娓娓说话，少时新妇却咻地一笑，接着便长衫窸窣，并有唐保嘻笑之声。须臾，房门关闭，床上转侧有声，似乎是小两口双双困倒，一时间声息都静。

唐母至此，心头的大事完毕，触景价提起自己当年做新媳妇时，便模糊盖上空衾，又对着案上残灯舒开那皱皮老眼，微微一笑。忽闻新房中帐钩微戛，断断续续，恍恍惚惚，又传来许多不可指名的声息。唐母至此，想起自己抚孤一场，辛勤半世，方落得有今日。

将来他们夫荣妻贵，自己抱孙有望，端的可喜，这喜气往上一冲不打紧，登时一个呵息，沉沉睡去。正在颠倒中，似乎见一片大水，茫无涯涘，又似从高楼失脚，一身飘飘的当儿，忽地激灵灵醒转来，业已村析五记，那将晓的凉风自牖穿来，十分尖厉。唐母缩首衾中，正要再续残梦，忽闻篱门外喳喳作响，似乎是有人窸窣不已。荒僻山村中，小偷鼠窃本来是多的。当时唐母听了，别的还不理会，就是怕偷儿进院，摸取芋头，因为自己辛勤收置，等闲连自己都舍不得吃一颗，若被偷儿掏了窖去，那还了得？想唤唐保去瞧瞧，又恐他年轻人这会子受了冷气，却不是要处，只好忙忙地穿衣下榻，随手点起提灯，提了门闩，方悄悄拔关，要跑出去给偷儿个冷不防。却闻新房中门一响，唐保踉踉跄跄出，便去开篱门。慌得唐母随后赶去，未及喊唤，忽闻篱门外一阵扑跌，那唐保只叫得一声"娘哪!"一阵大风起处，竟自声息不闻。

这一来，惊坏唐母，大叫奔出，惊起邻右。大家明火执杖，抢向村外，四下寻时，只叫得苦。

原来向山口的一条沙路上，鲜血点点，虎迹纵横，那丛薄灌莽之间，还丢有唐保的鞋帽。这不消说，是虎老官登门叩拜，不客气地夹生价嚼掉主人了。

当时唐母一痛几绝，既痛儿子，又痛媳妇。不多几日，业已染病在床，但是还亏得吴氏月信不至，身怀六甲。

一日，唐母自知不起，便将吴氏唤到床前，落泪道："儿呀，如今这虎是咱的血仇，天可怜见，你虽和俺儿一夜夫妻，竟自怀有身孕，如是女胎，不必说了，倘或是个男胎，便取名唐世发。你可张榜招夫，凡有杀虎本领的，你便嫁了他，以便他传与世发杀虎之法，从此咱唐氏须代代杀虎，传为家法。"说罢，泪下如雨，延过两日，竟自瞑目而逝。

吴氏哀痛之下，办过丧事，以为婆婆命自己改节别嫁，不过是昏愦中的乱命。当时也没在意，哪知十月胎满，竟自分娩了个男儿，

43

并且啼声洪亮，似是英物。吴氏抚子念夫，真是又喜又悲，但是怙惄起唐母的遗命，毕竟不肯去琵琶别抱，于是抱了世发，就唐母墓前哭诉自己守节之意。

光阴转瞬，堪堪又是四五年的光景，那世发已生得头角崭然，甚有气力。吴氏虽窃自欣慰，但是却有一件事使自己安生不得。原来家中的数十亩芋田已自逐渐折变了支持生活，如今孤儿寡妇，竟将有饥寒之虑了。诸公须知，这生活困人十分霸道，若依老先生说起来，是饿死事小，失节事大，话虽如此说，请问这等的坚贞志气，便是那戴发含齿自命为大人先生们的，还怕办不到，一旦到了穷困无聊的当儿，还要惭我猿鹤去事新主，何况吴氏一个妇人家，又有唐母的遗命，自然想到这条道上去了。于是吴氏招集亲族，一说那唐母的遗命，大家有的唯唯诺诺，说些个守节事大，招夫复仇的事也不小的磨叽话；有的暗笑，吴氏分明是想汉子了，却拿唐母的遗命做遮羞，哪里便有能杀虎的人来做坐门女婿？吴氏这想头，也不过说说解痒罢了。

当时大家匿笑散去之后，哪知过得几日，居然闻得有人来揭榜杀虎。又过得几日，居然闻得吴氏嫁了那人，携了世发，将宅舍托付邻右经管，竟和那人双双去了。大家但闻得那人姓朱，是个壮年猎人，善于杀虎，大家听了，又以为吴氏是空房难独守，不定跟什么野汉子跑掉，倒将唐世发带去。于是纷纷猜测了几日，也便没人去理会了。

不料过得十余年，那世发竟自裘马辉煌，行装阔绰，跫回芋田窝，前来归宗复姓，已长成一条威凛凛的彪形大汉。刚到得家，便入山去，捕杀一只大虫，整个地拖回来，就唐母墓前献虎致祭，痛哭一场，然后烹虎置酒，大会邻里。由世发一说自己离家后的光景，并此来归宗之事，大家方知那朱姓并非以打猎为业，却是个混迹风尘的大侠，当时游行至芋田窝，适见吴氏招夫榜上的言辞，觉得此妇为夫复仇，其志可嘉，又因自己的妻子死掉，只抛下一个男孩儿，

44

无人照管，所以便携得吴氏、世发去。吴氏为人甚好，抚那朱姓之子，如世发一般。

朱姓本富有家资，经吴氏整理得井井有条，家业日盛。俗语说得好，头房臭，二房香，三房赛如娘娘。朱姓身边忽得了吴氏这等一个贤内助，自然推爱及于世发，于是也抚世发如亲子一般，不但教与世发杀虎之法，并教与许多武功。世发听吴氏说起唐保遭虎之难来，每每暗中流涕，便不时地独行入山，去杀大虫。那朱子也学得一身武功，和世发也颇柜得，只为人颠顶，有些随风就倒的性儿，这时已娶了妻子柳氏，是个小家女儿，世发呼为嫂嫂。柳氏见了世发，也还满面春风。

朱姓、吴氏过着安闲富有的日月，正想也与世发定婚成家的当儿，不料闭门家中坐，祸从天上来。没得十余日光景，夫妇竟自死掉一对儿。

正是：

　　鬼伯抑河相催促，人命不得少须臾。

欲知后事如何，且听下回分解。

第五回

游庙场闲听采茶歌
觇无赖大闹百花会

上回书交代到朱姓、吴氏双双死掉，看官，你道为何？

原来这年春天，春瘟盛行，街坊上医生如飞，药铺里包药不迭，每日各村中号丧送纸，多年不启门的五道庙也都香火不断。朱姓好义，一面奔走邻里，助丧舍药，一面自恃身强，于饮食上通不检点，直着脚子跑回家，还只顾白酒、牛肉地乱吃，积食停滞，已然是染瘟之根。

事有凑巧，偏偏村人等因瘟闹得凶，便有人主张与瘟神爷致祭上全会，届期便旗幡招展，箫鼓如雷，大家黑汗白流，扮了些高跷秧歌，中幡跨鼓，一档档的杂耍香会。就旱尘赤日之下，游行一会儿，然后入瘟神庙致祭。

朱姓是有头有脑的人，会头一席，自然是非他不可了。俗话说得好："宁管千军，不管一会。"上全会这件事，极为麻烦，先期的由会头撒帖请会，备酒食，设招待，自不消说，及至操持游行起来，还须由会头打起进香的黄旗，指挥摆队，往往甲队嗔乙队越次而进，或乙队嗔甲队逡巡不前，彼此开口便骂，或至揪头捽髻，大动其武，这都须会头出面排解。你想朱姓本因饮食上有染瘟之根，又在群众杂踏、人气蒸腾中闹了好些日，安得不病？于是事情过后，那瘟神爷觉得无以酬朱姓之劳，只好请他去帮自己执掌瘟部了。

那吴氏悲痛之下，因操劳丧事，心气虚亏，那瘟神爷想是恐朱姓独居寂寞，所以连吴氏也叫将去了。这一来，痛坏世发、朱子，自不消说。世发不但痛母，又念朱姓教养之恩，朱子不但痛父，更思吴氏抚育之德，兄弟两人相句大哭一场，尽心价营办丧事，倒也无话可叙。但是丧事办过之后，这期间便起了波折了。因为朱子的妻子柳氏是个小家女，又因其母娇纵她，不但不教与她做闺女做媳妇的大道理，偏又教与她些鸡肠鼠肚占便宜爱小的小气调调儿，所以在母家，便抖抖擞擞，不去舌针弄线，做闺中应做的活计，反倒数米量柴，掂斤播两，算星星数月亮地做些老太婆当家的勾当，一天价忙神似的查前查后，也不知忙的是什么。便是偶有亲族人等来吃顿饭，也须先怙惚和此人有这过儿没有，自己成了丫头精，走得路净人稀，黄狗不尿门，她那个妈还得意得了不得，只夸我们丫头将来走到了财主家，当起财主奶奶，这才是个把家虎哩。你想柳氏受了其母的这等教育，及至到得朱家，愣见有这么一个瘪袋似的世发，如何容得？但因大权不在手，没法施为，也只好忍了下去。这期间向朱子的枕边诉状，自然是不一而足。朱子虽是颟顸，但是这等有力的诉状，是不容他颟顸的。

及至丧事毕后，本是很好的日月，朱子忽然向世发只顾吵穷，苦得脸子待滴水。这时柳氏当家，你看她一路扎煞，单当着世发吵家人等好吃懒做，都是废物，又一面指桑骂槐，借鸡打狗，先登时减了饭食。起先朱子、世发本是同桌而食，这时朱子只推说身体不适，钻在屋内，和老婆一处吃。世发那里，只是脱粟苦菜汤，偶然闹块豆腐而已，但是世发殊不在意，以为柳氏等也是如此饭食，居家之道，没有好俭的不是。

也是世发在朱家合该缘法已尽，一日晚上，世发夜起溲尿，忽见柳氏屋内还自灯光明亮。世发恐屋内无人，遗有火烛，刚要呼唤嫂嫂，忽闻柳氏哧地一笑道："呸！人家这里和你说正经事，你不拿耳朵听，反倒装猴相，俺没闲心理你，你到底拿个正经主意呀，难道眼睁睁叫唐家小厮分一股家业去吗？猫一窝儿，鼠一窝儿，他稍长大汉的，只管在此在榔不莠地甩大鞋，毕竟算怎么回事呢？宁减和斗，不添一口，天长日久，算起来是玩的吗？"

世发听柳氏说向自己，正在万感攒心，略怔之下，便闻朱子笑道："俺这里方高兴，你又嘟念这闷人的事，你说他到咱家已非一日，他妈就是我妈，我爹也算他爹，谁不知他是我的弟弟？你说又有什么正经主意呢？"

世发听了，正在点点头，暗叹寡气，忽闻啪的一声，似乎是掷酒杯。即闻朱子忙道："哟！你不要生气，容我想主意就是。"

说话间，喷的一声，也不知是哂酒是哂嘴，但闻柳氏扑哧一笑道："没人样的，俺若好生气，早得了气蛊了，酒醺醺的臭嘴，快些拿开。"

说话间，杯箸乱响，似乎是两人一阵撕扭。这里世发悄悄蹑去，就窗隙张时，只见靠榻几上酒肉罗列，两口儿偎坐在一处，正在吃消夜酒。这时柳氏乌云乱绾，酒有八分，脸上红馥馥的，已透着几分春色，恰跷起一只尖尖脚，置在朱子膝上道："你瞧我一天价前庭跑到后院，后院跑到前庭，单是这鞋子就跑烂两双，你说为什么？不就是想帮你整理家业吗？如今你不想主意把异姓人打发走了，我才犯不上白操这份心哩。如今他孤家寡人，还好摆布，将来他在此娶了老婆，有了帮手，再下些孩子，扎下根儿，哥哥，那时我看你怎的？"

世发听了，正在倒抽一口气，便见朱子一面向柳氏脸上乱嗅，一面摩挲膝上的雪白腿腕道："咳！你这话怕不有理，但是彼此熟络络地厮混了这些年，你叫我怎的一抹脸就撵他呢？"

说着，摸的手势向上，却被柳氏一指戳到额上道："活废物，真叫人怎么好，你这就为了难了吗？你瞧着，照我的法儿行去，保管他就走清秋大路。等过两日，咱大会亲族，索性打开板壁说亮语，其名儿叫作请他自去归宗复姓，其实就是山字摞山字，叫他请出。

他是知窍的更好，他若装大麻木的话，我才有法儿对付他哩。我白日没空儿，夜里也要骂他几个翻白儿，我看他有什么脸赖在这里？"

说话间，眉梢一挑，正要推开朱子，忽地哟了一声，放下那膝上的脚，又轻轻戳了一指。这里世发望时，却见朱子一只手方从柳氏撒脚裤管中慢慢退出，两人偎倚着，又是一阵低低密语。

世发这里不由暗叹一声，自去歇息，略为沉吟，也便主意已定。过得两日，不待柳氏等来开口，便招集朱姓亲族，自请归宗复姓，依着世发，是尘土不沾，拿腿就走。倒是亲族人们有肯持公道的，便令朱子酌给世发金资，遣之归宗。当时世发收拾了行装马匹，辞别大家，又到朱姓、吴氏墓上哭拜一番，这才一径地趱回故里哩。

当时芋田窝的人们听世发说罢一切，又见十分气概，大家赞叹之下，免不得各治觞豆。邻里相邀，请世发吃过一回酒，世发亦收拾故宅，出其囊金，一面置买田产，一面回酒还席，周旋邻里，更以暇时操习武功，出入裘马，居然是个侠少角色。世人的眼皮子都是薄的，大家见了世发的武功，并杀虎绝技，还不怎样，唯有见了世发的大钱票，便都红了眼了，于是你也来说媒，我也来提亲。不多几日，世发便娶了妻子安居乐业起来，从此子姓繁衍，世传杀虎之技。数代之后，户大人多，竟有八百壮丁，分居各处。那唐保成亲之夜，被虎拖去的一件事，竟相传成了古迹，于是便有一夜夫妻八百丁的佳话。及至到得唐天骥这一代，却又不以杀虎的绝技自居了。原来天骥为人，慷慨好义，习得一身好武功，却不自满足，随处留意寻师。也是机缘凑巧，合该天骥以绝艺名世。

一日，黄山中又到采茶之时，茶商都到，照例地在天枢峰下一片广场中演戏酬神，至于那神，便是那唐朝的陆羽，虽是可笑无稽，但是茶商们却很郑重其事，不但高搭神棚，祭品甚盛，并且这日采茶的女工们放工一天，许其游玩瞧戏。这一来，钗光鬓影，锦一团花一簇地照映林谷，便登时引得游人如蚁，热闹异常，一个个挈樽携榼，就芳原绿野间排开酒阵。一时间采茶歌起，迤逦相闻，倒也

49

是一场盛会。及至届期，那天枢峰道上，早已红男绿女连袂而来。

这日天骥适因入山访友回头，路经会场，免不得随喜一番，直着脚子，在会场中踅过一会儿。但见些乔眉画眼的村妇、滑头诡脑的少年，和神戏台上锣鼓喧天，筋斗遍地，闹得人耳目都废。天骥觉得喧杂不堪，便向会场靠东面一带沙径柳荫下踅去。方四顾山光，心目一爽，忽闻有人喝彩道："好的，喂！老三，你这倒拔橛真来得干脆，可惜第老的又寻他妈看望去咧。他若在这里，来套八步赶铲，你两个便是小两口吹灯，正好凑对儿哩。"

说话间，大家喧笑，又夹着姐在房中《绣麒麟》的小调儿。即又有人硬着舌头骂道："他妈的，你这小子，怎么凑来呢？难道第老的口过你妈妈，你便这等承情不尽，背后里还抱他这份粗腿，他跟他师娘学艺，只好会硬铲你妈妈，外挂着铲你屁股吧。你瞧着，老子这套可天飞，全讲究单摆浮搁，膀的力的，会看的看门道，不会看的看热闹。哎！众位上眼哪。"

于是砰啪扑哧，尘沙飞空。接着便闻一条岔道路口上许多人纷纷喝彩。天骥踅去瞧时，却是十来个少年无赖，一个个短衣盘辫，揎拳勒袖地盱睢作态。大家正围定一个黑麻少年，任那里试练拳脚，虽说是可天飞，却赛如满地爬，那拳脚笨实实地发出去，好不可笑。但是天骥忽开这份眼，倒颇觉有趣。

须臾，那黑麻少年一套耍毕，喘吁吁面有矜色，正在一面收步，一面眼观四路，听大家喝彩，不想脚下一滑，几乎栽倒。

便有一少年道："老黑呀，你这几手儿真还不错，只差后力不佳，脚下虚飘飘的有些欠根柱，这不消说，你准是夜里淘气来。"

众少年听了，都各大笑。正在手舞足蹈、丑态百出，那天骥好笑之下，也便要踅去的当儿。忽地岔道上微风吹过，便隐闻有娇滴滴一阵笑语，接着便嫩声嫩气唱出一支《采茶》歌儿，道：

不种山桑不种麻，阿侬生小会采茶。一采老叶去，二采嫩芽发，三采拴个鸳鸯扣，裤兜装把女儿茶，单等阿郎来相会。

好哥哥，脱了裤儿也有女儿也有茶，由你性儿快吃吧！

一阵靡靡歌声迤逦渐近。这时，众无赖少年不觉都溜眉挤眼，呼一声拥向路口。招得天骥正好笑，便闻又有个沙糖嗓的妇人笑道："浪蹄子们，唱个歌儿也浪张，脱裤儿叫哥哥的，什么张致？我老娘人老心老，就不像你们唱的人人待滴水哩。"

说着，顿开娇喉，也唱出几句道：

谷雨春分，刚过了那三月三，半阴半晴，正是采茶天。十年发水九年涝，卖了山庄荒了田，那下乡催科的差人，又如狼似虎，割尽了机上布，吃尽了下蛋鸡，一立楞眼儿，还须要鞋脚钱，丈夫往外跑，大儿向茅厕钻。天哪天，剩下阿侬哪里去弄钱？

说不得鞋弓与袜小，说不得过涧又登山，这才头上抿抿盘龙髻，身上紧紧青布衫，金莲套上爬山虎，手提茶篮出门前，未从迈步头低下，羞羞答答去上山。

手攀茶树暗祷告，过往神灵你听言。但愿你暗使东风齐着力，茶芽一天旺一天，一采官中完租税，二采收回好庄田，三采阿侬无所望，但愿采茶的娘娘们一个个丰衣足食搂了丈夫去自在眠。

当时这片曼声和腔，十分有趣。这里天骥从众无赖背后望时，却是从岔道上花花绿绿踅来一群采茶的女工，都一个个新衣新裤，打扮得光头净脸，手中各有所携，但见纷红骇绿，烂漫成堆，便如一群花蝴蝶似的直撞过来。仔细望所携时，却是各样的山花儿。原来香会上的老例，连众女工都去叩神献花，俗又名为百花会，倒也

51

是热闹中的一段韵事哩。

当时天骥见那领队的女工是个高大白胖的婆娘，虽是一手持着跑山的竹杖，还累得胖腮上汗珠点点。忽见众无赖排墙似的挡住道路，便喝道："你们这班人休要找骂，老娘有本事来当工头，就有能为摆布混账王八蛋，你们好瞧你妈，快怎滚回家去。"

说着，竹杖一举，连后面的众女工也是一阵吱喳的当儿。这里天骥忽闻众无赖怪声叫好，接着便手拉手儿，忽地一围，只招得许多游人纷纷来瞧，就一阵人众拥挤群花招展中，天骥瞧时，原来众无赖已自连臂作圈，将众女工困在垓心，有的搴衣捋髻，去抢鲜花；有的乱笑道："你们小嫩嗓唱的好茶歌，难道只准备唱给有钱的人听？今天没别的，须要饶上俺们一支哩。"说话间，挤眉弄眼，竟自渐渐地直逼上去。

天骥久住山麓，本知道女工们工作之外，那放浪些的，还以外摸些俏皮花粉钱，譬如茶商们，或茶行的管事人们，相中哪个女工，这期间一段风光，就不须说了。当时天骥只认是那白胖婆娘或与无赖相识，大家偶然逗个笑儿，一笑之下。刚要转身趑去，便见众女工一阵乱吵，那婆娘也大怒道："放你妈的屁，老娘忙忙地去叩神献花，还没工夫哄孩儿哩！"说着，抢开竹杖，向面前一无赖头上啪的一下。

于是众女工竹杖四挥，即便冲锋。一时间，玉臂纷纷，嗔莺叱燕，偏那众无赖生就的癞皮贼骨，不但不怕痛退缩，反倒趁势以抢花为名，大得其手，便呼喊一声，越逼越紧。有的就人家髻上嗅一下，有的就乳上摸一把，又有假充好人上前排解，只顾就人家胯下乱钻，摸着嫩臀，便尽力子拧上一把的。这一来，只慌得众女工吱喳乱躲，自相碰撞，不但鲜花乱落，竹杖都丢，并且髻歪鞋褪，吵声中夹着哭声，但是众无赖却越发兴高百倍。其时，一个黑麻无赖却伸出两条老壮的胳膊，圈紧了那胖婆娘，四顾众无赖，连呼"上！上！"那婆娘大叫大跳，正在摆脱不得，却又有一个无赖瞧准靠近胖婆娘一个女工，怀上带了一条簇新的花绸汗巾，于是他暗暗垂手，竟由腿里中摸出把风快的尖刀，就要趁闹中去割窃那巾。

这里天骥望得分明，方知众无赖并非逗笑，不但是调戏妇女，而且挂着剪绺行为，于是大怒之下，正要排众而前，忽闻岔道上一声娇叱。天骥只认是又有后来的女工赶到，连忙望时，却旋风似的赶来个十五六岁的女孩儿，生得明眉大眼，伶俐活泼，头梳歪髻，穿一身花布短裤褂，脚下踹双圆而且尖里而未成的花鞋子，一手拖着柄短药锄，就这等笑憨憨地直奔那胖婆娘。

正是：

覆额青丝堆髻歪，娇憨偏着胖花鞋。

漫疑幺凤来投母，花面丫头未易猜。

当时天骥见那女孩儿脚下如飞，笑憨憨半红脸，直奔那胖婆娘，便以为是那婆娘的女孩儿迁将来救护其母，正要趁势排众而前，去拖那黑麻无赖，便见无赖笑顾女孩儿道："你这丫头，敢是赶来要吃嗯嗯儿吗？既这样，来来来！"

说着，双臂一紧，竟将胖婆娘不曾提防，猛地向前一歪，不但那胖腮偎了那无赖的黑麻大脸，并且一只颤笃笃、白嫩大乳被无赖探怀掏出。原来这时无赖逞狂到十二分，只用一臂钩抱定胖婆娘，却回却肘弯，用一手掏出大乳，向女孩儿招摇作态哩。

看官须知，凡热闹庙会场所，都有这种不要脸的青皮前来捣乱，俗又名为耍骨头。在他们之意，也不一定要将妇女们怎样，不过是臊皮取笑，自鸣得意，过后大家到得茶馆酒肆中，便高谈阔论，各逞戏逗妇女的成绩，以为谈助，或矜摸过人家的手腕，或夸脱过人家鞋子，还有挨了人家的耳光酽唾，他却引为奇荣，以为是美人爱我的。这等人，无以名之，只好名之为贱骨肉了。

当时天骥见无赖不堪至此，正要闯上前去，便见胖婆娘乱挣乱骂，并其余无赖拍手大笑。那被围的众女工也便趁围松，纷纷乱跑，一片喧声直彻远近，这一来，倒将那挂绸巾的女工愣在那里。正这当儿，天骥眼光略眨，忽见那女孩儿跑近无赖身旁，只轻伸一指，向那弯的肘后一戳，便笑道："倒也倒也！"说话间，一个虎跳，方闪开来。

却闻岔道上又有人唤道："你这妮子，不跟我去采药，又来这里顽皮怎的？"

这时，天骥只顾瞧，黑麻无赖被戳之下神色立变，也不暇去瞅岔道上，正在暗惊这女孩儿竟有如此武功之间，便见黑麻无赖一臂立垂，往后便倒，张得那挂巾的女工方要去拖挽胖婆娘，便闻岔道上来人喝道："你这妮子，还不快走！"说话间，青葱葱药苗一闪，奔过一人，挽了那女孩儿，便要拔步。

天骥百忙中望时，却是个四旬有余的老头儿，生得清癯白皙，疏髯掩口，双眸炯炯，顾盼间着实有些精神，头戴遮阳轻笠，身穿阔袖短袍，左手携定一只药篮儿，摇摇摆摆，就似个斯文先生。这时拖定那女孩儿，女孩儿却得意之下，只顾憨笑，又一面望着发怔的胖婆娘大乳的当儿，不料众无赖见黑麻无赖忽地跌倒，便大呼之下，争来扶挽。这一来，天骥却被挤向老者背后，方见老者一勒阔袖，用一臂护了女孩儿，刚趱至挂巾的女工身旁，恰好明显晃尖刀一闪，那无赖趁乱中，竟去割那女工的绸巾。

这时，天骥又只顾瞧老者态度从容，步下沉着，不料那无赖一刀割去，偏不凑巧，恰恰遇到那老者阔袖一遮，无赖因忙着回掣尖刀，但听噌的一声，却正划在老者的臂弯上，但是，老者一般地就如不觉，扬长便走。只一掉臂之间，那天骥不由惊喜异常，原来老者臂上被划，只略为起些白迹，这若是寻常人见了，也不过以为是老者肉皮粗些，偶然不破，你想天骥是何等样人？自然料到那老者是个谙习内功的角色了。这老少两人既有如此的奇异光景，所以不由惊喜哩。慢表这里一场喧闹后，也便大家各散。

且说天骥既见老者光景奇异，不由触起自己寻师之念，于是一径地拔步跟去。但见老者和女孩儿且行且语，眨眨眼，已没入戏场左边一带人群之中。这时，戏台上正演《刘二姐逛庙》，那旦角身段忸怩，科白清脆，一丢眼风，正招得台下人怪声叫好，但听稀里哗啦一阵乱响。天骥觉着脚下一绊，也便扑哧一跤，用手一撑而起，方觉撞着个湿淋淋的胖屁股，早被一人从背后一把拖牢，便骂道："你这厮只顾瞧刘二姐，却不道坏了老娘的本钱，如今闲话少说，你就赔俺钱吧！"说话间，四围人众哈哈都笑。

　　天骥望时，自己却已被一个做小贩的老太婆拖牢，地下翻倒了水豆腐锅，老太婆因抢护那锅，被大众一挤，却坐在豆腐上，屁股上弄得白渣渣甚不雅相哩。当时天骥情知那锅翻是大家所挤，但是百忙中和她辩理不得，及至掏出大把钱给她，偏她又争多论少，耽搁半晌。天骥挣脱身，四望老者和女孩儿，哪里还有影儿？于是悯然回家，十分怅惝，从此不时地入山踏访，冀或一遇。又询诸山中探药的人们，大家都说不曾见什么老者和女孩儿。

　　过得月余，天骥也便将此事抛开。一日，又偶然访友入山，出门时，那天色便阴阴的，天骥以为时当初夏，本是这半阴晴的黄梅天气，于是连雨具也没携得。入山之后，但见岚光翠润，遥空中有丝丝云气，一处处萦青缭白，倒添了许多画意。那友人虽是个农家，倒还不俗，因家在翠微高处，便一般对山起阁，择那风景佳处，不村不俏地开了一处小园，里面是杂植蔬菜，间以花木春秋佳日，偃仰栖迟，倒也十分野趣。当时天骥和那友人相语之下，友人自然是杀鸡为黍，开轩款客，便就匼中小阁大设瓜豆之筵，斟起了瓦盆老酒，彼此地话一回桑麻，论一回拳脚，虽有些驴唇不对马嘴，但是两人因对劲儿，也就酒到杯干。天骥仰望天色，白亮亮的稍露蓝隙，有些待晴的光景，那小阁地势本高，俯视远近群峰之尖，便如青螺点点，于是两人一面把酒，一面临窗而望，无奈两人都非文人，虽有满眼的诗情画意，也就眼前有景道不得了。

正这当儿，忽地群峰间云气乱涌，**便如铺棉堆絮**，东一片，西一块，摇曳作态，随着微风，便如波翻浪滚，疏处如纱縠当风，密处似厚絮铺叠，或驶如奔马，如蠹如立纛，或推宕如波回，或争出若泉涌，顷刻之间，变幻百态。须臾山风一吹，众云又大起恢诡之观，便如一片云阵相似，互相离合，纷纷**扰扰**，既极五花八门之致，偏又有些将晴的阳光从上面射入云隙。**这一来**，那云的精神变态、光怪陆离，越发不可方物。

看官须知，这黄山观云本是山中最妙的一样奇景，便如登州蓬莱阁看海市一般，这奇景轻易遇不到的，当时天骥既见云起，只乐得手舞跳蹈，正在探头四望，只听友人道："这云气讨厌得紧，湿漉漉的无物不霉，这云气之下，准快要落小雨了，你且吃这杯酒。"

天骥回头望时，忽地不见友人，但见一只手擎了杯子，从对面飞来。原来这时云气涌入阁内，已将友人身儿遮住咧，于是两人相与大笑。天骥饮尽那杯酒，再向下望时，那云气已白茫茫地铺成一片絮海，唯见青螺点点，有如海中岛屿而已，但是仰望空中阳光，却越发条条闪动。于是天骥站起告辞。

友人笑道："你这可是没的说，如今雨落天留客，你怎的倒要冒雨而归？看这云气的光景，你下山蹔不多远，便要被雨哩。"

说话间，阁檐间一阵家雀噪晴。天骥望望天光，不由笑嘻嘻说出几句话来。

正是：

峰上湿云方叆叇，田间微雨已泥涂。

欲知后事如何，且听下回分解。

第六回

山行遇雨获良师
闲居检书得秘籍

当时天骥见家雀噪晴，又复阳光已露，因笑道："这等天气，是不会落雨的。"

于是别过那友人，拔步便走。只下得一处岭头，早已身处云气之下，但觉头顶上湿蒙蒙的，似雨非雨。远望四外的短树如茅间，却微挂些丝丝雨脚，又有些翔空野燕贴地乱飞，真似乎要有雨至。天骥至此方知友人的话不虚，那会子因身在云上，所以觉得天要放晴哩。于是紧行一程，本想是躲过雨势，哪知才趱过不远，那雨已飘飘洒洒，帘纤不已。

须臾，满空中云气渐低，越落越紧。天骥抬头四望，恰见小村中一处茅檐下有个老妇人倚门而坐，并自语道："便是老天爷也和人过不去，好容易请妥先生，如今却又落雨。"

天骥三脚两步奔去张时，只见老妇人面挂愁容，攒眉向东，若有所俟。因趱入檐下，拱手道："妈妈请了，小可山行遇雨，想在尊檐下躲避一会儿，便请方便则个。"

老妇人听了，将天骥上下一打量，然后道："好说好说，谁家出门捎着屋子来？俺若不因心头有事，在此望个人，便请客官入内待茶。今便请屈尊就是。"

说着，腾出檐下一席地，依然翘首东望。这时，天骥致谢之后，整理过湿的衣襟，但见天空云气越堆越浓，大有雨势连绵的光景。

正在怙惚今夜不知何处宿的当儿，忽闻院内一阵妇人呻吟之声，似乎是抱病痛楚。天骥因漫问道："请问妈妈，莫非府上有人患病吗？如此小可却是给你添麻烦了。"

老妇叹道："便是哩！皆因小媳年轻的人儿，仗着身子壮，不知保养，热了来便脱得光溜溜，开窗困觉，想是受了尖风夜寒，把经血凝聚住，成了病块，胀得肚儿通似鼓，又浑身作痛。这东向不远，住着一位外路先生，会用什么雷火针，专治气凝血积，真是手到病除，但是人家并非乐坊医生，不过是方便行好，并且不受谢礼。俺家中只俺婆媳两人，俺好容易自去恳求人家，人家说是今天准来，你瞧这不得人意的老天爷，偏又落雨。如今不消说，人家是不会冒雨来的了。俺备有现成的茶水，你且请里向坐吧！"说话间，转身前导，随手关了大门。

天骥一面称谢，一面跟入张时，但见小小院落，颇为整洁，是个四合房，正房门挂着布帘，掩着窗，那妇人呻吟之声便从内而出。这时雨势稍小，不过蒙蒙然有如霏雾，老妇仰首道："我的老佛爷，你快放晴吧，这是怎么说呢？"

天骥跟她方跫入到坐客室，那雨又噼里啪啦落起急点儿，老妇攒眉道："客官请坐吧，你瞧我多么晦气，如今给先生预备下茶点，偏他又不能来咧。俺那小媳又生得身体笨重，起起坐坐都须俺去服侍她。"说着，一屁股坐下来，只顾望着院中雨势，呆呆发怔。

天骥至此，甚抱不安，却又没得话儿搭趁，只好逡巡落座，瞧着案上的大瓦茶壶，并一盘红红绿绿果饼。和老妇相对发怔的当儿，忽闻大门外脚步响动，接着便啪啪叩门。

天骥忙道："妈妈且听，这或是先生来了吧！"

老妇赌气子道："什么先生，这准是村中放羊割草的小厮们大雨地里又来敲门打户，等我去扇他两个耳光再说。"说着，一抡风跑将去，尽力子一开大门。

这里天骥方在倾耳，却闻老妇拍手笑道："哎哟，可了不得！难得先生竟真个冒雨来咧，等我小媳好了，再与先生磕头。如今快请客室里坐，喘喘气，用些茶点。怎的你没携药包来呢？"

即闻那先生响亮亮地笑道："俺这雷火针是不用药的，你只将病人袒背，扶坐稳了，俺自有道理。如今妈妈不须客气，咱就先去瞧病吧！"

说话间，两人脚步已到院中，直奔正房。

天骥望那先生面目时，却被所擎的雨具遮住。但见那先生行步从容，和老妇直入正房。便闻老妇哈哈地笑道："先生真是治法新奇，既不用药和药针，更省事了，那么媳妇，你快坐起，待我扶住你，光出脊背，请先生来找穴道。先生，你若是一个手指头就会治好病，真成了活神仙了。"

天骥听了，正在暗诧这先生的治法，便闻妇人嘤咛一声。老妇又笑道："媳妇，这羞什么呢？也不过背着脸脱出脊梁，又羞的哪家子？俗语云：'病不避医。'又道是：'只要治好病，不怕脱光腔。'当初我做媳妇时，曾腿叉旦生过毒疖子，难道不开裆劈腿地叫先生整治？那先生一嘴胡子，又是近视眼，搽得我痒痒的，我都不理会哩。"

天骥听了，正在好笑，即又闻床榻窸窣，并妇人喘息之声，似乎是老妇登榻，扶起媳妇。

这时雨势已住，归云乱卷，大有放晴之势。天骥暗念人家这里有病人，自己不如溜之大吉，也省得主人麻烦。想至此，正要高声致谢，即便站起，却闻老妇道："哟！可厌煞我咧，如今我一人扶不稳，且请个帮忙的来吧！"因高唤道，"避雨的客官，且请这里来着个手儿。"

天骥听了，连忙答应，一面蹩入正房。倒忽觉眼前一亮，只见那病妇业已光出雪白脊背，就榻上面壁而坐，右有老妇偎扶，病妇还身体微晃。那先生却挽起衫袖，伸出中指，低了头，就病妇背后似乎是审视穴道。这时，天骥怔怔的，不唯不暇瞧先生面目，并且不晓得叫自己怎生帮忙。正这当儿，老妇却向病妇身左一努嘴，天骥会意，忙就那左边扶稳病妇，百忙中从侧面望见病妇，面黄肌瘦，并那便便大腹的当儿，便见那先生一振手腕，臂节上咯咯作响，竟用中指抵向病妇脊骨最末节的右边一穴，一时间，低头凝注，似乎是微运气息，直待有半晌光景，忽闻病妇呻吟甚苦。这时老妇是满面惊疑之色，一面额汗直滴，一面向先生张口结舌，想有所问之间，忽闻病妇腹中啵喳有声，那先生却越发地一指深按。须臾，移指向左边的一窠，即便低头定息，张得天骥莫名其妙。但见先生一指越按，那病妇呻吟也便越发加甚。须臾，竟至全身颤动，呻吟不已，继之以哭，似乎是腹痛殊甚的当儿，那先生却臂筋一迸，便笑道："好了好了！"说话间，病妇腹中辘辘一阵山响。

先生即起指道："如今俺这指气已达病的症结，少刻下泻放血，妈妈却不要吃惊，泻后只须粥饭调养就是，俺且到客室去，少为歇坐吧。"

老妇因正用力扶定病妇，也顾不得向先生客气。天骥却因怙惚这病妇要泻，自己不便在此帮忙，正在目视老妇，想请进止，老妇便两手扶定病妇道："如今有劳客官，便请你去陪陪先生吧！"

天骥听了，这才释手退出，一路怙惚着这先生治法奇异。及至到得客室，一瞧那先生，不由喜得心头勃地一跳。

看官，你道怎的？原来那先生非别个，正是天骥寻访未遇的那采药老者哩。当时两人厮见，彼此为礼，天骥不暇客气，自通过姓名后，便直前把臂道："先生，你端的好运气内功，咱虽今日初会，俺却留心寻访你多日了。尊居现在哪里，可能容俺去登门慢慢领教吗？"于是夹七杂八，把那日在庙会上所见的一切一说，并言自己留心寻访之意。

那老者忽见唐天骥，也自神为之耸，忙笑道："幸会幸会，足下敢就是以杀虎驰名的了。那是因小女顽皮，老夫赶去掇转她，搪过

60

那无赖的尖刀，不意竟致足下留意。如今敝舍不远，便请枉驾何如？"

说话间，两人举步到得院中，只见业已雨过天晴，清光如沐。

却闻老妇在正房内唤道："先生和客官怎的连杯茶都不扰就去吗？如今病人只是腹痛，又泻不下，没的不妥当吧！"

那老者笑道："不打紧，这正是俺的罡气行动，直达症结，邪正两气交搏，便有腹痛的现象。少时症结融化泻下，腹痛自止哩！"

天骥听了，方知那老者竟以内功中的罡气治疾，越发惊喜之下，正要叩其所以，无奈老者行步如飞，早已踅出大门。于是匆匆跟去，向东便走。

这时，雨后山光越发精神，约莫踅过四五里之遥，忽地林影开处，溪声潺湲，前有小桥横路。天骥望时，却从桥那面一丛烟树中现出一带短短槿篱，内有草屋数间，远望去颇具画意。那老者前行上桥，遥指那屋，笑向天骥道："只那里，便是敝居了。老夫隐居此间，不过以采药消遣，兼以自给。今承足下见枉，也可谓空谷足音了。"

天骥听了，正在唯唯，忽闻桥下喵的一声，老者俯视，便笑喝道："你这妮子，总是顽皮。如今有客到门，还不先去准备茶饭？"

天骥上桥下望时，却是那小女孩儿，正蹲在桥下石块上，洗涤竹篮中的鱼蛤，却一面自语道："什么客来不客来，爸爸只顾说人家顽皮，怎的自己冒雨价出去玩。慌得连雨具都丢，便是那老妈妈子也小气，请先生连顿饭都不管。爸爸跑了腿子还不算，却又带个吃客来，少时俺费手治饭倒不要紧，恐怕客人吃得你的酒去，你又该噘嘴咧！"说着，小髻一歪，竟自提了篮，一跃过溪。

天骥见了，方在好笑。

老者却笑道："俺就因这纤弱累人，所以隐居在此哩！"

说话间，两人过桥。天骥望那女孩儿时，早已影儿没得。须臾，到得那片短篱前，天骥仔细一瞧，端的好一片野趣。但见：

行尽青莎路，疏篱一带斜。
　　　当门唯老树，偎壁有新花。
　　　根下虫吟细，梢头蝶影赊。
　　　谁知侠客寓，却是野人家。

　　当时天骥正在后徘徊瞻眺，那老者却已直奔那掩的篱门，一面自语道："这妮子不知又向哪里玩耍去咧！"说着，引手刚要推门。

　　却闻小女孩儿远远地笑道："爸爸，俺在这里哩！少时你酒吃不够，还须去买，如今俺趁脚儿给你准备下，不省得俺再跑二番腿吗？"

　　天骥望时，就见她从邻村一处酒帘招扬之下，跳跃而来。及至近前，那竹篮中果然多了个老大的酒瓶，并且有一包荷叶包的黄牛肉脯，热腾腾、香喷喷的，就似新出于釜。天骥见了，正在暗忖，女孩儿好快脚步。那女孩儿已笑嘻嘻推开篱门，先自入去。

　　老者因笑道："俺这妮子，虽是顽皮，倒也解俺多少闲中寂寞，不然，老夫郁郁居此，哪里耐得？"说着，两膊一振，慨然南望，即便转身道客。

　　这里天骥一面怙惙老者准是个遁迹风尘的侠客，一面跟入篱门张时，只见宽宽的院落，十分干净，虽是结茅的屋宇，却也一色的板壁高檐，北面是三间单厅，颇为明敞，并有客室厢房，院中是丛花掩映，靠草厅之左，还有夹道，直通后院。便见草厅后茶烟升起，那放晴的斜阳映得那缕缕白烟幻作金紫诸色。

　　即闻小孩儿在厅后嚷道："你老人家把客人弄进屋去，俺这里茶也好了，偏偏湿渍渍的，只管向人眼内钻，这是哪里说起？"说着，响亮亮一个阿嚏，似乎被湿柴的浓烟所呛。

　　天骥听了，联想到幸而遇雨，才得逢此异人。正在背后端相老者，老者却回头道："唐兄，你瞧老夫这妮子，只会憨跳，若非老夫转来，她早向外边打兔去了。"

天骥听了，方在微笑，却闻背后嗤的一声。回头瞅时，恰见小女孩儿端着茶盘，站在那里，三乌黑的眼睛珠儿盯住自己，便笑道：“你这么个大汉子，既会吃茶，想也会吃酒了？我告诉你，少时你吃酒，不要和俺爸爸抢，他洒吃不够，是会噘嘴的哩。”说着，歪髻一低，竟从天骥胁下冲入厅内。

于是老者大笑，方向天骥拱手肃客。那女孩儿早又提篮冲出，一个胡旋舞式，业已没入夹道。那老者笑且微叹道：“这憨妮子，煞是累人，唐兄不要见笑，方才俺说亏她解我的闲中寂寞，也就在这点子上。”

说话间，宾主入厅，彼此重新施礼。落座吃茶之下，天骥瞧那厅中，除略有箱箧卧具，并槅有药笼壁有短剑之外，也别无长物，而且厅内的泥壁椽木颜色都新，似乎是在此卜居未久。天骥见状，正要开口叙谈，恰好那小女孩儿又从厅后嚷道：“爸爸，如今酒倒不少，只是米没得咧！我想那跟嘴吃的大汉子既会吃菜吃酒，一定也会吃麦饼的，那么咱就吃烙饼吧！”

说话间，杆杖响动，并且联珠价敲起花点儿，似乎一面玩耍，一面擀饼。这一来，招得宾主两人都笑。

老者因道：“这妮子，就是惯憨跳，所以那天在茶神庙会上才多管闲事，和人动手动脚。”

天骥因趁势道：“那么你这位女公子，小小年纪自谙习内功了，她用指戳那无赖的肘弯，岂不是内功作用？不瞒你说，俺生平仰慕内家派的武功，久已有志寻师，只是未遇其人，今幸逢长者，便请指教一切。”

老者大笑道：“她一个孩儿家，哪里便有内功的造诣，不过略会些寻常的拳脚并剑法，至于内功，俺还未暇教与她。她那是戳人倒地，不过是顽皮勾当，点人的晕穴而已。”

天骥忙道：“那么你的臂肉触尖刀不伤，并用手指传气治疾，想一定都是内功的作用了？”

老者略为沉吟，又笑道："那虽是内功中的一节，还不是内功的全体，足下须知什么叫内功，便是会运用自己固有的这股浩然罡气了。运用此气，有许多呼吸导息趺坐周流的静功，并有吐纳涵蓄调养节制的文武火候，必使此气与人合一，如道家之有元神，佛家之有舍利，然后能操纵自如，达于全体，此名为九转回龙内功大法。如今一时，也说不了许多，因为此气纯属阳刚真火，所以由指上达入人的腠理穴道，便能治疾。老夫不欲以此炫人，所以便托名为雷火针法，好在俺又采药自给，所以人家只当我是卖药的先生，不想狡狯伎俩，却为足下所窥，真也是笑话了。"

　　说着，望望壁剑，目闪精光，不觉哈哈一笑。天骥听了，真是闻所未闻，一面喜得心头怪痒，一面见老者按膝雄谈，就如高岩深潭间龙虎变化莫测，不由肃然起敬道："那么敢问这九转回龙的内功，怎的才是全体作用呢？"

　　一句话不打紧，只见老者霍地站起，双眉耸动，一面脱去外衣，露着上身的疙瘩健肉，一面从壁上拔下短剑，虚向自己道："足下欲知内功的全体作用，但持此剑，随意向我力斫，便见分晓了。"

　　说罢，叉手山立，全身的筋肉立紧，便如冻蛟一般。那颔下结喉骨下，却有鹅眼钱大的一块皮肉微微凹凸，便如小儿囟门，半晌价略为鼓动。当时天骥接剑在手，好不踌躇，因为明明的一身光肉，怎好用剑去斫？但是想起老者曾臂上滑下尖刀来，也就胆略壮，于是慢腾腾平挺那剑，向老者肩胛间试为刺去，本想是赶快收回，观其究竟，哪知剑未及收，那老者却一摆两膊，直迎上来。但听喳的声，如中铁石，闹得天骥手腕一颤，剑落于地。天骥不暇捡剑，忙瞧老者受剑处，却索性连白迹也没得咧，但是那喉骨下凸凹处，也便平静起来。这时天骥直惊喜得言语不得。

　　那老者却从容穿衣，一面笑道："足下可瞧见内功全体的作用了？这九转回龙的罡气运诸全身，能使锋刃不入，坚如金石，也便是古来真传的铁布衫法。如今江湖间虽也有流传的铁布衫法，不过是虚骄之辈用以眩俗人的眼目，或拔刀斫臂，或出其下体，使人用锤棒力击。其实他用的是提气小术，仅达一部分，并且转眼气泄，是不能持久的。老夫就因窥破此等人的虚骄，见恶于人，因不欲结怨于他，祸连乡里，所以才避之此间哩。"

天骥听了，越发地自幸得遇异人，正恨不得立时叩头认师的当儿，忽觉脑后凉凉的一道风刷项而过，接着眼前剑光一闪，那女孩儿却笑道："你这客人，想是被俺爸爸发愣了，怎的单管等吃酒，连个杯箸椅座也不放？你瞧着，夕时我就叫你站着下把抓吃哩！"

天骥望时，便见她一面抛剑于榻，一面将手中所持的杯箸丢在案上，却用指划着小脸儿，向自己羞了一羞，回头便跑。于是宾主都笑之下，却又闻她拍手道："噫噫，天色晚晴了，今夜月儿上得早，俺还须去掏夜猫子玩哩。"

这里天骥望向院中天空，果见淡淡的晚霞霏起，映得远近的峰峦树木甚是有趣。天骥正在暗念今宵只好宿此，以便和老者深谈一切之间，那老者已自起摆好座位并杯箸。

不多时，暮色渐起，一钩斜月穿云而出。这里老者方又掌上灯烛，那女孩儿已笑嘻嘻托了木盘，端进酒菜，却向天骥道："你这懒汉，这还罢了的，不然，俺就叫你站着抓吃。"说着，将酒菜一一置案，然后跳钻钻舞盘跟去。

这里天骥被老者让就客位，张时，但见案上肴菜颇为齐整，除鱼蛤牛脯之外，还有各样野蔬兽肉之类，只就是横脔竖切，碌块登盘，有些不像模样。但是在那小女孩儿能够办此，也就很难为她了。于是天骥逊谢之下，便赞道："你这位女公子，端的伶俐活泼。"

老者笑且叹道："皆因她委实不笨，所以俺才携她避地至此，想就中教与她武功，不然，俺就推出门不管换，交与她婆家童养着，岂不省俺手脚？"

天骥听了，方知小女孩儿已经受聘，正想趁势叩问老者的姓氏来历。老者却举杯劝客之下，询起天骥所能的武功，虽是小巫见大

65

巫，也只好直言奉上。

老者笑道："亦佳亦佳，足下所能，在寻常江湖间已足称高手，由此精进不已，保患不本领惊人呢？"

于是彼此欢洽之下，不觉酒到杯干。须臾，由小女孩儿端进麦饼，两人用毕，天骥因微有酒意，和老者散步院中，正在丛花畔徘徊望月，忽闻老者在对面笑道："你这妮子，如何只顾顽皮，还不去收拾酒具？"

说着，趱近前，竟从天骥脑后摘下一朵野花儿，但闻花荫中哧地一笑，那女孩儿已跑入夹道。

当晚，天骥宿于客室，和老者剪烛细谈。一询其姓氏来历，方知老者果是个避地流寓的大侠。

看官，你道怎的？原来那老者祖贯浙江处州，姓刘，单名一个宽字，论其家世，还是刘青田的后裔，代有文人，并且藏书甚富，颇以文采风流著闻当时。但是到得刘宽这一代上，却不继了。因为刘宽长到七八岁上，端的伶俐活泼，淘气异常，俗语云："顽童大了有出息。"偏搭着其父刘秀才是个偃蹇老儒，自然想在儿子身上为文章吐气了。于是亲自授书于刘宽，满望他一日千里，能承父业，哪知刘宽到得书塾中，就如木头疙瘩一般，不但把浑身的伶俐活泼登时都无，并且对了书昏昏欲睡，以至散了学，跨出塾门，你瞧吧，那刘宽却又精神暴长，不但踢天跳井，恨不得上没皮的树，并且专好抢木刀耍柴棒。又寻了街坊上的顽童们，大家摆阵玩耍，一般地摇旗呐喊，滚作一团。这期间，那个司指挥进退的，总是刘宽，因为他气力独大，脚步伶俐，群童哪个不服令，他便挥拳就打，因此刘秀才门首常有儿童们哭哭号号，必经刘秀才多方抚慰，方才散去。把个刘秀才气得几次发昏，无奈刘宽就是天性好武。且喜他读书虽然不慧，却有一件好处，只要记住这句书，却必要凿求其理。读得五六年，只会了一部四书，至于文事，却不成功。那刘秀才见儿子偏好武事，也只好且自由他，自己索性地放情诗酒，以娱暮年。

过得数年，刘宽娶妻之后，刘秀才也便逝世。这时刘宽已早就寻师访友，学会了一身武功，并且意气如云，慷慨重然诺，居然是个游侠角色。人家便有劝他的道："像你如此本领，怎不去遨游当世，大之可以武功起家，小之亦可以声闻江湖间，为何守着几亩薄田，甘为蠖屈呢？"

刘宽笑道："俺这好习武功，却与他人不同，既无争名好胜之心，亦乏恃艺求荣之念，不过因性之所好，如饥渴之于饮食，非此不安罢了。"

人家见他退让如此，便知他深识道理，颇得力于那部四书，又见他和气迎人，见了人只一笑两些牙，称道好好，便戏呼为刘好好。但是刘宽虽如此的有艺不矜，善藏其用，无奈实至名归，那远近的意气少年们也就争来相访。

其时，有个台州李姓的少年，名叫因培，也是个故家子弟，也习得好体面的武功，和刘宽甚是相契，但其为人却不似刘宽退谦自居，却专好排难解纷，与人争胜。两人虽性情不同，却相得异常，往往互相过从，衔杯款洽。其时刘宽有女，名叫玉华，年只十一二岁，便是上文所说的那女孩儿了。因培膝下，亦有一子，名叫福全，与玉华年岁相等，两父既互相过从，这对小儿女自然也往往晤面，相与玩耍，两人也都刚从其父学会几路拳脚，小儿们性子都是搁不住隔夜屁的，见了面，自然是夸张赌胜。

一日，因培又领了福全到刘宽处看望。两人正在前厅吃酒欢笑，忽闻福全在后院中杀猪似叫将起来，两人忙跑去望时，不觉鼓掌大笑，只见他小脸上涂抹得脂粉狼藉，小辫换成了大髻髻，上面还托依通草花儿。那玉华却盘辫揎袖，便如假小厮一般，雄赳赳跨在福全背上，一面用臀乱颠，一面喝道："我把你这懒老婆，你不爬一个滴溜圆给俺看，俺才不依哩。"

说话间，望着刘宽，正在得意。不想那福全望见因培，便顿时气壮起来，只趁势一耸屁股，早将玉华掀翻在地。玉华冷不提，不由一背控地，两足朝天。那福全带着哭声爬起半身，也就要去跨玉华，如法泡制的当儿，却被因培上前一把拖住，及至刘宽赶上前，一面拉起玉华，一面笑顾福全问其缘故时，福全却噘起嘴道："都是玉华姐会出主意玩，俺两个打拳玩，她说谁输了谁算草鸡，须要插花抹粉，扭上三扭，装新媳妇。方才俺输了，花也戴咧，粉也抹咧，又扭过咧，她还叫俺爬滴溜圆给她瞧哩!"

刘、李听了，正在越发都笑，玉、福两人对厮面望了一会儿，却又都扑哧一笑，即便双双跑去。当时刘、李见他两个两小无猜的光景，倒真是一双佳偶，及至回到厅上，把酒谈心之下，不觉便换盅儿，对时做了亲家。既是良友，又复申之以婚姻，几时令节，彼此过从日密，自不消说。

但是，因培为人好动，朋辈又多，他既好做无事忙，自然便有许多的乱弹事找到跟前。那些意气少年们，偶有难于排解的事体，便争邀因培，引以为重，十天光景，因培倒有九天不在家，因此刘宽等闲价也就不问台州，闲处多暇，只好操持些家事，作为消遣。因为这时玉华的母亲已因病逝世，刘宽悼念逝者，不欲再娶，所以不免照顾些琐务。

一日，因检晒所有的藏书，只见整部大套之下，许多的单册书杂以蠹鱼，十分狼藉，于是一一取出细检，却都是些相牛种树书等类。及至检到末了一册，翻开一瞧，不觉便是一怔。

正是：

藏书检阅原文事，秘籍流传却武功。

欲知后事如何，且听下回分解。

第七回

铁布衫异僧传古法
台州路远客访良朋

当时刘宽细察那册书，书反霉黑，只薄薄几页，上写《回龙经》三个隶字。翻开来，里面也是精楷抄录，并有许多闲图，图中人坐立都有，大概如俗传的八段锦、达摩静坐法易筋经一般，各图后都有缀文。只就是词句古奥，甚是难解，夹着些坎离龙虎抱婴凝珠的字样，似是道书，又似拳经。那附图共有十二幅，末后还有歌诀道：

　　一气回龙说混然，个口玄妙按周天。
　　请君举得金刚杵，方许来穿铁布衫。

当时刘宽就赤晔晔太阳地里，细阅那《回龙经》，只弄得昏头奄脑，却一字不懂。但是见歌诀末尾有"铁布衫"三字，便料到是什么讲究武功的书籍了。于是便置册于厅事中，闷来时把来浏览，这也不在话下。

也是机缘凑巧，合该刘宽得这铁布衫法的真传。

一日，刘宽正又浏览那册书，越看越闷，忽闻大门外一阵喧哗，接着便闻家中佣工等喝道："你这秃厮，也特煞泼皮强化，俺们给你钱米，也就是咧，你还在此当门碍路的怎的？"

即闻有人响亮亮地笑道：'老衲轻易不登门化斋，但是一来打扰，就须吃饱，施主们布施这点钱米，哪里济事？"

刘宽听了，忙抛书于榻，趲去瞧时，只见门首正有三四个佣工揎拳勒袖，围定个打坐化斋的僧人，只顾乱吵。那僧人年可六旬上下，生得浓眉深目，虬髯如猬，目光闪闪，很挂些精神，并风尘行脚的颜色。这时，正四垂布衲，合掌当胸，坐得石佛一般。膝边一钵之外，还置着佣工等给他的些许钱米。

刘宽家居多暇，不断地游山玩水，本好与方外人流连当时见状，正想去喝开佣工，只见两个佣工虎也似左右奔去，便喝道："你要吃饱斋，也好办，俺且端开你再讲。"

说着，哈的一声，四手齐扳向僧人肩头。这里刘宽赶行两步，忙喝且住的当儿，但听喳的一声，两佣工的指甲都折。再瞧那僧人，却端然不动。

当时刘宽只顾了乱喝佣工，也没在意，因上前拱手道："吾师既要用斋，且请里向坐吧！"

那僧人慢启浓髯，笑道："如此却惊动施主了。老僧今天忽然肚饥，欲得一饱，不拘什么斋饭都好哩。"

说话间，取了钵，方才站起，那两个佣工因折得指甲生痛，哪里有好气？便吵道："你这和尚，敢是憨了，怎的肚饥，也讲起忽然来咧？你忽然肚饥，巧咧，俺这里也忽然没得素斋。今天是俺们吃犒劳的日子，大碗酒、大块肉倒有的是，只怕你出家人用不得哩！"

僧人笑道："若有酒肉，却越发妙了。酒肉穿膛过，佛在胸中坐，我和尚是荤素不拘，逢着便吃哩。"

刘宽听了，还当他是个寻常行脚僧，学得些口头机锋，油腔滑调。于是好笑之下，也没在意，便转身前导，和僧人到得厅室，因那壁上悬有刘宽所爱的一把利剑，那僧人见了，不觉望望刘宽，微微一笑。

须臾，由佣工摆上斋来，倒将刘宽吓了一跳。只见除大壶白酒之外，依次见四个大冰盘，里面都是黄牛肥肉，并猪羊杂碎之类，又有两盘粉汤，并蒸馍米饭等物，堆得案上就如小山一般。原来那佣工们嗔着刘宽好事，把僧人让入内，所以赌气子把厨下所剩的犒劳等物都搬将来，本是向僧人燥脾取笑。不想僧人一见大悦，便向刘宽道："施主如此盛设，端的是功德无量，须知斋僧不饱，不如活埋。今天老衲倒要饱饱肚皮了。"

说着，置钵于榻，坐下来更不客气，你看他左杯右箸，狼吞虎咽，便如风卷残云般。没得顷间，案上诸物已空，却鼓腹作雷鸣，打个饱嗝，站起笑道："老衲今天承惠，又省了十许日的饮食，麻烦了。"

这时，刘宽见他食量如此之宏，已然惊异，又见他说话离奇，因问道："那么吾师饭是不常用吗？"

僧人笑道："老衲云游无定，又好漫游山水，往往几日价不逢村舍人家，若天天用斋，哪里便有？所以老衲只得以气化食，使这一顿饱饭的精华存蓄脏腑，徐徐散布于四肢百节，所以便能支持至十许日之久哩。"

刘宽惊道："如此说，吾师敢是会服气，不正是什么辟谷之法吗？"

僧人道："辟谷服气，系道家的功夫，俺这用气化多量之食物，不过是内功中的罡气作用，今观施主状貌，并壁上悬有宝剑，想是谙习武功的了。老衲生平看剑颇多，还能辨其良窳，可好借剑一观吗？"

几番话不打紧，只乐得刘宽心头怪痒，既喜僧人也晓武功，又要夸示自己所爱的利剑，于是邀僧人踅向靠榻的壁下，抽剑出鞘，端的是一片寒光，湛湛如冰。正在轻弹剑铗，顾盼自得。

那僧人已接剑在手，颤巍巍一抖，倾听一会儿，然后徐徐审视，却笑道："此剑虽还罢了，惜乎是殉葬之物，金精为尸气所蚀，虽经磨淬后，外觌有耀，其实却窳脆易于挫坏。"

说着，徐伸中指，就剑锋一弹，果然那锋便缺了针尖大小的一块。这一来，直将刘宽惊得呆了。原来那把剑果是村人铲垦荒田，由古冢中掘得，售与刘宽的，既见僧人有如此的眼力手法，准是个武功名家了。正想重新促坐，细为款谈，僧人却置剑于案，一面去取钵，一面笑道："老衲今天饱惠，铭谢之至，只好异日再酬高谊了。"

刘宽听了，方在客气，不料僧人因伸手取钵，忽见榻上那册《回龙经》，登时耸然惊喜，忙顾刘宽道："失敬失敬，原来足下是个武功名家，竟藏有如此异书，想是深习此法的了。老衲当年曾因寻求此法，在嵩山少林寺香积厨下执爨数年，方蒙主僧指示诀法。那寺里衣钵之传，只论武功高下，老衲因此为寺中首席所忌，他曾聚数十人，各持棍械，夜邀俺于山谷之间，却被俺赤手打退。后来俺离却少林，行脚各处，所见的江湖人们虽也有矜言此法的，大概都是提气小术，不过用以炫人，并无实用。今施主既有此异书，定然是武功名家了。"

说话间，拿起那书，只顾一面细阅，一面点头。这一来不打紧，直将刘宽喜得心花怒放，于是请那僧人重新落座，细细地一询这《回龙经》，方知便是古来的真传铁布衫法。那僧人并逐幅价略为讲解运气之法，自植基以至完成，共有十二步次第功夫。这一来，听得刘宽多日的闷怀一朝顿释，不由扑地翻身纳头便拜道："弟子幸得吾师，真是如天之幸，敢问吾师法号，此去行脚何处？便请暂留舍下，容弟子供养之下，学习此法何如？"

僧人笑道："今老衲与足下相遇，亦是缘法，俺云游以来，久已隐名，足下但呼我为酒肉和尚就是。今既承不弃，俺也只好暂扰足下，做个识途老马了。"

刘宽听了，不觉大喜，重复拜谢。从此便就家中收拾出清净闲院，款居僧人，自己本好静不好动，至此，便索性地闭门谢客，旦夕价只从僧人学习铁布衫法，自己本有绝好的武功根基，再加以僧人按次第尽心指示，便赛如洪炉点雪一般，那书许多的奥妙难解之

72

处，早已尽为融释了。

光阴迅速，转眼已是数月光景，刘宽旦夕不懈，已学至十一步功夫，自觉筋骨劲越，心气充足，大异往时，悄悄地以利刀慢砍自己皮肉，居然不伤。只就是想所何处，还须作意价先向何处聚气，非出于自然，并浑然全体。

一日，举此问那僧人，僧人笑道："浮屠功成，只待完合塔尖，你还缺一步功夫，哪里便能出于自然，使那气立被全体？好在再过两日，你也可做那十二步的功了。届时，俺当指示于你。"

刘宽听了，茫然之下，不敢深问，只好且练习这十一步的功夫。每日由早晨趺坐运气，直至午时，气化精神，便尿都无，自觉浑身拘着劲儿，有时闭目内视，自觉那气便似一条火龙由丹田发出，顷刻遍于周身，略一凝想，其气复归原处。大悦之下，又举以问那僧人，僧人笑道："且未且未，足下功成，只待来日。便是十二步的功夫了，须要小心注意，因为成也在此日，败也在此日，成则以绝艺名世，败则终身病废，便如学仙不成，反成老比丘一般。再者，这铁布衫法非同小可，老衲当年蒙吾师传授此法时，还曾对天盟誓。一则，不得恃此法为非作歹，二则，不得将此法轻传匪人，怕的是匪人得了此法，便要犯法乱纪，为患不可胜言，终至于自陨其身哩。只待明日，你盟过誓后，吾当授你这般最后的趺坐静功就是。"

刘宽听了，怙惕之下，好不一喜一惧。喜的是功夫将成，惧的是功夫或败，但因以前的步步功夫都做得好好的，这次，岂有失败之理？思忖一会儿，也便欣然过得一宵。次晨便整饬衣冠，安排香案，当着僧人，对天盟过誓，由僧人导入闲院，就蒲团上趺坐下来。僧人便道："这功夫至这将完成的次第，已近于僧家打坐入定的静功，你这次趺坐，却不要只顾运气，因为十一步的功夫已过，这运气已近自然，不须去顾虑了。你却须澄心静念，慢温火候，如四肢百节，或心念上有甚变动，或静中觉着有什么变态，切不可惊怪，只给他个一切不理。直至随意所向，气遍全身，那便是大功告成了。

老衲多日不曾吃酒游山，回头且就足下吃个痛快，以贺功成，如何?"

说着，从室隅取了竹杖，竟自飘然而去。这里刘宽正在矜持着如法趺坐，却闻僧人竹杖策策然，迤逦渐远。须臾，却作歌道:

> 至道从来说自然，此中火候待详参。
>
> 不须著力功成处，便是龙回九转天。

一片歌声，悠扬渐远。

这里刘宽不由暗想道:"这老和尚说话也颠倒，既叫俺小心这功夫成败的关头，怎又说不须着力呢? 不要管他，俺且依他的话尽力子澄心静念再说。"于是登时垂眉闭目，一时间虚堂寂寂，但闻微风拂牖，并檐雀一两声的偶然鸣噪。

坐得一盏茶时，刘宽不觉暗喜道:"照如此坐下去，想也无甚难处，倒是他说这功夫成败在这一次，却须当心。"想罢，便极力地加意端坐，先去澄心静念。这一来，不好了，越是加意，越反倒闹得诸念纷起，续续不断，没头没尾，也不知怎的，忽然都兜上心头。

刚又过得一盏茶时，已闹得自己耳鸣头晕、烦燥异常。正这当儿，忽闻鼠子啮物，其声嘎嘎，起于堂隅。刘宽听了，便赛如遽闻狮子吼一般，登时额汗浸淫，被面而下，暗想道:"倘如佛家因果之说可信时，俺终当为此鼠子诵经超荐才是。"想至此，越发烦燥，但觉心似鼎沸，身如被械，百忙中运气流走，但觉四肢百节中，非麻非木，似痛似痒，不但处处凝滞，大异往时，并且闹得心头乱跳，几乎连蒲团都坐不牢。当时刘宽心下一惊，自然是不顾一切，越发地加意静念。

正在越静越乱之间，忽闻街坊上行人相戏道:"呸! 你既这样不知趣，倒来说这淡话，没的倒辜负了俺的好心。"

说话间，一路喧笑。方从院墙外踢踏趑过时，这里刘宽忽地又是一惊，便觉一阵香风过处，早有个如花似玉的小媳妇子，光溜溜地直偎入自己怀中，不由分说，先跷起尖尖脚儿，置向膝头，一面又将香喷喷的嫩面孔贴靠近来，并羞答答地低笑道："如今更深人静，这灯光菩萨是不管人的闲事的，你不要只管蝎螫。如今除你知，便是我知，人就是及时行乐哇！"

说话间，嫣然一笑。刘宽恍惚中，睁眼瞧时，哪里还身在蒲团？但见满室内明灯漆几，琴画萧洒，自己偃卧客榻之上，却被个裸身美妇紧紧抱牢。那只开的窗子外，正在斜月如铂，明星淡淡哩。

看官，你道怎的？原来刘宽少年时，曾因藏书被鼠咂，曾亲使滚汤泼煞一窝鼠子，事过之后，却不断地耿耿在心。又曾夜行迷路，借宿于一家富室人家，不料那主妇恰值新寡，觑得客人精壮可爱，待至更深，竟脱得赤条条，学那文君夜奔的故事。闹得刘宽一跃价破窗而出，却以正言规劝。那主妇羞悔之下，没得搭讪，便道出几句言语，即如行人相戏的话，所以刘宽经此两番闻觉，便猛忆两番旧事。总之是越发加意静念，越发地诸念无端相续不已罢了。这个境界，在道家坐功中，就要铅飞汞走，在释家坐功中，就要外魔败道，却极是个危险关头哩。

当时刘宽恍惚中诸念纷驰，心神既乱，越发觉得身摇头晕，耳边就如万马奔腾，鸣钟伐鼓，又如怪风怒吼，身漂茫茫大海之中。休要说如往时的从容运气，便连如法趺坐也有些支持不得了。这一来，刘宽大惊，料是功败垂成。情急之下，竟真觉手足被罡气所激。有些拘挛的当儿，忽闻村寺午钟泠然飘落，这一来，倒惊醒刘宽的昏愦，不由暗想道："方才那和尚说什么不须著力功成处，又说是道法自然，如今既加意静念不得，也只好任其成败，听其自然了。"想至此，那心头焰腾腾的急火便如陡被一桶雪水一般，顷刻心念都静。便觉回旋于丹田中的那股罡气有如奋雷破地而冲，直达囟门。顷刻循脉贯注，遍于全身，连许多骨节、无数毛孔都有些咯咯作响、咈咈出气起来。并且顷刻间精神暴长，哪里还是先时的光景？那刘宽

75

大悦之下，转复自疑是梦，正要睁眼望望境界时，忽闻僧人在门外笑道："可贺足下今日功成，以后只是自家温养火候功夫，但愿足下谨记誓言。如今老衲行脚事大，也要打包他去了。"

说话间，掀帘趑入，手中竟持了那只木钵。这一来，闹得刘宽登时惘然惜别，忙下蒲团，一面向他略说这十二步的坐功光景，一面坚意挽留。

僧人笑道："足下不须恋恋，倒是老衲来时，从酒肉上与足下结缘，如今临去，还烦足下为一盛设如何？"

刘宽听了，虽在惘惘惜别之下，倒也扑哧声笑了。情知留他不得，只得一面和他促坐深谈，一面命用人就前厅上去设筵席。须臾备酒，两人趑去就坐，离觞既倾，谈笑愈密。

刘宽便道："弟子幸承吾师不吝指示，会了这九转回龙的铁布衫法，据吾师说起来是天下无敌的了。不知此法还有破解之术吗？"

僧人笑道："你这话好呆，天下没有没破解的法儿，即如习此法的，浑身如铜浇铁铸，锋刃不入，但是就怕……"

刘宽倾耳之下，只见他笑吟吟一摸结喉骨下，忽闻院后门外一阵喧嚷，接着便闻众佣吵道："打打打！"

刘宽忙跑去瞧时，却是个无赖恶丐，正横不椰子躺在门槛上，喃喃乱骂。浑身只有一条麻布破裤，见得主人出来，便索性就门槛大钉上一滚，登时裤破，屁股上长血直流，并大叫道："你等仗着财主势力，苦害穷爷。来来来，如今老子就结识你们。"

正乱着，恰好一佣工提拳赶去，却被刘宽随后喝住，因急于打发厌物离门，便一面上前喝斥两句，一面命佣工去取钱米。及至料理都清，趑回前厅，只见案上杯盘狼藉，那僧人已去多时咧。

这一来，张得刘宽好不怅然，忙入内院取了一包银两，姑且赶向村外，四下望时，但见歧路纵横，夕阳明灭，更不知僧人趑向哪条道路，于是徘徊一会儿，只好趑转。深恨那恶丐打扰，致自己不闻破解铁布衫之法。因与僧人相处日久，如今他乍去了，自己倒觉得十分寂寞，不想因一日无聊独坐，翻弄那册《回龙经》，却不觉鼓掌喜悦起来，于是唤得女儿玉华来，共看那僧人写的字迹。

看官，你道怎的？原来那僧人于临去之时，却将破解铁布衫的法儿写在那书后面咧。至于写的是什么法儿，我想看官们一定都心头闷个大疙瘩，急欲了然一切的。但是作者却不敢道破，因为在行文老法上，势有所不许，那么诸公只好仍去闷一霎，以后保管叫诸公拍案叫绝，并赞作者真有点交狯笔墨。但是这话又说回来咧，诸公这时闷得生病，却不要乱骂作者，因为事儿混沌，老没下文，这并不是作者创格，你看如今政府诸公，办起事来，哪一件不混沌，哪一桩有个下文？若作者独挨恶骂，岂不冤枉？诸公若一例价逐事去骂，只恐你生了七个嘴八个舌，也骂不了许多哩。唉！就此打住，且叙正文吧。

当时刘宽既见那僧人写的破解铁布衫之法，真是一喜一惧，喜的是自家幸得古来真传的绝艺，惧的是天下能人甚多，焉知没有会破解这铁布衫的呢？于是沉吟一会儿，从此便把那册《回龙经》珍藏起来。那玉华不自量力，虽也吵着刘宽，照书教与她，刘宽因为她年岁小，不能领略运气内功，哪里理她？只于闲居之暇，自家温习火候。

转眼过得三四年，早到了炉火纯青的时候，只须略一存想，登时就气遍全身，并且内功造极，也就通于外功的技击剑术，那刘宽剑术大进，更不必细表了。

但是刘宽虽如此的身怀绝艺，因为他生性恬退，不事矜张，不但在外人跟前对于铁布衫法一字不提，便连好友，如李因培，这三四年中，两人有时会面，刘宽也未曾道及一字，反倒绝艺在身，日益恬退，除闲居教与玉华浅近武功外，便是短衣草履，寻山玩水。人家望见他，便如个灰扑扑的村人，那刘好好的名儿倒日益著闻。

那处州地面，本有些红帮人众，便想拖刘宽入帮，以壮声势。红帮首领曾几次价烦人来邀，却被刘宽婉言拒绝。原来这江淮地面，有两个民众团结的组织，一名红帮，一名青帮，人众极多，势力极大，便是官府，不但奈何他们不得，还须设法笼络那帮头，以免他们扰乱地面。两帮中都是鱼龙混杂，诸色人等都有，比较起来，青帮略为良善，因为帮中规法，不许杀人放火，闯大乱子，只不过大家团结势力，免得贪官酷吏、土豪滑绅等来无端欺侮就是。讲到那红帮，却凶得紧了，原其命名，单取这个红字，或就是杀人溅血之意。其中帮友并有些亡命之徒，并滚了马的大强盗，或系各处的游兵溃勇，再不然，便是各处的作奸犯法人们，被官中追捕得狗急跳墙，也便一屁股投入帮中，凑个热闹，你想此先进人们，聚成帮伙，哪里会安全？于是大家背了帮头，不免就闹些血案凶事。那帮头虽一般也定有帮规，却管不了许多，因此江湖间提起红帮来，无人不皱眉头，都厌恶他们恃众胡闹，虽说是帮内也有意气丈夫，但因为人类太杂，所以刘宽就一径地敬谢不敏哩。但是，刘宽从拒绝红帮中来人之后，耳朵内也听了不少的吹风卖嚷，有的说帮头将寻来为难，有的说帮众将抢来放火烧房，更有血淋淋的，说不定哪一天，便将刘宽打了包儿的。刘宽听了，只付之一笑，依然徜徉自得，更索性地不谈武功。

这年春天，又当楝子花开、石首鱼来的当儿，刘宽忽然游兴发作，且思和良友李因培衔杯一乐。原来那台州靠海汊的地面有一所在，名为羊角港，地势虽稍狭，却是石首鱼来时丛聚之处，所以众渔帮每在届期都集此处，占风候雨，十分热闹。每一帮就是十几只大船，挂帆驾网，游弋于长风高浪之中。船上人都是些精壮渔户，鸣钲喝号，歌呼相闻，一时间各显手段，便如养龙舟一般，每一网下去，就得鱼数千斤。因为那石首乘潮来时，万头喽喽，简直的遮却水面，衔尾不断地直过个三四日，方才没得。但是这物儿，就怕闻雷，那正过的时光，只要雷声一响，登时万鳞齐沉，那老餐们再想朵颐，只好来年再见了。那众渔帮雇人备船，都破着好大的资本，只要雷公爷一高兴放个响炮，便算干赔一注，所以大家于这鱼来的

78

三四日中，都没命地争先撒网。这期间，因争先之故，寻常口角打架，自不消说，更有此帮和彼帮积不相能，便彼此各邀打手，各请好汉，为争这先撒头网、先期约地，便决斗打降的。因此那羊角港一片渔场，虽是热闹有趣，毕竟也是个是非之地。刘宽却因李因培家在羊角港左近，所以想去访因培，就势瞧一个打鱼的热闹哩。当时刘宽主意既定，便和玉华说知。

玉华笑道："有趣有趣，那么爹爹也带俺去瞧打鱼吧！"

刘宽笑道："带你去不打紧，只是你没过门的婆婆家有些不方便哩！"

按下这里父女说笑一会儿，一宿晚景已过。

且说刘宽次日起身，用过早饭，便嘱咐佣工等照常工作，小心门户，自向静室中去结束衣冠。大家以为东家要去瞧亲家，一定是衣帽鲜明，不是骑马，便是坐车的了。大家正在前院中指指画画，纷纷猜测，只听刘宽道："我去了，你们不要躲懒，一味价吃酒耍钱，回来猪子肥瘦、院子脏净，和你们那吃酒耍钱没精神的脸子，俺是一看便知的。"

说话间，履声踢踏，已出二门。大家望时，几乎失笑起来，只见刘宽戴着一顶卷檐旧雨笠，穿一件搭膝盖布衫，因新浆得硬邦邦，又肥又大，走起路来甚是村气。下面穿着很累赘的大脚细布裤，再望到脚下，想是因须行山路之故，却闹了双多耳麻鞋。腰带上还带着旱烟大荷包，里面鼓绷绷的，还插着根三镶翠嘴的湘竹短烟筒，翠色湛绿，照眼生光，端的是件好物儿。便见他一路摇摆，直出大门。大家匿笑，送他回头，知他素性通脱，不修边幅，也便不以为异。按下这里众佣工各遵主命，如常工作。

且说刘宽出得家门，取路价直奔台州，虽是二百多里的路程，在刘宽走起来，只如街坊家去串个门儿，因为他这时练的飞行术，虽不及神行太保，也赛如地行仙了。当时一路徜徉，又趁着艳阳天气，没到午时，已抵台州地面，距那李因培家下也不过百十里的程

79

途了。

刘宽因为时颇早，便入州城游览一会儿，又随便就一处小店中去打午尖，本想是吃了就走，哪知那小店是个推车挑担人们所落脚的起火小店，凡有客来，都系由客人掏钱，由店人去买物来，现起火做饭。那刘宽脚既踏入，不便再出来，也只好如此办理。偏偏那店人又小气不过，思量客人少吃些，以便多剩下来自己享用，于是做饭之时随便多搁了一把盐。刘宽不晓得就里，等了个心烦意倦，方见店人端到了干烙大饼、烂炖牛肉，鲜亮亮地摆在案上，倒似乎十分可口。及至举箸大嚼，却煞得口咸，但是刘宽一来急于赶路，二来正在肚饥，也只好将就一饱。及至出得州城，业已过午时分，只趱过十余里之遥，已望见那羊角港海汊一带云树苍茫，隐隐的樯帆如林，便如短荠簇簇，左一带遥峰出没隐现于海气混茫之中，约略其下，便是李因培的所居了。

这时，大道上行人颇多，车马奔驰，黄尘如雾，噎得人气息都闭。刘宽又不便施展飞行术，逐队价蹐蹯一会儿，因暗笑道："我好发呆，此去到李因培家，本有条山僻小路，俺为甚放着自在不自在，却在大道上跟他们乱拱蛆虫？"

接着便有人大喝道："让路让路，老子家伙上没得眼睛，戳了哪个的屁股眼子，却不管整理哩。"

声尽处，道上行人纷纷乱闪。刘宽忙侧身望时，不由略为一怔。

正是：

　　望里故人方落落，眼前俗子又纷纷。

欲知后事如何，且听下回分解。

第八回

十里麻嬲客走东庄
画眉蛋携朋卖假药

　　且说刘宽猛闻背后大喝让路，侧身望时，便见一群壮年汉子，一个个横眉溜眼，嘻嘻哈哈，直拢过来，也有短衣快靴的，也有歪戴大帽敞披大衫的，也有拎着雀笼搓着铁球的，都横着膀子，脸上摆足了天官赐福的好汉样儿，并且都带着单刀铁尺、钩竿短棍等兵器。其中一个麻面汉子，一抡粗胳膊，便吵道："他娘的，货卖时价，艺献当场，咱既应了人家这份帮场的买，就须给人家个痛快，眼睁睁明日就上场，咱快快赶到那里，也好叫人家安置分配。你们且在大道上爬沙，俺却要抄近先去了。"说着，一抡大衫，便是个燕儿飞式，径从刘宽身旁直趋小道。

　　这里刘宽方诧那麻面汉子举步如飞，真还伶俐，其余众汉子却笑道："你们瞧咱哥这两条兔子腿，总须露一露，咱们使人几个钱，不过是到场应应景，吃太平筵、打太平拳的勾当。天坍了，自有大汉去顶，咱这当小卒的，才犯不着卖这份叔伯气力，横竖咱们属豆芽的，自认是菜物货，露不了脸，也吃不了亏，且叫他先去逞能为吧。"说话间，一路歌呼，纷纷而过。

　　这里刘宽一面也奔小道，一面张那麻面汉子，已自飞也似趱出里把地外，却又从一股斜刺歧路上直跑将去。当时刘宽怙惚回这班汉子的光景，料是无赖辈，不知是向哪里去打降闹乱子，地面上既有青红帮众，此等事是常有的。于是趱行之下，并不为意，随路张那麻面汉子时，早已影儿没得咧。

这时，小道上也自有些步行小贩人等，一个个肩挑背负着货物，都累得黑汗白流。刘宽当着他们，又不便施展飞行术，只好搭讪着从容前进，问起他们来，却都是向羊角港澳，赶渔季上的生意的。

其中一人便道："真他娘的丧气，俺们脱裤子当袄，弄些资本，贩些货物，又白搭了穷腿子去赶渔季，本想是好歹发点利市，不想在前路上又听说那所在要闹什么乱子。此一去，若揍住货物，才别扭哩。"

又一人笑道："你老哥不要啾唧，凡事就是听天由命，若讲其个别扭起来，你还不如我，你的资本是自家的，赔干了也没人报怨。你瞧我，巴巴地当了我老婆一条绸子裤，才贩了这点货物，倘然揍住赔干了的话，人家就是不瞒怨，只要沉沉脸子、嗷嗷嘴，也就够瞧的了。"

刘宽听了，正在好笑，却又有一人道："那不打紧，她不怕沉得脸子待滴水，嗷得嘴子好拴驴，只须你半夜醒来，将你那不言不语的和事佬悄悄请出来，她自然就好了。"说话间，一路喧笑，大家前进。

这时刘宽只好从容翔步，一面价浏览野景，直趱过数十里之遥。众小贩方循着一条蜿蜒斜径，离开小道，这里刘宽抬头望望天光，早已日色矮西。但见那对面遥峰空翠扑人，似已近在咫尺，约略着距李因培家下也不过二十余里了。于是刘宽紧紧腰身，足下加劲，登时施展开飞行术，瞬息之间，已驰过七八里远近，正见道旁的地影后缩，草树倒退。不好了！忽地觉着一阵烦躁，不但筋疲力倦，并且口干舌燥，咽喉中就似要发火一样。

刘宽诧异之下，略一怙惚，方知是那煞口咸的大饼牛肉作怪，自出店来，滴水没饮。又跑了半日路，自然要口渴难耐了，于是忙忙驻步，望向四外，本想是寻口泉水解渴，不料偏南向一处高冈上，

82

从树木交荫中，却现出矮矮的一带单房，并且灶烟微升，萦拂于树梢屋角之间，靠冈的左面，还接着一条稍宽的山路。极目望去，林木迤逦而曲折，远远的似乎还应有村落。刘宽见状，料那高冈上是有人家了，说不得只好去乞口水吃，再做道理。于是一径地奔到那片草房前，抬头望时，不觉大兑。但见：

当门四五株野树，靠壁两三般草花。

泥壁茅檐多洁净，此间正好试新茶。

原来那所在并非什么人家住户，却是一片野茶馆儿，一列价三间草厅颇为宽敞，门首还挂着苇帘儿，出檐的松棚也颇高大，上面还晒着一件汗渍的大衫，棚下设着白木长案，上面设有木盘，堆着些果食面饼干丝熟鸡子之类，大概是茶馆中挂卖点心。靠茶案还有迎风明灶，上面坐着个老大的水壶，这时正壶嘴中白气缕缕，瓶笙微吟，似乎是水要滚沸。又有个鬼脸青的矮水瓮设在灶旁，席盖半启，露着个瓢把儿。

当时刘宽见门首静悄悄的，通没得人，因口渴得紧，也不暇喊唤馆主。刚蹭过苇帘，要去取瓢，先吃口冷水的当儿，忽闻厅内有妇人低唾道："你不要得一望二，通似个喂不饱的馋痨狗，凭你这份丑脸子，老娘便是八辈子干魃了，没得滋润，也不稀罕你来讨厌。俺不过吃你歪缠，舍给你，打发你快滚蛋，俺好做生意。你瞧你倒样上来咧，什么再来个花样，你汗渍的大衫都干，快些放手，走你的清秋路是正经哩。"说话间，一阵乱笑。

又有床榻咯咯之声。刘宽听了不觉将取瓢的手缩回，悄悄蹑步，就帘缝向内一瞧，不觉好笑。只见厅内座位整齐，却没吃茶的客人。靠北壁之隅，设有草榻并木厨，厨内是庋着壶碗之类，榻上却有个短衣男子，面朝里歪卧着，却两手钩拦住个半起身的妇人。那妇人年可二十多岁，生得白白致致，眉目间颇挂骚俏，只是眉梢鬓角间

83

略带灶下的灰尘。这时，被那男子撕扭，只挣得鬓乱脸红，笑喘吁吁，便尽力子伸去一指，向男子额上一戳。不料那半敞的衫襟一扬，这里刘宽方望见一只白嫩嫩胖乳垂向男子侧卧的面前。

忽闻背后呼的一声，沸水冒出。慌得刘宽一面转步去提下那壶，一面暗笑那厅中妇人或就是茶婆的当儿，恰好那妇人闻得灶上水沸，也自扣襟掠鬓地忙忙跑出，一见刘宽，不觉红了脸道："劳驾劳驾，你老敢是才来吗？可巧俺有点儿事，在里面占着手，如今倒有劳尊驾了！"

刘宽随口道："好说好说，生意勾当，谁不许有点儿事呢？俺倒是到此一雯了，若不是口渴要吃茶，也就走清秋大路，不来打搅大嫂了。"

一句话不打紧，只闹得茶婆嫩脸飞红，狠狠地瞪了刘宽一眼，即便提了开水壶，转身道客。原来刘宽自身怀绝艺，闲居自乐以来，不但矜躁好胜之念全无，并且看得世事一切雪淡，随处游戏，颇有玩世之风，所以给了茶婆两句痒习习的俏皮话哩。

当时，刘宽偎随在茶婆背后，却见她贴脊梁的衣衫皱巴巴的，不觉越发好笑，暗想："那个没人样的男子，一定是闻有客来，就溜掉了。"哪知一脚踏入厅，却正见他由榻上欠伸而起，一个懒腰没伸完，倒将刘宽张得一愣，暗想道："这小子好快腿，居然就走到俺前面，怪不得他抛却同伴，独走小道。原来揣了满肚的俏，来摆布这小娘儿哩。"

原来那男子非别个，便是刘宽在来途上所见的那麻面汉子。这时却恶狠狠瞪了刘宽一眼，便发话道："我说你这老乡，出门走路，怎的不会打算盘，你那钱，一锄锄地锄出来，容易吗？白抄两碗冷水吃，走你娘的路，罢呀，却又高抬高摆，来充人样，进来吃茶怎的？你瞧你一脚黄泥还没掉，这是何苦呢？"

说着，掉臂站起，方要来叉自己，却被茶婆搡了一把道："你来吃茶，人家也来吃茶，大小都是俺的生意哩！"

说话间，泡了两壶茶，分置两座，便一面笑嘻嘻去取点心。这里刘宽和麻面汉子彼此地二瞪一眼，分头落座。刘宽偷眼瞧他一张大麻脸业已气得疥蛤蟆一般，因暗笑道："这小子好生霸气，看来不像好人，莫非这茶婆是他霸占着不成？他既嫌我村气讨厌，我就给他个讨厌到底。"

　　于是故意价拎起茶壶，就嘴便饮，吸溜一下子，却烫得龇牙咧嘴，赶忙将口热茶吐在地下。麻面汉子正在微微冷笑，这里刘宽早又将茶盖掀开，取大碗控出茶来，一面喊茶婆快来点心，一面取下两笠，尽力子直扇那茶。一时间笠尘四飞，都落向那麻汉面凹中，气得麻汉索性地背面而坐。刘宽见他脑后的脖筋只管胀起，正在越发好笑，恰好茶婆扭扭地端进点心，本想是先摆向麻汉案上，却被刘宽唤住道："大嫂这里来，俺跑了许多路，又饥又渴，就似喂不饱的馋痨狗。没别的，你先打发打发我吧！"

　　茶婆听了，只好笑嘻嘻就如不闻。忙向刘宽案上摆置点心的当儿，那麻汉却已呼一声转过面来。刘宽一面和茶婆说笑兜搭，一面瞧他那气性可就大咧，连荐子带脸就似红虫一般，刘宽见了，越发得意。

　　须臾茶罢，即便掏付茶钱，因欲故意价怄那麻汉，偏偏地歇坐不去。又一面掏出那翠嘴烟筒，就案上香盘慢慢吸着。本是故示暇逸，哪知那麻汉瞥见那翠嘴，登时哈哈地一阵冷笑，一个虎势扑过来，将刘宽臂胸揪牢，大喝道："明人不做暗事，你既来侦察俺们，便请你去见俺的头儿。你这样装龙装虎，来哄哪个？叫你自家说，你这身村厮穿戴，配有这翠嘴吗？"

　　说话间，举手一带，刘宽便是一个趔趄。这里茶婆愣怔怔方收起案上的茶钱，那麻汉已自拖了刘宽，拔步出厅，一径地便奔往左面那条山路。

　　这时已日色衔山，暮烟渐起。看官，你道刘宽为何这等脓色，便一声不哼，被麻汉轻轻拖去？原来刘宽起先怄麻汉，还是出于游

85

戏，既闻麻汉说自己来侦察，又说去见他的头儿，便疑这麻汉是个强盗，此一去探探强盗的巢穴，倒也有趣。好便好，不好时，趁势除却强人，岂不与地方上免害？总而言之，是艺高人胆大，看那龙潭虎穴的所在，只如寻常，不过是高兴游戏罢了，哪知此一去，却又出乎自己意料之外呢。

当时刘宽主意既定，便索性低头不语，暗暗留神所经的道路。

那麻汉却且走且吵道："你那里头刚强，俺那里头也不弱，是好汉，就拳来脚去，打个明明白白，难道俺们怕你侦察不成？休要说俺头儿本领惊人，赛过了远近闻名的刘好好，便是老子，绰号儿十里麻，哪个不晓？俺是刘好好的大徒弟，因为俺一跺脚，四街乱颤，连十里内的人们都麻倒了。你这厮吃了大虫心肝豹子胆，竟敢太岁头上来动土，在俺面前闹诡。哼哼！朋友别忙，等少时见过俺头儿，咱们爷们再交代吧。你还不知刘好好教给俺的八宝护腔刀多么霸道哩！"

刘宽听了，好笑之下，简直地摸头不着，依然给他个一声不响。但见所经道路渐就崎岖，从苍茫暮色中约莫趱过七八里之遥，却已来至一片海堧之间，四外价黄茅白苇，草树连天。其中一片广阔沙场，极目望去，也隐隐似有村墟，并渔庄虾舍等人家，侧耳远聆，旦暮洪波震耳，野风萧萧，端的好片荒野所在。

这时，一团暝色业已黑压压地从四面压将来，却从对面里把地外，现出高高的一碗竿灯，其下似有人家，并有兵仗摩擦之声隐隐地随风而至。这里刘宽料是什么强人的剿穴了，虽说是恃艺无恐，也未免心下戒备。正在跟了那麻汉一路跑去，又一面眼观四路、耳听八方的当儿，忽闻麻汉尖厉厉地一吹口哨，抬头望时，却已来至那竿灯之下。却从树木交荫中现出老大一片庄院，缭垣四起，院门高峻，静宕宕闭着门，但微见里面的耿耿灯光上浮树梢。侧耳听去，但闻里面人语喧哗，犬吠如豹，并略有妇女笑语之声，这一来，闹得刘宽不觉心下怙惙，因为这所在不像什么强盗巢穴，却像个大户人家哩。

当时刘宽正在观望，早闻门内脚步响动，接着便有人道："麻老哥吗？你怎的抄近道儿，却走在俺们屁股后头？那会子咱头儿点名，不见你，便疑是你被西庄上架了去，甚是着急哩。"

说话间，院门开处，满院灯光点得火龙相似，一哄价趱出四五人。刘宽望时，便是在那大道上和麻汉同行的众汉子。这时，却一个个短衣包头，十分伶俐，似乎是试练拳脚方罢。刘宽见了，正不晓这班宝贝都是什么鸟人。

麻汉便道："西庄上什么鸟人敢架俺？不瞒你说，俺却架了个西庄上的奸细来咧。少时，见过咱头儿，咱先大大的块剁了这厮，多少也给西庄上个下马威哩。"

众汉听了，登时跳跃喝彩。有的便揎拳勒袖，直凑上来，就这乌烟瘴气中，大家早一拥入内。刘宽暗笑之下，因不知就里，倒也不敢怠慢，便一面暗暗运气，以防不测，一面跟他们趱过一层院落。留神瞧时，却已来至一处很宽敞的跨院之中，两列厢房十分高敞，其中都明灯火烛，坐着些高头宽膊、横眉溜眼的人，有的还扇着膀子，大说大笑；有的便搽抹刀剑，浑身抖动。那靠院门宽敞之处，又有四五个汉子，飞脚抢拳，咕咚咚跳得山响。再望向两厢尽处，却是坐北朝南的五间大厅，明窗四启，挂着板帘，但见里面灯烛辉煌，并闻杯箸响动、男女说笑，似乎是有人饮酒作乐。

这时，院中人们闻得那麻汉带到奸细，便一窝蜂似的都拥上来。那麻汉唯恐大家来争他的功劳，正在一面引手乱推、一面乱骂的当儿。这里刘宽不由暗想道："看此光景，这所在还是强盗的巢穴，寻常住户哪里会有这许多的鸟汉？不消说，那强盗头儿准在厅内搂着娘儿们吃酒作乐哩。俺与其到厅内放不开手脚，或被他们暗算，倒不如引他出来捉老实的。古语云：'擒贼擒王。'只要抓住盗魁，哪怕这些鸟汉作闹？"怙惚间，恰好来至厅阶之下。那麻汉把手一紧，正要拖刘宽入厅报说一切，这里刘宽却猛地一顿双足，往后便倒，牵得麻汉向后一闪，赶忙放手。俯身瞧时，但见刘宽直挺挺仰面卧地，好个模样是：

面含微笑眼嫖嫖，卧虎龙盘气自豪。
谁识万钧罡气重，只疑胆怯苦求饶。

当时刘宽笑微微仰卧在地，只顾了潜气内转，四肢分布，却不道后面跟的众汉子早已大哄起来，更不容那麻汉仔细瞧看，便拥上来乱吵道："这厮准是犯了羊角风症，不然，便是吓得腿子软了。咱先搁起他，再做道理。"

说着，七手八脚，乱哄哄去搁刘宽。哪知刘宽卧在那里，便如生根一般，不但是分毫不动，并且索性地双目一合，鼾声大作。众汉不知就里，还在那里纷纷乱吵。

麻汉骂道："你们都快些滚蛋，这厮分明是要撒赖，等我先料理他两下再讲。"

说着，一脚踢去，却登时抱了腿子，啊呀不止。这里刘宽暗笑之下，却又闻板帘响动，众汉便吵道："别乱别乱，李爷出来咧。"

说话间，呼地一闪。地下刘宽料得是盗魁出厅，正在暗运臂力，恰好觉得一路履声，已至身畔，于是双目一张，跃然而起，单拳一摆，方要来个黑虎掏心，却闻那人惊笑道："刘兄吗？你如何来到这里？"

刘宽听了，忙住手望时，也不觉大笑道："你休问我，你又如何来到这里呢？"

于是彼此向前，把臂大乐。原来那人非别个，却正是刘宽欲访的良友李因培哩。当时刘宽不暇进厅，便将自己的来意并到此的缘故一说。

因培笑道："亏得吾兄偶然游戏，咱们却在此相遇，俺却因朋友相约，在此勾当些事体。如今有现成的酒，权当俺与你接风，咱且进厅细谈吧！并且你来得正好，须要助俺一臂之力哩。"

说话间，板帘大启，香风飘处，却有两个娇滴滴的妓女笑嘻嘻掀帘而待。早望见厅内的明灯辉煌、盛筵罗列。

正这当儿，阶下众汉子中却有一人，蹩着脚子，呻吟趔去，大概便是那十里麻了。当时刘宽好笑之下，便跟因培入厅，就现成的酒筵上，彼此落座，两个妓女儿便红袖招摇，飞眉溜眼地陪坐劝酒。一时间良朋巧遇，自然是酒到干杯。须臾，擎杯欢笑之下，由因培一说自己到此之故。

看官，你道怎的？原来那羊角港治鱼的人们向来是分两股大帮，一是台州本地帮，帮头姓张，这片庄院便是他的别业，又作为帮众议事之所，名为东庄；一是外路帮，各外县的人们都有，帮头姓郝，是个江湖朋友，很交结些不三不四的人，凡是当大众首领的人，自然就有钱可抓，凭一个穷光蛋，到得台州，仗着两个拳头，降伏了外路各渔户，被推作帮头。没得三两年居然大阔其阔，便就这东庄之西置了老大的一片巨院，便名为西庄。郝帮头当起庄主，一般地吃喝排摆，酒肉宾朋，单是小婆子就一气儿弄了三四个。偶然掉臂入市，街坊们都屁滚尿流，群呼郝爷，这小子高兴时，或者向人家点点头，不然，便腆起脸子，连眼角都不去瞅。

大凡一个人要发了财，不怕是个兔子王八，他一定也想脱胎换骨、充充人物的，那郝帮头乍穿新鞋高抬脚，自然便要无事生非了。起先是每当渔季，都是先由本地帮去撒头网，期来已久，本防备的是喧宾夺主，及至这郝帮头要刬光棍，又探知张帮头为人有些长厚，便使人扬风卖嗓道："皇家路，大家走，难道羊角港这片渔场便是姓张的世业？凭什么便该他们本地帮先撒头网呢？你瞧着，俺非栽他个跟头，给外路帮争气不可。"

此等风言的作用，本是郝帮头敲山震虎，要使张帮头来拉拢自己，自己在本帮人们跟前露露光棍脸面，也就是咧。哪知张帮头为人虽长厚，那本地帮口人们却颇为歹斗，就有人觇透郝帮头之用意，便撺掇张帮头一面暗中准备，一面给他个白不理。这一来，郝帮头一炮没放响，拉出去的屎又没法再坐进来。偏搭着本帮人们又趁势来撮自己出路，这小子势成骑虎，没法下台，说不得，只好弄假成真，领了手下一班英雄好汉，火杂杂寻向张帮头家前去打降，一路上还寻思张帮头没得准备，给他个冷不防，定然得手。哪知强龙难压地头蛇，这时张帮头早已遣兵派将，就宅门左右埋伏停当，及至郝帮头领众到来，喘息未定，大家乱糟糟正搢鼓似的敲门乱骂，早闻得呼哨一声，张帮头的伏众尽起，登时分两翼，直抄将来。当时两帮众打作一团，乱滚屎蛋，自不消说。

偏那郝帮头不看风色，百忙中还想抓干脆，露露脸面。正在跳跃冲突之间，忽望见那张帮头踏在门前高石上只顾指挥，于是大喝一声，一个箭步蹿过来，单拳一摆，便是个金龙探爪，方喝得一声"小子，下来吧！"却闻背后暴雷似的喝道："姓郝的慢走，今天活该你出头露脸咧，老子担忧你吹大了气，塌了肚皮，只好给你堵上点吧。"

郝帮头听了，未及回身，便觉自己背上被人一把抓牢，直按得一头控地，尊臀高耸，接着便咪啦一声，屁股上裤裂肉露。这时，郝帮头料吃横亏就在眼前，百忙中挣扎不得。正在大喊："留脸！"并闻本地帮众鼓掌如雷之间，便见按自己的两人并非本地帮众，却是吃渔场的两个长大恶丐。原来这种乞丐，都泼皮异常，并且专吃渔场，譬如帮众们治上鱼来，挑拣装船等事，他们也跟着帮忙一切，及至事毕，无非是由帮头把与他们些辛苦酒钱，再与些死鱼烂虾，以供他们陶然一醉，本是没有多大起发的。偏偏那郝帮头死心瞎眼，小气不过，不但不许他们帮忙，并说他们随便偷鱼，吩咐帮众们见了就撵。至于张帮头，本来长厚，又怜念他们都是些苦哈哈，不但许其帮忙，并且酬劳颇厚。那乞丐们虽是泼皮，但是人心都是肉长的，又道是猫狗识温存，他们自然是好张恶郝了。所以这时便来横插胳膊，要趁势帮助张帮头羞辱郝姓，大家出口气。无赖人们自然是用无赖手段了，果然这一来，便将郝帮头吓慌，因为这场羞辱如果吃了的话，只好拿屁股去见人了。

且说当时郝帮头猛见两丐，料是自己的德政所感，正在挣扎着乱喊乱骂，便见又有一丐大叉步直奔过来，迎风一晃，先由破袖中挺出支六支头的大蜡，径向自己屁股上滑滑地一蹭，然后骂道："你这厮威风使尽，没事价只会欺负穷爷，今天且叫你尝尝穷爷的滋味。"因顾两丐道："老三老二，揪紧了他，咱只给他个干拧。"

这里郝帮头只顾杀猪似乱叫，又觉那屁股上啪的一掌，接着便觉圆圆滑滑的蜡尾已攻向吃紧的当儿。忽觉有人拍肩道："郝兄请起，如今贵帮人们都已退去，你也便请回府，且容小弟异日负荆吧！"

这时，郝帮头听得是张帮头的语音，哪里还敢抬头？使力挣脱两丐的手，抚头飞跑。一路颠顿之下，却还闻得本地帮众拍手大笑："姓郝的慢走，你丢了煞痒的物儿，就不要了吗？是朋友明日再来，俺们还在此恭候台驾喱！"

当时郝帮头听了，只羞得要死。回得西庄，查点所带去的英雄好汉，却又一个个被人家毁了个鼻歪嘴肿。丧气抱愧之下，自料非本地帮众之敌，本也想白换场羞辱，就此罢手。

哪知事儿偏会凑合，这年春天，将届渔季，却忽然来了个远路朋友。那郝帮头忽见此人，不觉登时气粗胆壮，便兴冲冲遣人传话，和张帮头定期打降。

你道这远路朋友是什么角色？原来此人名叫牛通，起先本是个卖假药的枪棒拳师，人家因他武艺低潮，只仗两片子贫嘴要溜口，便赠他个绰号，叫画眉蛋。不想这小子时运亨通，一日在旅店中遇着一个老江湖朋友，两人谈起来，因都是要拳棒卖假药的，既系同行，不觉十分相契。过得两日，那老江湖忽然病倒，偏又客囊萧索，连医药费都没得，光景可怜，自不消说。牛通一来怜其老困，二来想起同是天涯糊口的人，不觉便动了同病相怜之意，于是便自出囊金，与老江湖调理病势。偏他又染的是水痢之症，一日价泻个数十次，只呷口稀粥，不消三四日，业已委顿在榻，转动需人。那榻上遗秽并室中臭气，闹得满店人都掩鼻远避，唯有牛通却不嫌恶，与他煎药延医之下，还挂着服事一切。但是老江湖的病势日剧。

又过得两日，竟已气息奄奄。店主慌了手脚，便想将老江湖委之路侧。牛通不忍，正和店主口角交代之下，不料那老江湖忽闻得店灶上一股绿豆汤香，便吵着要吃，并且就枕上叩头，急不可耐。绿豆性凉，大家哪里敢把与他助其泻势？但是见他那婉转苦求之状，也只好把与他一碗汤，听其生死。不想他将汤饮尽，肚内辘辘地一阵响，挣扎入厕，下了许多积秽，竟自登时好咧。

原来这种痢症，只要病人思什么食物便把与他，就会好的。当时牛通和老江湖都各喜慰，自不消说。但是牛通那有限的囊金，经这番消耗，也就空空如也了。

一日，两人饭后在院中散步，老江湖因见墙角下有许多大石块，便用脚一蹴，笑道："俺幸承足下周旋，如今真觉气力复原了。"

牛通笑道："你的气力复原，俺却须卖气力去了。"于是将手中空乏、将去卖艺之意一说。

老江湖笑道："像足下每次去放个场，能得多少钱呢？"

牛通道："那也没有一定，俺打回拳脚，招恋的人多时，挺折腰，捡捡场，也许落个数百文钱。"

老江湖微笑道："咱们这生意，放起场倒是先须讲有法儿恋住人，不然，人家都扭头走掉，你还溜口个甚鸟？但是只凭寻常拳棒去引人，却不成功，要抓大钱钞，必须有点儿惊人的玩意儿，俺若不是这场病，少说着也在这一方抓个数百金。足下不信，俺就和你走一趟，看是如何？"

牛通听了，好不诧异，但是他那大病方好，骨瘦如柴的样儿，以为是闲说笑话，于是一笑之下，并不为意。哪知次日里结束停当，方要去赶某镇聚的集场，那老江湖竟真个趔将来，并且背了个大布袋，里面碌碌砢砢，也不知他装的是什么东西，牛通以为是药篓这类，及至用手摸揣，却是许多邦硬的大石块。牛通不便拦他高兴，只好相与同行。恰好这日某镇聚街头上正在演戏，男女纷纷，十分热闹。当时两人拣重要所在摆下场，牛通因老江湖是客情儿，正想让他先上一场，哪知他却就场角闲坐得四平八稳，一个呵欠，竟自倚了大布袋，用起盹睡功夫。牛通暗笑道："这倒不错，难道这就是惊人的玩意儿吗？"

于是，略有怙惚，只好自己先耍起走线锤，一面喤喤喤鸣起口锣去打场。这时戏台上正出来一出老旦的戏，大家瞧得讨厌，便呼一声都围向牛通拳场，牛通大喜，便照例地向大家抱拳道："小子今天来在贵处大邦之地，没别的，须求众位照应一二，哪位若说小子卖的药是假的，俺这些膏药便奉送诸位去贴屁股，至不济，众位走向四方，可以替小子传个裤裆里的名声，小意思，不算什么。"

大家听了，正在哈哈都笑。牛通早散却手中膏药，霍地一个飞脚，又砰啪扑哧，拍肩靠肘地闹过一阵，然后集气大喊道："众位上眼哪，小子出门学艺，曾用过十几年的苦功，经过十几位的名师，休要说南宗北派、长枪短打，一概的昆乱不挡，便是当年孙悟空的猴儿拳、陈抟老祖的睡仙拳，俺都学得滚瓜烂熟，因为俺不但跟俺师父困过觉，还给俺师娘刷过尿盆哩。"

说话间，向前一个抢步，那盘的小辫向下一溜，招得大家正在越发都笑，牛通却趁势扫地一夥，便正色道："诸位别笑，小子承诸位抬爱，叫我一声画眉蛋。虽透着挂些溜口，但是南京沈万三、北京枯树湾，人的名儿，树的影儿，真实本领，不是吹的，诸位上眼，且瞧俺这套拳脚，会看的看门道，不会看的看热闹，单摆浮搁，讲的是干净甩脆。"

说话间，一拉架儿，张得大家正在注目，牛通却又扑哧一笑道："但是这话又说回来哩，若讲到拳脚功夫，第一先讲沉住气，第二……"

说着，屈起两指，正要滔滔不休。哪知那些被溜口恋住的人恰闻得戏台上锣鼓喧天，开起中轴，就这纷纷将散之间，那老江湖却忽地揉眼站起，一面提了布袋置向当场，便笑道："诸位慢走，人是技有偏能，艺无百通，俺这伙计既交代过拳脚，也该俺来献份丑哩。"

　　说着，一甩大衫。大家见他赤脊膊上，都已露出根根瘦骨，正在好笑之下，便见他右臂一伸，哈的一声。大家忙再望时，不觉都登时驻步，重新围上来。

　　正是：

　　　　即看眩俗惊愚技，便是花拳绣腿人。

　　欲知后事如何，且听下回分解。

第九回

钻狗洞避捕入红帮
拆牛通乔装夸白战

上回书交代到老江湖右臂一伸，大家登时又围上来。看官，你道为何？

原来讲到武功，有真实派、江湖派两个路数。真实派有能为唯恐人知，江湖派虽没能为，却唯恐人不知，便如而今大言无实的人们，全做的是表面功夫，无非是想招人捧场儿，自己捞大钱罢了。

当时大家忽见老江湖右臂一伸，即便大步走场，却鼓着腮帮子，攒眉瞪眼，不唯溜口全无，并且一声不响，但是那右臂上和右胁下却登时虬筋盘结，并且筋脉隐现，有似流走。须臾，那胳肢窝间竟似紧起个老大的铁疙瘩。大家等闲没瞧过这等把戏，正在互相惊异，并来瞧的人越闹越多之间，便见老江湖竟从布袋中摸出两块青花粗石，都有整砖大小，当场价摔下一块，那地便是一个浅坑。这里大家眼未及瞬，便闻老江湖搞场道："你瞧这石块，不是假的，俺这一身贱骨头，自然也是真的，如今则叫他软碰硬，来一家伙。诸位若问这套功夫名堂的话，请你搭些盘川，到河南嵩山达摩庵走上一趟，那所在有处石壁，上面刻的便是达摩老祖留传下的这套功夫，其名儿就叫作线里藏针、万金不换的铁布衫法。"大家听了，正在愕然都惊，纷纷乱挤。

老江湖又抱拳四顾，忽赔笑："你瞧那位老爷子说了话咧！他说：'这铁布衫自当年桃花女和周公斗法，才代传至达摩老祖。练这

95

套功夫时，必须本人有大贵大富的好命，方能镇压一切，不然的话，必遭五雷轰顶、诸魔啖食之劫。因为上天嗔着本人盗窃造化阴阳之秘，当其练时，必使雷火下击，诸魔来犯，本人须仗着福命大，顶放豪光抵挡一切，直炼至三华聚顶、五气朝元的火候，方算成功。凭你一个穷小子，连吃饱饭的命都没得，就会这铁布衫法吗?' 哈哈！你老先生这套典故话讲得诚然不错，但是凡人不可貌相，海水不可斗量，你别瞧在下这时是苦哈哈，将来也许有二升谷糠的好命哩！再者，真金不怕火炼，文才不怕考官看，有好磨石，才显出金钢钻，老王卖瓜，自卖自夸，光说也不算，穆桂英大破天门阵，人家总是有那把神砂蛋，大闺女养孩子，只要有了就须干，哎！是行家，上眼哪。"

大家听了他那一串铃的溜口，正在好笑，便见他大喝一声，右臂攒力，接着便是个鸳鸯拐子脚，一阵价土起尘飞，竟将手中那石块塞向胳肢窝下，即闻吱嚓一阵响，登时碎石纷纷落了一地。这时，休说是大家喝彩，掷钱如雨，便连戏台下的许多人也都哄将来。于是老江湖又压夹诸石块，没得顷刻工夫，早见场四外人山人海，慌得牛通只顾收钱不迭，这才知老江湖真有点儿惊人玩意儿。

回得店来，检点这一场子所入的钱，就有百十吊之多。牛通欢喜之下，叩问起老江湖："夹石把戏真是什么铁布衫法吗?"

老江湖笑道："你好发呆，咱们这一行，明说明讲，切糕丸都当刀伤药卖，是不许有真材实料的，什么铁布衫法咧，金钟罩咧，咱也不过耳朵内听说罢了。方才俺那套把戏，虽不是铁布衫，倒也有点儿炼气的功夫，只是仅拘于右臂和右肋下，不过充着铁布衫的大名，挡俗眼卖假药而已。"

牛通听了，这才恍然，于是从那老江湖学会夹石之法，冲州过府地到处游行，金钱应手，好不得意，又一面狐朋狗友胡乱交际。本来自己挂些贼性儿，一来二去，便放着生意不做，竟当起贼的窝主，凡是黑道上的朋友，都向牛通处落脚。如此一来，既已招得官捕注目，偏这当儿，牛通又借着卖药为名，到各乡镇上与贼们踏寻富户，本是为劫财，不为却犯了"色"字。

一日，牛通在一家富户门首花说柳道，一面溜瞅着出入的门墙，但见双扉紧闭，静悄悄的，望向里面，除正院外，还有跨院。庄户中乡风，正院中都竖个天灯竿儿，上面都插个松柏枝，不时换新的，总要青葱葱取个万年青的吉利意思。当时牛通正在溜瞅，一面和来瞧的村童们说笑逗搭。忽见那灯竿上插的旧松枝被绳牵落，接着便有妇人笑道："你这妮子，好笨手笨脚，你快取个高凳来，待我上去，插这新枝吧！"

即闻有女孩儿笑道："罢了！娘娘一点点小脚，走路还风吹要倒，这高凳上哪里立得牢？还是俺大脚的上去，便是跌了脚也不打紧。"

即又闻妇人唾道："死妮子，脚大脚小的，什么张致？你快闪开，待我上去。"

这里牛通猛闻得这娇滴滴吾音钻入耳朵，正舒适不过，但见灯竿傍青葱葱松枝一冒，早钻上个半段的媳妇子，漆光似的大髻子，衬着三环金坠，拖在家常右衫之上，两肩削俏，从后影看去，已自十分袅娜。不料她双手一举，去插松枝，那宽衫袖向下一褪，竟自露出嫩藕似的两条玉臂。牛通这里色眼立瞪，正恨不得马上去咬上一口当儿，忽闻小女孩儿在下面吵道："娘娘慢拔脚，这新鞋子蹩了尖儿，不好看相，回头不惹得俺主人嗔娘娘，又嗔俺懒吗？你不要动，等俺掇掇你屁股，敢好也就顶着头儿，一下子插停当了。"

说话间，两只小手向上一冒。这里牛通两只毒眼又恨不得盯入墙内，去瞧人家写意所在之间，那妇人却一转面孔，向下面连连指手，又笑道："你这妮子，真应该打，怎的又鞋尖屁股的乱嚷起来？"

说话时一抬头，望见牛通，不由登时跳落下去。这里牛通正在急切间还望空墙，却闻里面一路价小脚飞跑。牛通定神良久，方想起那妇人是这样白白脸，弯弯眉，大大眼，小小嘴儿，似乎还是一笑俩酒窝儿，鼻翅儿上略有两个碎白俏麻子，至于一定是几个，却有点儿记不清楚了。正在呆呆发怔，连踏看门户都已忘掉，恰好一村童笑道："先生你见吗？这家儿才是门门攒钱的财主哩。门首无论有什么热闹，也不出来看，老大的正院中，只有她们娘儿两个，真也亏她坐得住。倒省得像那慌张娘儿们，听见打鼓上墙头了。"

在村童，说些话本是无心，哪知牛通听了，却暗喜机会凑巧，又自恃有点儿爬墙跳寨的能为，于是并不探清那富户何等角色。当时回到自己寓处，连怀中揣的膏药都不暇取出，便沽酒市肉，自庆今夜定然得趣。当时酒入欢肠，又想着那妇人的俏模样儿，真是越喝越乐。

须臾入夜，牛通只记清了村童说的那正院中只有娘儿两个的话，于是托大之下，连家伙也没带，一径地奔到富户宅后。由后墙跳入正院张时，果然静悄悄的，只是那跨院的角门还虚掩着。这时，牛通的心中只有个俏娘儿，哪里还顾别的？轻步价趱过角门，便是正房的后窗，但见灯火隐隐，微有鼻息之声，用手悄推那穿堂的后门，恰又是虚掩的。要说牛通这小子，自入了贼伙儿以来，还算个精灵角色，那黄夜入人宅的把戏，也不知干了多少，干净伶俐，真不含糊。这次不知怎的，就像个呆鸟一般，休要说瞻前顾后，连耳朵都不受使了。他去悄推门的当儿，分明听得跨院内窸窣有声，他却以为是微风摇树，这大概便是色能迷人的那句话了。

当时牛通既见门儿虚掩，且喜省许多手脚，忙凑近先舐破窗纸，向内张时，先见残灯半暗，罗帐低垂，一个小女孩儿在矮榻上拥衾而卧，也不知梦见什么，小脸儿上微作笑容。那高榻上，可恨有罗帐阻目。

牛通正在逡巡，忽闻帐内软软地嘤咛一声，似是梦呓，接着便垂得帐角一荡。可笑牛通毕竟是贼人胆虚，竟吓得眼一眨，忙再望时，不由大悦，因为那帐角边，竟自伸出一只尖尖脚儿，莲钩藕覆，衬着雪白腿腕儿，好不写意。这一来，牛通想起那小女孩儿乱吵娘娘脚小的话，知是那美妇无疑了。百忙中一甩右臂，正思量直奔机门，不好了，忽闻背后唰的一声，先有两只毛手直扑将来，接着便觉屁股上大嘴便咬，奇痛彻骨。牛通大惊，哧一声，挣得裤裂，忙回身一拳打去，早又见角门边嗤嗖地蹿来两个物件。

这时，牛通已望清是二头大狞狗，都有牛犊大小。正在一路价蹿避跳跃，人狗交哄，闹得通不够梁上君子的局面的当儿，早又闻跨院中大叫捉贼，火把齐明。牛通眼前一亮，料事不妙，好歹地冲出狗阵，仓皇间，怀里的膏药乱落，忙返奔至后墙边，飞身而上，早闻下面有人喝道："没贼，哪里走？"

一枪刺到，正中腿腕。牛通这时手才扳住墙头，正要用个鹞子翻身，这一来说不得，只好闹个癞狗卧地了。当时牛通忍痛价挣落后墙之外，且喜是片老深的草地，色心既退，不觉贼智忽生，便料敌人来寻，一定是舍近取远，于是就地一滚，将身隐入墙角草深处。向外张时，果见后院门开处，有一群护院人火杂杂各持枪棒，分头价寻向四外。

当时牛通忙忙地逃回寓所，一场丧气，只好离开那镇聚，趱回家下。方自幸一场丑事不为人知，哪知那官捕要来的风声早已传来。原来那富户还是个土豪角色，因自己时常出外，家中只剩妻子和一婢子，便雇用了一班护院人们，都住在那跨院中。当夜事发之后，护院人虽去追贼，却有留守的家人们由院中捡得牛通所遗的膏药，上面还印有牛家老药店的字样。那富户报案到官之后，那官捕这时正风闻牛通已做了贼的窝主，既见了这膏药，有了这做贼的实据，自然要来捉捕了。从此，牛通目料在故乡站不住脚，为避官捕起见，便索性投入左近的红帮中。这一来，真个得法，不但官捕不敢来捕，并且交结了许多朋友，自己又炫弄那假铁布衫法，为众人所推服。没得三四年，竟被那红帮总头儿所谓老大哥的派在台州一路，总管分帮，手下居然有千余人众。这一来，小子可抖起来了，由画眉蛋一变为铁臂熊，便是帮中人们赠给他的绰号。

当时牛通走马到任之下，正思量寻点儿事，摆摆威风，恰好闻得渔帮上郝帮头被张帮头折辱了一场。当年自己串街坊、卖假药时，经常与郝帮头杯酒盘桓，遇着风天雨地，没得生意做时，也便寄宿在郝家。那郝帮头和他款洽之下，通无厌色，所以这时牛通便来插胳膊挡横，一来是念其旧谊，二来也是想抖抖威风，以便震慑地面哩。

当时牛、郝把臂相见之下，杯酒款洽，自不消说，由牛通一道自己来拔刀相助之意。郝帮头听了，自然是感悦非常，便登时挺起腰板，一面置酒，大会帮众，一面去知会张帮头，定期在白沙洲地面打降。

这白沙洲地处东西两庄之间，地近海滨，十分荒僻，官中人们轻易踏不到，所以择地打降，以防官中干涉哩。当时张帮头既接了知会，又探得郝帮头请了个红帮中的头目，叫什么铁臂熊牛通，会的好铁布衫法，料得自己势必不敌，只好也忙去约请好汉。台州地面以枪棒著名的自然是属着李因培了。因培为人虽然好胜喜事，却不欲与红帮中人做缘结怨，因为红帮中人甚是毒性，好记死恨，不怕多年的老芥蒂，一旦得有机会，还来报复。

当时因培既接到张帮头约请之信，沉吟一会儿，一来是情面难却，二来觉得在台州地面上，若被外路渔帮占了上风去，未免连自己都没面孔，三来毕竟是自己好胜的秉性，哪里将牛通放在眼里？于是慨然应张帮头之请，先赴张宅见过，便自己来到这东庄，准备一切。张帮头遣人来盛治酒筵，唤到妓女，款待因培，自不消说。又从州城一带雇了一班打手来帮场儿，便是那十里麻等一干人了。

这晚上，因培因明日便是打降之期，唯恐那打手中或有拳脚呆笨的，上场去挫了锐气，于是督着他们，试练一回，自己方蹀入厅内，拥妓饮酒，不料那十里麻却误打误撞地掇得刘宽来哩。但是李因培和刘宽毕竟因此一番好胜多事，后来都吃了红帮的亏，此是后话慢表。

且说刘宽听因培说罢来此之故，并那牛通会铁布衫法，不由便料到牛通定是江湖派的虚伪伎俩，偶然高兴之下，便大笑道："俺此来本为寻吾兄看打鱼，不料却要请吾兄看打牛了。姓牛的铁布衫法

100

的真伪，俺一试便知，但是俺却不欲出头和此辈较量。明日咱只须如此这般，和他逗个笑儿，挫了他的尖儿，与咱本地渔帮争过这口气来，也就是咧。"

因培惊道："这怕不妥当吧，他倘或铁布衫是真的，刘兄岂不吃亏？"

刘宽笑道："你不要管，届时，管叫他丧气就是。"

因培听了，也就不便深问。慢表两人商议停当，衔杯欢叙，单等明日如约到场。

且说那牛通在郝帮头面前夸满海口，当日晚上，郝帮头就西庄上也是盛陈酒筵，待如上客，又招得几个土妓前来陪酒。那牛通酒至半酣，哪里还顾什么体貌？恒抱搂诸姬，肉麻又大言道："俺这绵里藏针的铁布衫法，可不是吹的，便是俺这物儿，也就形同铁棒，刀斧不惧，这是当面可以试验的。"

说着，放下怀中土妓，就要挦裤。闹得诸妓正在掩面乱笑，郝帮头道："牛兄且慢试验，俺闻东庄上请的好汉李因培，此人赫赫有名，想也不弱。如今咱也该准备一二才是，便请吾儿挑选手下人众，以备对敌如何？"

牛通大笑道："你但请放心，明天打降，更不用两下打手们去交手，他们不过是做个配场，只俺和李因培单干。不是小弟自夸的话，明日管保咱是这一个儿哩。"说着，一竖大指。

郝帮头听了，只好由他，便自去选定了手下人众。

次日早起，大家饱飨战饭。结束停当，一个个精神抖擞，端的是棍棒如林，约有百十人，摇旗呐喊，由牛通率领了，一窝蜂似的抢出西庄，便直奔白沙洲而来。这时，牛通拿出红帮中的凶实样儿，结束得怪模怪样儿。是头绾钻天锥神仙一把抓的小髻，上面插一朵血点红的山茶花，突突乱颤，赤起双膊，只穿一件大红缎绣着鸳鸯戏莲模样的苏州绿氅、襟贴背的背心儿。那胸前黑毛肉上，却露着青郁郁刺的一只飞熊，腰系黄支板带，披着一把泼风快的牛耳长攮子，锋芒雪亮，照眼生光。下系飞火烈焰纹的短裙，仅及膝盖，下面却露着黑毛精腿，脚下却踹双鹰嘴钩的搬尖洒鞋。你看他一路吆喝，就如山精一般，却又有两个稍长大汉，抬了一筐大石块，随在他背后。这一来，招得沿路村人都呼一声跟将来。牛通得意之下，索性拿出当年卖假药的溜口，众观者听了，你说谁不要瞧瞧他这铁布衫法？

及至到得白沙洲，大家纷纷瞭望之间，却见对面打场那边静悄悄驻定一簇人众，也一般地枪棒齐整，便是东庄上李因培所领的人众，约莫也有百十来人。但是人虽无多，却门户井然，一般地两翼排开，有如阵式，阵门下只站着十余个精壮打手，却不见李因培的影儿。要说打降决斗这件事，虽说是好勇斗狠，不法的行为，却也讲个先礼后兵，由两下头领搞些个江湖场面，然后动手。

当时众观者正目注牛通，料他必有一番客气，哪知西庄人众乱糟糟呼啦一闪，牛通霍地跳向当场，便大叫道："姓李的，有骨头没？如果有的话，咱是你来一脚，我去一拳，三鞭还两锏，咱须打个名堂来哩！"

说话间，一摆拳头，啪的声一迈势。慌得那抬筐的大汉忙取石置地之间，众观者早见对面阵门开处，闪出一人，头戴瓜皮便帽，反掖箭袖长袍，碾玉扣带上，佩着一柄带鞘短剑，脚下是绿云挖花的薄底快靴，更衬着白皙面孔，端的精神。

大家见是李因培出场，正在纷纷耳语，忽闻阵门前有人道："老爷慢走，你和他们一时价缠不清，且搬个凳儿歇坐吧。"

说话间，一路蹒跚，趑出一个仆人，手持矮凳，竟置向因培背后，却一勒胳膊，很透着伶俐似的站向因培身旁，一径地望着牛通，揉揉睡眼，打个呵息。大家仔细一望，几乎笑将起来。只见那仆人戴一顶油垢破帽，直压眉端，脸上是灰尘狼藉，眉目不分，一条小辫挂着些干草叶，却蜷曲在脖颈上。穿一件搭膝袍，又肥又大，模糊糊站在那里，便赛如《北平府》中杜二老爷跟班的。

当时大家忍笑之下，正在暗想："李因培如此漂亮，却用这样个二百五似的仆人。"便闻两帮中一声喊起："彼此的，各抄家伙！"

登时两阵对圆，大家以为两下里就要交手，正在远远地闪开场儿，便见牛通一拍胸膛，向李因培大叫道："姓李的，你是朋友，今天咱们是这么办，你是为朋友出头，俺也是为朋友拔腰，倒也不必乱打一场，彼此死伤。咱是英雄对英雄，好汉对好汉，各显显惊人本领，以定输赢。你若自揣没本领的话，就请你早早退避，须知你那脑袋大概硬不过这石块儿哩。"

因培听了，刚喝得一个"好"字，恰好那站的仆人倦眼一睁，向前一晃，又复呵欠连连。招得大家正在好笑，那牛通已掉臂而前，捡起一块大石，夹入胁下，大喝一声，咔嚓，石块立碎。大家见了，不由喝彩如雷，立转眼光，去望因培的当儿，忽见那仆人睁眼微笑道："这一声儿倒也响得有趣，老爷不必劳动，他这是挤胳肢窝，放假屁，哄孩子的勾当，算什么惊人本领？你别瞧他夹碎石块儿，却夹不碎俺的拳头。你老好鞋何必去沾臭狗屎？且待小人料理他就是。"

说话间，捻起右拳，趄向当场，一径地伸向牛通胁下。好笑牛通枉自闯了一番江湖，却是有目无珠，当时一来得意之下，不暇思索，二来又气不过这仆人说笑自己，于是大喝道："你这厮自来送死，却不要走！"

说着，右臂一张，夹牢来拳，猛地一挫牙，正在浑身用力，只听哎呀一声，两人中却倒了一个。大家忙望时，不由都惊得目定口呆，并且两阵中一声喊起，登时满场大乱。

正是：

戳穿纸虎原无物，鱼目何能久混珠？

欲知后事如何，且听下回分解。

103

第十回

逞凶威全羊开酒会
显绝艺梁燕落刀头

当时众观者见两人中一人倒地，以为那仆人必然是拳头立碎，连胳膊都折。及至仔细一瞧，不由大惊。

原来那仆人早和李因培趱入本阵，场中却横卧着牛通，右胁和右臂肉皮都破，鲜血滴滴，面色已痛得快灰白了。于是西庄人众只好一面乱骂，一面扶起牛通，大家狼狈而退。这里因培也便领众而回，至于这仆人是哪个，诸公自然都晓得，便是刘宽假扮的了。按下这里众观者都诧为异事，纷纷散掉，并那张帮头闻得本帮得胜的消息，大悦之下，便领人赴羊角港去撒头网。

且说因培和刘宽回到东庄，一面散却十里麻等，一面杯酒款叙。因培问起牛通怎的便败，方知刘宽已得了九转回龙的铁布衫法真传，所以那牛通的假把戏当之立挫哩。于是谈笑之下，越发款洽。

刘宽便道："俺此番乘兴游戏，却不要招出麻烦，李兄必嘱咐东庄人众，不要张扬俺姓名才好。"

因培笑道："牛通那厮，只怕顾性命还不迭，哪里还敢再来讨厌？"

刘宽道："不然，俺挫折他，只用了三分气力，不过皮破血流，却没伤筋动骨，只须敷些跌打药，过个一两日就会好的。那厮虽不足挂意，讨厌的是恐他约了红帮人们来无理取闹，岂不是由咱们惹起地方上的是非吗？咱还是嘱咐大家口严才是。"

因培听了，连连称是，便登时吩咐下去。

次日，因培本想将刘宽邀走自己家中，却当不得张帮头遣人来苦苦挽留，唯恐牛通不甘心，再来厮闹。两人没法儿，只好暂住东庄，连日价趱赴羊角港，去看打鱼。回头便杯酒盘鱼，好不自在。

过得四五日，渔季已过，刘宽游兴亦阑，正要别过因培，便寻归路。哪知这日傍晚时，两人正在大厅上杯酒款谈，左右忽报，有西庄人前来下帖请酒。因培觉得其来突如，命左右引入来人，一面正和刘宽相与猜测，只听厅外，有人粗声暴气地笑道："久仰久仰，足下便是处州刘好好吗？今敝帮首领承足下指教，感激不过，特备水酒，相邀一叙。席设敝庄，明日恭候台驾，你若不肯去赏脸的话，对不住，俺们只好到处州尊府去移樽就教了。"

说话间，人影一闪，趱入一人，手举红简，一径地置向刘宽面前，即便叉手而立。这里因培只顾端相那西庄来人，短衣佩刀，生得十分恶相。

那刘宽已从容价瞧罢简帖，便站起大笑道："俺既承贵首领见招，理当陪侍末座，如今俺这里残肴剩酒，不便款待足下，横竖咱们明天再见就是。"

说话间，将那来人亲送出去。这里因培趁空儿一瞧那简帖，不由大惊起来。原来上面只写着寥寥数字，是：

翌午谨具全羊，洁樽候叙。

那下款署着牛通的名字，又画着钢刀一把。

看官，你道因培为何吃惊？原来红帮中凡脔割人，将人打包，他们的隐语就叫作吃全羊会哩。至于牛通，怎的便晓得那仆人是刘宽假扮？便是因东庄上人是多的，嘴是杂的，虽说是经因培嘱咐，不许张扬出刘宽名字，但是大家一时间引为谈助，未免就在左近的

105

茶馆酒肆间说了个乌烟瘴气。红帮中人本来各处都有，这期间就有人听了去，报与牛通，所以牛通大怒之下，便要借红帮威势，和刘宽干一下子了。当时便借了郝帮头的西庄，飞符传檄，拘神遣将，从红帮中选了十来个精壮帮友，一面价准备一切，一面却遣人来请刘宽哩。

且说当时因培正在吃惊，恰巧刘宽送客转来，因培忙道："吾兄不该就应他去赴筵才是。俗语云：'筵无好筵，会无好会。'况且吃全羊便是他们宰割人的隐语。你虽是怕他不着，但是何必去冒此险呢？"

刘宽笑道："李兄不晓得，这场酒筵，俺倒不可不去，你不见那简中有移樽就教的字样吗？俺若不去，一来是示弱，二来他必然领某帮众闹向俺家，何苦因俺一人闹得乡里大家都不安生呢？好在俺自揣本领，还不至万一失事，再者俺闻他人宰割人，十分野蛮凶悍，便如生番野苗一般，这份眼界，等闲是开不到的。俺这番挫折他，本出于游戏，索性俺就游戏到底，此一去开开眼，倒也罢了。"

因培听了，毕竟放心不下，又知刘宽素性只要兴之所至，是不可挽回的，只好于酒罢之后，一面遣人去探西庄的动静，一面暗选定手下人众，准备届时自去接应刘宽。及至料理都毕，踅回客室，只见刘宽已就榻上酣睡如雷哩。慢表这里因培怙惙之下，又是佩服刘宽艺高人胆大，匆匆价一宿晚景已过。

且说刘宽一梦沉酣，直至次晨巳分方才醒来，匆匆下榻，结束停当，净过面，又吃了两杯茶，方要去走别因培，便去赴会。只见因培手提一柄明晃晃的长剑，忙忙踅来道："刘兄，那西庄去不得哩！如今我探得许多红帮人众都集庄内，又有数匹劣马，马上都驮着大小块的油布，这分明是做打包的准备哩。"

刘宽笑道："那只好且自由他，但是俺一诺千金，岂可失信？李兄拿这剑来，莫非要俺带去防身吗？如此倒叫他小觑了咱们，他只顾摆阵仗，无非是恐吓人的意思。刻下时光不早，咱也就回头再见吧!"

　　说话间,从容站起,拔步便走。按下因培提剑送出,只好且去齐合手下人,准备去打接应。

　　且说刘宽出得东庄,迈开大步,刚过得白沙洲,恰好遇着个卖柴汉子,却挑了一两担柴,从一条岔路上蹒跚走来,一面自语道:"他妈的,胆小不得将罕做,他半路上吓得丢了柴担跑回去,却叫我挑个双份,这是哪里说起?"

　　一抬头,望见刘宽,短衣布履,戴着草笠,也似个樵人模样,便龇牙咧嘴地驻步道:"喂!伙计来得恰好,咱商量个小勾当,可以的吗?你替我挑一担柴,咱到西庄郝宅,我给你数十文酒钱,如何?"

　　刘宽听了,知那汉子误认自己作樵夫,且喜就此机会,倒可以去觑觑光景。因笑道:"这有什么?咱们既是同行,什么酒钱不酒钱的。"

　　于是按草笠遮了半个面孔,一面接过一担柴来,又笑道:"你老哥也特煞好卖气力,一个人挑两担柴,如何成功?"

　　那汉子道:"你不晓得,皆因今天西庄上红帮中的人们要闹血淋淋宰人的大乱子,俺那个挑柴的伙计走到半路上,便吓回去哩!少时,你到那里,不要害怕,他们是冤有头债有主,干咱鸟事?回头咱们是四两烧刀子、两碗羊肉面,我的请儿,你道好吗?"

　　刘宽听了,好笑之下,因漫问道:"他们宰人,是什么光景呢?"

　　那汉子道:"凶得紧,有时将人大卸八块,有时剁成肉泥,更凶的是将人的脑瓜骨留作酒瓢,大家就如一班野人。"

　　那汉子说话间,忽见刘宽举步如飞,正在后面竭蹶着乱吵慢走。忽闻道旁有人喝道:"你们今天送柴去,不要耽搁,少时,这里就要闹缘故了。"

　　这里刘宽忙望时,却已来至西庄庄门之外,单是那把守庄门的人众,便有十余人,都一色的短衣露刃,脸子上杀气腾腾。再望向

107

庄门内，乱哄哄的，都是些红帮人掉臂往来，由庄门直接郝宅，但见刀光乱晃，一片价吆喝不绝。

这时，早有两个守门人趄将来，瞪起火眼，直瞧刘宽。当由那汉子说明来路，两人步入庄门。刘宽留神瞧时，果见有数匹马拴在郝宅门外，远望去，宅门上红红绿绿，却瞧不清。及至到门，却是悬挂的红绿彩绸，就如有什么喜事一般，却又有两口厚脊薄刃大锄刀，交叉着挂向门楣，那雪亮的刀光直从附扎的松柏枝内直射下来，并闻宅门内鼓吹如雷，好不热闹。

原来这红帮的习惯，以作翻人，引为喜庆之事，便如苗人们得仇之后，大家便相聚跳舞歌呼、酾酒相贺一般，便是这门首交叉双刀，也无非是学的苗人们凶野之相。总之是上无道揆，下无法守，致使枭雄财武之民，无所用其智力，却相聚于江湖间，习成凶野之性，以武乱纪。如果为上者，有个人养上之方，这些凶野人们怕不一变为干城腹心之选吗？

说到此间，令我引起感想，即如咱刻下中国，岂无枭雄材武之民，因为历年的当道者没有雄才大略，更不知作育之方，仅知叫他们助自己的权威，遂使国难当前，全国中等于无人，真是可叹极了。

当时刘宽既见此状，正暗想自己所闻红帮凶野的话不虚，那汉子已自当前引路。于是刘宽越发地暗暗留神，但见过得迎门照壁，靠西面便是黑漆屏门，屏门之内，便是老大的一处厅院，两厢厅房十分高敞，厢房中都明窗四启，里面是帮众纷纷，枪刀耀目。西厢中设有鼓乐，东厢中摆着酒筵，门首也都挂彩绸，坐北朝南，是五间大厅，一概地窗格都去，早望见屏风前一席盛筵，摆设停当，却只见是东西两座，靠东西两壁下却没有便座。远望去，那座上红红白白，只顾晃动，及至稍前审视，不觉好笑。

原来却是十来个长大白皙的土妓，都做苗女装束，金环椎髻，招摇作态，只用各色的绸块裹蔽了前阴后臀。每人都披着两条红纱舞带，衬着那酥胸玉乳，并白生生的粉股、尖翘翘莲钩，好不鲜亮

108

夺目。

　　这时刘宽暗暗诧笑之下，方要就那汉子背后卸下柴担，那汉子道："你这里路径不熟，可以在此少候，这柴由我送进去吧！"

　　刘宽唯唯，即便送过柴担。正见他挑了双担，转入厅旁箭道的当儿，忽由厅梁上飞出一只小燕，翅一翻，便已掠上厅檐。刘宽因仰望，正在上掀草笠，忽闻屏风后有人大笑道："刘朋友，你这就不对哩，上次俺承你赐教，你扮作仆人。这次俺恭候台驾，你又扮作卖柴汉，难道足下瞧俺姓牛的不够朋友吗？来来来，如今大家都到，专候足下，须知这羊子总要夹生地宰掉，才味鲜可口哩！"说着，尖厉厉一阵笑。

　　这里刘宽不觉精神暗长，方望见牛通由屏后衫影一瞥，迈步如飞，便闻两厢中一声喊起道："如今尊客既到，快请就座吧！"

　　这里刘宽但觉眼前一亮，早由两厢中拥出七八个彪形大汉，绾髻文身，只腰间系着百褶白布裙，一色的长刀如雪，佩在腰际。这里刘宽不暇理会，方紧行两步，去迎牛通，忽觉左右前后众手齐到，大家喝声"倒！"便是个小鬼闹金刚。刘宽大笑之下，只略晃胳膊，先将背后的三四大汉甩跌开丈余之外，左右扳腿的两汉见事不妙，方才撒手跑去。

　　刘宽只假作向牛通扫地一躬，却将对面一个大汉倒拔葱提将起来，便大笑道："牛朋友，俺今远来，没备得见面礼物，你且赏收这只肥羊子吧！"

　　说话间，轻轻一抛，合该那跑去的两汉晦气，但见一只笨牛似的东西从头上直掼下来，扑通声，大家都跌。那牛通略为气沮，正在一面肃客，一面乱喝众汉。恰好两厢中一阵价鼓吹大作，厅内的众妓也便纷纷站起，前来迓客。

　　这里刘宽倒分不开许多玉手前来搀扶，左顾右盼，但见花枝招展，不由暗笑道："俺老刘生平委实不曾吃过这等俏酒，今天这酒虽是有些异样的辣味，也要多吃两杯了。"怙惝间，大家入厅，当由牛通让客，便就筵席。

　　一时间，宾主落座，由土妓肉屏似的，簇拥着传杯递酒。这时，那七八个彪形大汉也蹭进来，一面站向东壁下侍立，一面仍按刀瞋目。牛通却骨碌碌眼睛乱转，一面劝酒，一面狞笑道："刘朋友，今天须尽量地多吃几杯，你既有胆量赴俺这全羊大会，端的不愧好汉，但是这话又说回来哩，俺闻俺帮中累次地邀请足下，却都被足下拒绝，如今趁此机会，足下若瞧俺够个朋友时，俺便当和足下杯酒定交，便请入帮何如？"说话间，厅廊下一阵喧哗，那东壁下众大汉也便手按刀柄，白森森刀光乱闪。

　　这里刘宽忙望廊下，却有四五个红绸里头的帮众，在那里铺设芦席油布。那宅外也便一阵价人喊马嘶，并传呼道："大家伺候了！"就这声中，牛通方凶睛一瞪，与刘宽斟满一杯。

　　刘宽却微笑道："牛朋友，你这番好意，俺只好心领。俗语说得好：'酒席筵前，莫谈正事。'咱且吃酒如何？"

　　说着，回敬牛通一杯，就着掣手之势，用指尖略指那杯。牛通方要端杯，说也奇怪，那杯却登时粉碎，酒流满案，闹得牛通正在一愕，恰好厅梁上燕语啁啾，由巢内落下些泥土打入碎杯之间，众妓上前，一阵地换杯收拾。好笑牛通那呆鸟，以为是巢土碎了杯子，也就不来理会了。

　　原来刘宽这等的指风，也便是罡气的作用。在武功中很是厉害，名为金风指，其劲如弩，能令人立中内伤，休要说一只杯子立碎哩。在刘宽施展这一招儿，本是明示牛通，叫他觉得不要再胡逞狗儿刨来献丑哩，哪知小子没开过这份眼，简直地不懂呢。

　　说到这里，便有明公发话道："作者先生，你这话有些灶王爷跳高儿，离了板哩。虽说是演义书中不无点缀的老例子，但是也须近乎情理，若说是指风碎杯，俺却不大信哩。"

　　作者笑道："这指风碎杯，通不为奇，你想罡气的作用，到神化处，便是剑气合一，碎个杯子算什么？即如北方好武的朋友，至今

110

还有练习百步拳法的。便是站在百步之外，用拳去遥搣烛火，拳才发出，那火立灭，用拳去搣井水，水便立腾，这和那金风指全是一理哩。"

当时刘宽见牛通竟不觉得．不由越发好笑，便索性地大吃大喝，通不客气。须臾，酒过三巡，桌上两套，牛通吩咐左右起舞。

顷刻间鼓吹大作，就这一片声中，厅内两壁下早现出两个舞团，东边是众大汉，做起夜叉舞，西边是众妓女，做起天魔舞，一边是刀光腾踔，虎步龙骧，一边是彩带飘扬，莺穿燕掠。须臾，又一变穿插，当筵合舞。满厅中一片光华，端的好个姿势。但见：

刀光泼雪带飘零，荞态妍容两不分。
莫认主人能醉客，会看酒阵集凶神。

当时刘宽从容衔杯，正见那舞势将阑，霍地一分，恰待退向两旁，便见牛通托地站起来，凶眉剔起，啪的声踢倒座椅，便大喝道："左右快取俺的大杯来，待俺立敬刘爷三杯。"一声未尽，厅内外轰应如雷。

刘宽但见东壁下众大汉刀光乱闪，趋步如风，顷刻围向自己左右，并那众妓也一溜烟跑入屏后的当儿，便见左右奉上一具颅骨漆杯，随后又见厅内外帮众一闪，趋入一个伶俐庖人，手捧盘肴，高举过顶，只单腿价向席半跪。早有左右喝声"退！"便接盘置案。

这里刘宽晓得是筋节儿了，暗笑之下，便故作仓皇失措，一面颤颤然扶案站起，一面瞧那盘肴，却是香喷喷的东坡大肉。但是上面却插着两把牛耳尖刀锋．锋尖耀目。这时，满院帮众反倒鸦雀无声，唯闻廊下策策然斗置油茶，并檐前小燕唧啾作响。好刘宽，你看他好会逗趣，当时暗运罡气，却倏地手儿一颤，正在筋儿翻落。

牛通却一面取起带肉的尖刀，一面大笑道："刘朋友，你要明白，今天这点儿小受用，是你咎由自取，咱们好汉子当心一刀喷股

111

血，斫掉头碗大的疤瘌，二十年后，又是这么一条大汉子，家出的骨头肉，为交朋友，不算回事。明年今日，是你抓周的喜事，俺说不定还去扰你一杯喜酒哩！如今俺且敬你个饱，不省得你黄泉路上抢野食吗？"说话间，单臂攒力，虬筋暴起。

这时，刘宽却再也忍笑不得，正在哈哈地探身接肉，声震满厅。说时迟，那时快，牛通一刀，方一个春喉式戳到刘宽嘴边，但听咯吧一声响，刀尖立折，那刘宽唇吻间早露出莹莹刀尖。牛通一怔，方趔趄向后略退，恰好呢喃一声，那小燕从外飞入，一翻翅儿，还未及梁巢，这里刘宽却略仰脖儿，一道光华直射上去，但闻唰的一声，小燕落地。

那厅外帮众见那刀尖正陷入燕颔，一阵价就地宛转，大家都惊得忘其所以。正在喝彩如雷，这里厅上众大汉却各挺钢刀，大呼齐上。牛通大悦，眼见众刀尖麻林似的攒向刘宽两胁，那刘宽虽是面不改色，却已摇摇欲倒。这小子一抖机灵，刚要赶去给刘宽个冲天炮，一脚踢翻，忽见刘宽张目大叱，精光四射，咯吧吧骨节作响。猛地一抖两膊，说也不信，但听嚓的声，众刀齐挫，众大汉纷纷跌倒。

这里牛通气昏之下，正在张皇四顾，却闻背后有人大笑道："牛朋友，端的好个全羊大会，俺今天吃酒过多，不暇细嚼滋味，敢请异日再为一设何如？"说话间，衣风一扬，牛通忙回望时，却见刘宽在对面屋脊上拱拱手，竟自瞥然不见。按下这里牛通一场扫兴，也没脸去见郝帮头，便领众直回本帮。

且说刘宽从容价离却西庄，刚趱至白沙洲左近，却见一班人各执枪棒，从对面迎来，及至近前，却是李因培领了手下人众来打接迎。两人晤面之下，由刘宽一说赴会的光景，因培不觉鼓掌大笑，于是大家回到东庄。这时，那张帮头因羊角港渔事已完，也自亲来款客，听因培说起刘宽方才赴西庄的光景，只有称赞不绝，于是连日地盛筵待客。

刘宽至此，游兴已阑，便别过因培等，自回处州，和玉华说起在台州许多事，倒招得玉华噘起小嘴儿道："都是爹不做好事，有这等热闹儿，却不带俺去看，以后你走到哪里哩，俺跟到哪里。"

刘宽听了，不觉大笑。

正是：

高谈游兴方情话，谁料萍踪竟远征。

欲知后事如何，且看下回分解。

第十一回

避帮徒漫游辞故里
会邻曲置酒款明师

当时刘宽和玉华说笑一会儿，也便将折挫红帮中牛通的一段事抛向脑后，依然地闲居自乐，除略教玉华浅近武功外，便是闲览方剂等书，做个消遣。

处州本多山，颇产药品，刘宽于登临之余，便识辨药草，随意采些来，照古方合成丸药，施舍给人，用以为乐。因温养罡气，忽又悟得以气治疾的作用，便索性地置备了药锄药篮，短衣草履，和一班采山的人们终日厮混。人家见了，只疑他是个野人，哪里还晓得是个身抱绝艺的武功家呢？

哪知这等清闲自在的福，老天是不肯等闲赐予人的，人家有个笑话说得好来，是有一大善人死后，蒙玉帝见召。问其来生所欲，善人道："臣本无能，亦无大欲，但愿来生布衣温暖，粗茶淡饭，目不见世态炎凉，耳不闻朝局治乱，内有椎髻之贤妻，外有负米之孝子，终其身逍遥于山水之间，俯仰火化，时至则行而已。"

玉帝听了，不觉离座躬身道："如此快请先生来坐我这位子，世界上如有这样清福，我还去享两天哩。"

哈哈！清福既难享如此，那刘宽正在快活，自然要出岔子了。

原来刘宽好饮，因要配一种松苓酒，又嫌那药店中所货的茯苓都非上品，便逐日入青田山去寻铲此药。那山中松树本茂，有一所

114

在，名为万松谷，里余之外，更闻得松涛涌动，有如海潮，极望平铺，七八里远近，都是青荡荡的走龙偃凤，松塔儿松籽落得满地，至于自生自枯的诸般草木，更不知有多少，因此这条路上樵牧甚多。那三里五里的岚光楼影之间，也便有些酒帘招摇，点缀画意，蓄些村酒，挂卖些零碎食物，为樵牧人们往来歇脚。

一日，刘宽行经此谷，忽望见一丝云气起于远远的峻崖丛松之间，细裁如筋，却经风不摇，从崖根冒起，直上数十丈，方缕缕然霏如团雾，蒙蒙四散。刘宽多览方书，不由大悦。原来这种云气现处，其下定有多年老茯苓，因为茯苓和琥珀都是老松的精华所结，堕入松根下，又经若干年，方成此物。至于那云气，也就是茯苓精华所现了。

当时刘宽欣然之下，一路望着云气，趑向那峻崖。只见流泉界道，野花乱开，草木馥馨，直参鼻观，便如仙境一般。须臾，至前瞧时，不觉喜得打跌，但见众松中有株老松，霜皮溜雨，黛色参天，端的是数百年之物。那根下碧苔如绣，杂生着许多松菌。这时松柯上正有两个松鼠驰逐跳跃，见有人来，便拱拱爪儿，唧溜声跑掉。刘宽不暇理会，寻准云根，即便动手。少时浮土铲净，茯苓立现，并且已自成形，便如狗头，一股芳香，直熏得刘宽手舞足蹈，于是寻了些槲叶包裹了，置入药筐，便寻归路。哪知来时只顾了仰觇云气，不曾留意记路，这时只走过里余远近，却有些模糊起来，但见夹路松荫，四外价乱山合沓。

刘宽就松中徘徊一会儿，只好拣稍宽的道路胡乱撞去，好容易望见一挂酒帘，斜挑出丛树之间，这才想起来时的道路，于是刘宽转地匆匆奔去瞧时，却是个茅檐小酒肆，三间肆面，黄土泥灶，倒也十分干净，里面业已有四五个短衣草鞋的汉子，在那里乱糟糟地吃酒讲话。望向肆面的穿堂后，还有些豆棚瓜架，并一带矮房儿，似乎是酒肆挂住家模样。

这时，正有个老店翁，一面给众汉子安置酒菜，一面望见刘宽，便笑道："客官敢是吃酒吗？你老来得恰好，俺今天才收拾出雅座儿，你老快来踏福吧！"说话间，满面春风，直迎出来。

这时，刘宽因寻路奔向酒帘，本无意吃酒，但是好饮的人既见这富有野趣的酒家，自然就要闻香下马了。于是微微一笑，跟那店翁踅过穿堂，却是一小院落，也一般杂植花草。靠东面有所草房，新糊的窗纸，门首还挂着一条褪颜落色的红布，两头结了两个蒜疙瘩，算是彩球，果然是新开张的模样，刘宽料是所谓雅座的了。及至踅入瞧时，不觉好笑，只见里面是一明两暗，用苇壁隔作三间，明间内迎门一个台坫儿，上面杂置诸物，七乱八糟，壁上挂一幅刘伶醉酒的年画儿，两旁还有红纸对联，也不知是哪位白字先生的大笔，写的是：

隔壁三家醋，开坛十里香。

刘宽一笑，刚要跟店翁踅入西暗间，却闻东间内有人击案道："老伙计，快着点儿，怎这样慢腾腾的，难道酒还没热吗？俺胡乱吃两杯，还有事要去办哩。"

店翁听了，连忙唯唯。刘宽踅入西间，由苇帘缝望那东间内时，迎门酒座边，却有个长大酒客，背着手，踱来踱去，穿一身紫花布短衣，急装缚裤，脚下是跑山麻鞋，一个小小包裹，并一条朴刀，置在靠案的榻头，望而知是个江湖朋友。酒案上杯箸已设，却还没酒菜。

刘宽见了，也没在意，便置下锄篮，就案落座，因漫问道："老人家，我来问你，你店中既新添了雅座，想来生意不错了？"

店翁攒眉道："你老别提咧！这山道上本没有多少生意，哪里用添什么雅座？皆因近些日，有些不三不四的人跑来充大爷，话前话后，说是向处州探听一个人。他们一到肆面屋内，不但白吃白喝挑眼，抹抹嘴巴子，喊声记账，拔腔就走。并且大吃小喝，胡骂乱卷，闹得别位酒客都不安生。老汉又瞧不透他们是什么路数，不敢惹他，所以收拾出这雅座来，为的是体面客人到来，有个座落。"说着，向东间一瞟，低声道："不想今天雅座刚开张，你瞧东间的那位就来摆天官赐福哩。这不消说，老汉今天只好又干搭……"

刘宽听了，好笑之下，正见那店翁眉毛直拧，恰巧肆面屋内乱喊来酒。那店翁如飞跑去之间，这里刘宽望那东间内酒客生得凶眉暴眼，果然不像良善之类，但因近来处州地面并没什么盗案生发，也就不去理会了。须臾，那店翁端到两份酒菜，就两座上摆设停当，匆匆又去。刘宽斟上一杯，一瞧那菜，却是一碟灰渣渣的盐卤腐皮、一碟花绿绿的韭菜炒蛋、一碟圆睁睁的寸切大肠，那一碟黄花绿沫，又夹些白粒红丝黑点儿，摊在那里，便如犯痔疮的先生们屙的薄屎一般，乍望去不辨何物，用箸蘸些尝尝，却是豆瓣秦椒加蛋黄瓠叶椒仁儿打的辣酱。所以闹了个五色俱全以外，还有两个中盘儿，无非是猪羊杂碎，并筋头膜脑的热肉之类，虽是草草地去吃喝，然而在这山道的村酒肆内也就很难得了。

当时刘宽欣然之下，对了这满案佳肴，正要举杯，忽闻东间内喃喃然祝祷之声。忙瞧时，却是那长大酒客正在举杯向天，嘴内念念有词。须臾，却奠酒于地，然后才斟酒自饮。这一来，刘宽不觉心中一动，因为凡是红帮中的朋友，饮酒时才有这套仪注，无非是敬天敬地之意，他们不但有此仪注，凡到茶馆酒肆中，那茗杯、酒杯、箸儿安放之形势，都有一定的暗号，好使同帮人一望而知。如有帮外人晓得他的暗号，倘若去模仿着逗笑儿，他们就可以白刃相仇，认为侮辱哩。

当时刘宽既见那酒客系红帮中人，又听店翁说有不三不四的人们向处州探听一个人的话，不由料到或与自己有些关系。正在停杯注目，忽闻院中脚步乱响。

那店翁急促促地道："你老这就不对咧，凡事有个先来后到，你老如何愣要人家让位子呢？请你屈尊，少待一霎，人家走后，你再吃酒好吗？"

即闻有人喝道："放你娘的屁，老子吃酒，如何少待？你就叫他们滚蛋，好多着的哩！"说话间，一阵抢攘，已到门外。

刘宽正听得那店翁乱吵"慢着！"便闻那东间内长大酒客大笑道："老二吗？你来得好巧，不须撒疯，快来吃个碰头酒吧！"说着，匆匆跑出。

那来人也便拍掌道："真巧真巧，没别的，今天须是俺的请儿，咱哥儿们许久不见，须要痛快喝一场子。哈哈！你瞧老哥，你满面红乐，真还发了福咧，可见心广体胖，四路进财，才有这个样儿。咱孩儿们还都扎实吗？俺那老嫂还那么白白胖胖好说好笑爱穿个仙人过桥的红鞋吗？俺至今记得那一天，她踢了俺个腔瓜儿，每到天阴下雨，俺屁股上便痒唰唰的哩。但是俺听说你一向在台州发财，怎的撞到这里呢？"

即又闻那酒客道："老二，别提咧！俺这是上命差遣，概不由己，皆因俺这位新上司要充人物，便苦了咱当小卒的腿子了。咱且吃酒叙谈吧！"说话间，匆匆踅入东间。

这里刘宽望那酒客背后，却跟定个短衣猥琐男子，生得獐头鼠目，甚是可笑。两人就座，那男子也一般地举杯向天。刘宽见了，正料他们都是红帮中的朋友，那酒客便笑向男子道："老二，你是兔子耳朵，本来长的，你想早听得俺台州牛头儿被刘好好折了对头弯吧！他要有忍性，吃个哑巴亏，也就好了。他却气不过，又觍着脸子去见咱们老大哥报说一切，在他的用意，本想是激动老大哥，和刘好好干一下子。哪知老大哥却嗔他挫了帮中锐气，说他浮躁妄为。本来咱帮中规矩，凡事不禀明老大哥，擅自行动的，便须吃一百脊杖，当时牛头儿被这一顿杖，几乎丧命，自不消说。老大哥又说他不会当一路的首领，登时叫他在自己左右习学办事，却派了个马文豹到台州接他的事。马头领为人机灵，临行时便向老大哥提起刘好好道：'咱台州帮众既被他挫了锐气，俺到台州后，这个过节儿还找

118

不找呢？'老大哥听了，沉吟半晌，只说道：'俺听说姓刘的颇好漫游，他如果还在家中时，你便了看机行事。'马头领得了此话，所以到得台州，便派我来探刘好好的动静。俺如今探得他没在家，正要回此报告，不想却遇着老二你哩。"

刘宽听至此，正在怙愖之下，越发倾耳。

那男子便笑道："原来如此，不是俺说句扫兴的话，你们马头领便有三头六臂，再搭上马三爷的三只眼，也休来寻刘好好。即如那牛头儿，还不是个榜栏吗？'

酒客笑道："那个咱不管他，过些日，俺还来探刘好好的动静，倘在家时，俺就去报知马头领，他们交起手来，谁揍了谁，干俺鸟事儿？俺们一班当小卒的，卷到处州地面，只须因风纵火，趁乱打劫，搅他个泰山不下二，把腰包装得满满的，好不写意哩！"

刘宽听了，正在暗道不好。便闻那男子又笑道："话虽如此说，倘若那马头领真个来的话，你老哥千万不要狗仗人势，跟着来抢外快，倘你丧了小命儿，叫俺老嫂从此穿不得红鞋子，叫俺思想起来，只怕俺屁股上越发痒得难受了。"说话间，两人一阵哗笑。即便携了包裹朴刀，把臂而出。

这里刘宽下按草笠，踅到明间，方要去尾缀两人，恰好店翁来换热酒，便笑道："客官见吗？反正是老汉活该晦气，这两日只管白伺候大爷。如今厌物都去，你老可该自在吃酒咧。"

刘宽听了，只好唯唯，便略饮两杯，付过酒钱，一径地取路出山。踅回家下，向玉华一兑所闻。

玉华拍手道："好了好了，俺正恨爹爹没带俺去瞧热闹，如今那什么红帮绿帮，要来咱家玩热闹，岂不有趣？这次爹爹却不要夺俺的热闹玩意儿，等俺去打他个乱滚王八蛋，才有趣哩！"

刘宽笑道："呆妮子，你晓得什么？他们说得明白，来了不免搅乱地面，咱胜之不武，倒给好乡邻招场祸害，岂是咱行侠尚义人的行为？好在俺久有漫游天下名山之志，皆因你这妮子累人，所以俺

119

因循至今。如今倒可以趁此机会，暂避他们，一来免贻乡里之祸，二来遂俺夙志，岂不甚妙？只明日，俺便把你送向婆家，好在你因培叔也正教与福全武艺，你一般也可以跟着学习。过得几年，俺自来看望于你，你这会子不忙着去当童养媳妇，还忙着瞧什么热闹呢?"

说话间，正在微笑，不想玉华却哇的声哭了。于是由刘宽好说歹说，许带她同去，玉华方哧的声开了笑口，却又跳钻钻问长问短，抓东抓西，恨不得连夜价就出门进山才好。又知刘宽宝爱那本《回龙经》，便巴巴地寻针觅线，做了个书囊，把书装入，然后藏于篋内。按下这里父女两人，当夜便收拾一切。

且说刘宽次日里一面遣人去将自己出游之意告知李因培，并嘱因培也须提防红帮人等，一面将一切家事吩咐个老仆看管，即便别过了众邻居，收拾了行囊马匹，携了玉华，克日登程。一路价游山玩水，好不逍遥自在。本没有什么一定趋向，所以到一山水胜处，或繁华城镇，即便勾留些日，或偶值资斧缺乏，父女即便放场卖艺一回。刘宽恐或有红帮人来注目，虽说是不露本领，但是那一拳一脚踢打出去，便如生龙活虎一般，自然招得众观者围个风雨不透，金钱乱掷，因此刘宽客囊一路上甚是富裕，不但山行水宿，足为登临济胜之资，并且恤困怜贫，可做随便救人之用。这期间经过多少山水名胜，见过多少江湖人物，但是和他们谈论起来，不是有名无实之辈，便是心术不端之徒，其中也颇有好客的人想留刘宽在家，请授武艺的，刘宽想起本师传法之郑重，哪肯轻易与人作缘？

过得一二年，偶游至黄山，却爱其风景幽绝，不忍遽去。又因萍踪流转，动极思静，未免倦游起来。于是相度地势，这才出其囊金，就村人赁屋而居，地名东溪，幽静异常，安居之暇，只以渔猎采药日遣，又以罡气为人治疾，却托名雷火针法。

过得数月，和山里山外的村人们混厮熟了，虽也闻得唐天骥是

120

个意气男子，但因自己漫游江湖以来，所见的都系庸碌无实之辈，以为天骥也不过如此，所以便不耐烦去理会了。不想天假奇缘，一场小雨竟给两人做了师徒的结合哩。

且说当时唐天骥听刘宽这一番娓娓长谈，叙出来历，真是喜得话都说不出，不由扑翻虎躯，纳头便拜道："弟子幸遇吾师，真是天大之幸，便请吾师屈居舍下，容弟子慢慢受业。"

说话间，只顾乱拜。又慌得刘宽一面搀扶，一面乱吵折煞的当儿，却闻玉华在窗外道：'爹爹不要理他，你收这么个老笨的大徒弟，没的叫他欺负我？只今天他将俺的麦饼份儿都吃掉，俺还掂着不依他哩。他那里憋煞人的所在，又没得野兔打，哪里及咱山中四海？咱不去，咱不去。"说话间，噌地跳入。

恰巧天骥膝势欲起未起，因见玉华小指向自己直抹腮弹，一笑之下，不觉扑地便倒。于是刘宽大笑，扶起天骥道："俺既承足下不弃，去扰府上，倒还使得，只是俺这妮子特煞淘气，却似乎有些不便。"

玉华听了，正愣着小眼儿直瞧刘宽。

天骥忙笑道："如此正好了，好叫吾师得知，便是俺跟前有个女孩儿，名叫青虹，正好与玉娃娘做伴。虽是六七岁的光景，若说淘气起来……"

说着，目视玉华，正在一笑，不提防玉华一个虎跳扑过来，道："你这话真的吗？你那女孩儿什么样儿？敢是乌黑的头发、雪白的脸吗？不秃不瞎吗？若是丑八怪似的，拖长鼻涕，俺可不和她玩。"

说着，丢了天骥，方奔住刘宽乱吵唱去。恰好那案上久已未剪的烛煤儿哔剥一爆，登时放出个紫巍巍颤突突的大花儿，这一来，才将那玉华一串铃的快嘴儿给闹回去。却又笑憨憨去剪烛花，乱吵有趣起来。

原来天骥的妻子杨氏过门之后，因身弱，时常啾唧闹病，一向总未怀孕，直至四旬以后方才生了个女孩儿，因分娩时正当雨后彩

121

虹当空，便取名青虹。说也奇怪，杨氏身体虽弱，那青虹却苗壮异常，并无其母袅娜之风，倒有其父刚健之态。到得六七岁上，不但学其母画眉狼藉，无所不为，并且见天骥有时节抡刀舞棒，便乐得一张小嘴儿合不拢来。偶值天骥将去捕虎，她也便吵着要去。杨氏多病，没气力和她吵，便索性将她丢给天骥，因此天骥又担了一半儿的慈母责任。至于那青虹，顽皮淘气，自然不消说了，所以天骥听刘宽说玉华淘气，也便想起青虹来哩。慢表这里刘宽款客，一宿价匆匆已过。

且说天骥次日里出得山来，趱回家中，向杨氏一说自己喜遇明师，并想将刘宽父女邀到家下的一番话。杨氏听了，还未答语，青虹在旁便吵道："爹爹怎的不将那什么玉姑姑先拖来？俺们也好玩起来。她长得头脚眉眼还俊吗？若像俺娘风吹要倒的样儿，我可不和她玩儿。再不然，说话学蚊子哼哼，俺也不喜欢哩。"

天骥笑道："你放心吧，你这下子可有淘气的伴儿了。你会上没皮树，她大概也会上没皮树，你们虽是一对儿好玩儿，但是比你大得多，又是俺的师妹，你须称她姑姑，俺和刘先生学起艺来，却不许你去搅。你须知刘先生大眼一瞪，连我也是怕的哩。"

青虹笑道："不怕不怕，他那眼总没有老虎眼睛大，只要学艺，俺也就去。"

天骥听了，不觉大笑，便登时命仆人等就本宅跨院中去收拾一切。

原来这跨院本是天骥燕居坐落之所，其中是厅房厢室，一概俱全，并有好大的宽敞后院，正好习艺，只须略为收拾，便已停当。乡村中的街邻们都恨不得锅灶相连，彼此放个屁也要闻得的，大家听得天骥家要有异客来住，连天骥如此武功还拜那异客为师，那异客至不济，也要像飞镖黄三太的模样了。于是大家一哄，都来天骥家觇望，一来是想开眼瞧异客，二来趁势陪客，抹抹馋嘴子，哪些不好？天骥高兴之下，便邀定了大家次日陪师。便是这一日，却将个青虹跑得不可开交，一会儿溜向跨院，一会儿又溜向大门，望着山憨笑一会儿。

及至次日早晨，那天骥雇了班村汉，带了挑担等物，自去入山迎师，还没顿饭时光，众街邻早已一个个衣冠齐整，次第趑来，便就正院客室中相与落座。慢表这里宾筵初设，只待迎师。

且说刘宽自送得天骥出山，便去寻着房主交代一切，一面又收拾了箱笼等物。次日巳分时，和玉华在门前散步，听着那湲湲溪水，不觉想起自己因好胜炫技，惹了红帮，遂改避地流转，有如此水，如今又缘法凑合，得遇天骥。虽说是天骥意气，闻于远近，但其为人天性如何，毕竟须仔细体察　方不负吾师郑重传法之意。想至此，正在触怅无端，忽闻玉华惊道　"爹爹，瞧那面尘土老高，莫非是歹人吗？"

刘宽望时，果见隔桥里余外，尘埃抢攘，竟从一片疏林中现出许多的棍棒光影。刘宽一忸，刚转身要去取短剑，忽闻玉华又吵道："爹爹，咱不去吧，你瞧他没带得小女孩儿来，莫非是哄俺吗？"

这里刘宽回身又望时，不觉大笑，原来是天骥领了一班掮扁担的汉子，已自趑来哩。于是彼此地上前厮见，当由天骥指挥着众村汉掮抬什物，先行趑去。这里刘宽领了玉华，刚要跟天骥同行，只见候着锁门的那房主却蝎蝎螫螫从袖中掏出自己方才给他的二两房金，向天骥道："唐爷可还认得小人吗？"

天骥愕然审视道："你老兄恕俺眼拙，俺瞧你虽有些面善，却记不得是在哪里会过咧。"

房主笑道："你老真是行好不望报，俺两月前因俺娘犯了寒腿，痛得要命，曾到你府上寻虎骨配膏药，至今娘儿们感激得什么似的，你就不记得了吗？"

天骥道："哦哦！原来就是那天寻虎骨的张兄哪，俺倒不晓得你便是此房的房东。如今俺事儿忙忙的，咱改日再会吧！"

房东道："唐爷慢走，俺久已要府上去叩谢，皆因一向穷忙，又备不齐什么礼物，如今俺借花献佛，方才刘爷很客气地还赏俺房金钱，便请你老带回去算俺尽个穷心吧。"

说着，高举那二两头，恭恭敬敬一个大揖。招得玉华正在扑哧一笑。

天骥忙握手道："你为老娘寻些虎骨，俺如何要你银两？老人家身体好转，俺就欢喜不过了，再会再会，咱改日见吧。"说着，掉转身匆匆便走。

后面刘宽见了，不觉微微地面有喜色，于是一路行去，所经的山村等处，都男女聚观，望见天骥，无不欢跃相迎，那小儿女们更围着拖拉不放。刘宽至此，见天骥善气迎人之状，不禁点头之下，又想起自己当年居乡的光景，颇暗想："自己此行，或者不虚。"

不多时，到得天骥宅前，早见一班邻众都在那里拱立相迎，忙得天骥正在引刘宽和大家厮见，忽见对面花绿绿吃兜一闪，青虹跑出，一眼望见玉华，便上前歪着脖儿，一面端相，一面道："你就是俺玉姑姑吗？你不晓得，俺爸爸会打老虎，有时在床上还和俺娘骑老虎玩儿，俺娘越挣他越压，你不信，俺学个样儿你瞧瞧。"说着，就玉华脚下一阵虎跳，闹得玉华正在咯咯地笑。不想青虹由吃兜中掏出个大桃儿，一面咬，一面说道："玉姑姑快来，俺娘那里还有挂毛龇嘴、一掐一股水的大桃儿给你留着哩。"

这一来，招得大家哈哈都笑。眼见青虹将玉华拖入内院的当儿，这里天骥也便肃客入内，就客室内即便开筵。一时间宾主围坐，笑语款谈，肴设阑馐，酒斟密醴，虽是生客，却没拘束，传杯递盏之下，说一回桑麻晴雨，讲一回意气江湖。直吃至薄暮时光，众邻右方才向主人谢扰，笑眯眯腆着肚子去了。这里天骥也便引刘宽父女到那跨院中安置下来。

话休絮烦，从此刘宽便和玉华安居跨院，除了两餐老米饭、一枕黑甜乡外，更无所事。那天骥敬之如神明，待之如上客，自不消说，并且视膳视寝地闹个不了，每天去侍座陪谈三两次，必至刘宽就寝，方悄悄退出。你想庄户人家的人们，哪里见过谱儿？如今愣来了这么一个老太爷样儿的刘宽，虽是嘴内不好说，未免肚内也要说话了。于是大家相聚之下，便开起谈来，有的说刘宽不知好歹，有的说天骥发了呆劲，又有的笑道："我看刘某人简直的是江湖骗子，不知怎的弄得咱主人上了套，他却来这里装大爷，他有什么本领，不过吃得多喝得多，拉出屎来比人家粗得多罢了。"大家哄然道："你也别这么说，拉粗屎想就是他的本领，你没见咱主人着了魔似的，只管嘟念他会运什么鸟罡气吗？他那屎之所以粗，想就是罡气之所以运了。"

大家听了，哈哈都笑，便是如此光景，过得十余日。大家正厌恶得刘宽如臭狗屎一般，偏那刘宽又忽地脾气发作，耍起半吊子来，不但茶来伸手饭来张口，并且嫌好道歹，挑三拣四，起先还喃喃秒秒，对着伺候人们略骂两句，继而便吆五喝六，捻拳瞪眼。

又过两日，越发不像模样了，每至酒后，便在跨院中高歌大唱，半夜三更还吆喝起伺候人烹烧茶水，喧哄终夜。次日，睡至日头老高方起，那伺候的人们偶偶不在左右，刘宽开台便骂还不算，并且迁怒于早饭来迟，哗啦一下子，便是个大面翻桌。这一来，闹得大家忍无可忍，本是气吼吼地想将刘宽无状情形告知天骥，但是一见天骥那毕恭毕敬的样儿，却又话到唇边又咽回。大家没奈何，只好直忍了这口鸟气。

不想过得两日，忽落了半日小雨，大家因没事可干，正又聚在一块儿讲说刘宽，忽地天骥一迭声地命排香案，说是就要向刘宽行拜师的大礼，并要对天盟誓。大家听了，颇觉诧异，只好就正院客室中安置一切。须臾都毕，大家退向院中，正彼此地挤眼暗笑，只见刘宽和天骥早一色的衣冠齐整，径入客室。这时刘宽满面的严肃之色，视端容寂，哪里还是半吊子样儿？并且自执高香，前行引路。大家见了，越发诧异之下，又未免交头接耳，彼此地猜测一回，然后蹭到厅外偷觇时，不觉都肃然起敬，方知刘宽一向价都是假装疯魔，要试天骥有无诚敬学艺之意哩。

正是：

    由来绝艺难轻授，历试才分一瓣香。

欲知后事如何，且听下回分解。

第十二回

授绝艺谨慎诏传人
走穷途游戏入盗伙

上回书交代到唐宅人们偷觑之下，方知刘宽是要试天骥有无诚敬学艺之意。

看官，你道怎的？原来当时客室内拜师盟誓之礼，一切都毕，刘宽和天骥正在端然对坐，刘宽便道："方才这盟誓之礼，便是当年俺本师留下来的仪节，因为学绝艺的人，第一须存心端正，不然，便祸人戕己，害不胜言。对天盟誓，便是植牢了端正根基的意思。像你的资质纯正，是不消说的了。但是俺为慎重授艺起见，还不敢遽然轻信，所以俺故作无状，徐察你的意思行为。第一样，俺是因你不受那张姓的银两，并喜他孝顺其母，识得你有孝义之心；第二样，是俺今天无意中识得你有仁慈之心，你既有如此的孝义仁慈的全德，是可以学吾鄙能无疑的了。从今日起，俺便当依次教你诸般的运气内功，然后再及回龙九转铁布衫法，比及三年，定能有成，须知你求师固难，俺得一贤弟子授吾之艺亦属不易，如今咱师徒会合，相需有成，端的可喜。少时咱且痛饮一场何如？"

这时，窗外大家听了，一面价相顾动色，一面却见玉华悄悄趋入，也一般地视端容寂。大家见状，又是一番诧异的当儿，天骥却惶然道："弟子哪里敢承吾师过誉？便算吾师因张姓之事觑得俺有孝义之念，却怎的今天于无意中觑得俺有仁爱之念？那会子落雨，俺

127

陪吾师在跨院中通没出门有所行为，吾师却何所见而云然呢？"

几句话问得刘宽微微含笑，正在目视室内的砖缝，却不提防玉华忽笑道："唐师兄，这个闷葫芦俺打开了。你白想想，那会子雨落得紧时，从台阶下漂上个大蚂蚁，不是你一指把它托向干处吗？"

一句话听得天骥正在望着刘宽，恍然有悟，连那窗外大家也都相顾点头的当儿，忽闻哇的声，青虹大哭道："爹爹、玉姑姑，你们悄悄地拜老师学把戏，敢自是好玩，却怎的不叫着俺呢？玉姑姑还罢了，爹爹这么大，都会和俺娘跳老虎，还和这老头子学着玩儿，如今你们丢了我，等我不依这老子去。"说话间，小辫一晃。

这里玉华含笑跑去，就室门边刚伸手去拖，那青虹却从玉华胁下钻入，不容分说，竟滚入刘宽怀中，一阵撕扯。于是大家哄然大笑之下，当由玉华拖得转青虹道："你不晓得，俺们都大咧，所以学得艺。你还太小，是学不得的，并且你学不会就要挨打，你嫩骨娇肉的，须怕打坏。等我学会了教给你，多么好玩儿，你这会子慌怎的？"

青虹听了，虽是咯噔声止住泪，却又瞟瞟刘宽，小语道："那么俺爹爹这么大，还挨打吗？"

玉华正色道："谁学不会谁挨打，昨晚俺爹爹连打手的板子都预备咧，有这么厚，那么长，你不信，俺领你瞧瞧去。"

说话间，忍笑向前，还未及去拖，那青虹却没好地瞧了刘宽一眼，回头便跑。按下当日拜师礼成，天骥又邀得众乡邻来，大家陪师吃酒，尽欢而散。

且说天骥本有很好的武功根底，从刘宽学起内功罡气来，自然是事半功倍。便是玉华，也是天生的伶俐聪慧，气力两佳，又加以刘宽按照那册《回龙经》，口讲指画，尽心殷勤教授，不消两年余工夫，两人已一层层学会诸般的坐功。那刘宽见两人已学会铁布衫法，便仍将《回龙经》置入书囊，收藏起来，更以余暇教授两人诸般的剑法刀法，并及高去高来的诸般耸跃能为。其中有一路天通刀法，

128

最为霸道，这刀法使发了，端的是钩拦劈剥、削刺挑掠，色色俱全，其中并有游龙走凤、脱兔惊蛇，许多变化莫测的解数，就这诸般解数中，还藏着个毒招儿，名为高上封侯，这"侯"字，却取音同于咽喉的"喉"字，便是那刀使到节肯上，平地一跃，势如长虹贯月，单用刀尖去刺敌人的咽喉，因为单刀是百艺之祖，又能通于剑法，所以刘宽从诸般剑法中悟会出这个毒招儿，不但十分厉害，并且成了自己独创的刀法，江湖间是没得的。至于这刀法取名天遁，不过言其隐现飞腾，恍惚莫测，似乎有什么五行遁法罢了。

当时天骥、玉华自然也都学会了这天遁刀法，那天骥为人通脱和气，有时和邻人偶然闲谈，无免说起刘宽怎的本领，并自己学会铁布衫天遁刀法等等。邻人们闻所未闻，大家惊异哄传之下，那远近的花拳绣腿少年们居然就有来访天骥，询问一切的。

刘宽闻得了，却甚是不悦。一日，从容向天骥道："凡人身抱绝艺，万不可轻易语人，不但语人不可，便是你将来若想收徒弟传艺时，也须千万慎重，若不遇端人正士，毋宁使艺绝不传，须知传非其人，无异自树劲敌。你不见昔日逢蒙杀羿的故事吗？"

天骥听了，悚然愧谢，逡巡间慢慢退出，一路低头，一面寻思刘宽说的话，一面踅向正院的后园中。刚过得一处黄瓜架，却闻青虹道："玉姑姑快看，俺爹来咧！"这里天骥方才回头，青虹又吵道："跑了跑了！"

天骥四顾望时，先是玉华的衣角就一处丛草间向上一起，那青虹却从丛草旁一块大石后直跳出来，一面晃着手中用细草拴的蚂蚱，一面笑道："都是爹爹这一来，不光闹得俺一个蹬山倒跑掉，只怕连玉姑姑那半截尿都吓回去咧！"

说话间，一歪小髻，刚向丛草里喵的一声，恰好玉华整衣踅出，便忍笑价向青虹额上轻轻一指，却向天骥道："俺爹爹那会子有些不欢喜，俺不待看他只管噘嘴，所以到这里玩儿一霎。师兄，你是从俺爹那里来吗？没碰钉子吗？"

天骥笑道："好说好说，俺虽没碰大钉子，却被他老人家婆儿似的软软地教训一顿，只差着没挨手板哩。"

青虹听了，正吓得颈儿一缩，天骥便和玉华就瓜架下一处青石凳上坐将下来。这年青虹已有十岁光景，虽是淘气，却也知听个话儿了，当时听天骥说几乎没挨手板，不觉一面暗喜自己不曾去学艺，一面又要听听到底是怎么回事。于是也拎着蚂蚱蹭近石凳，一面将蚂蚱弄得乱蹦，又偷眼寻那跑掉的蹬山倒，一面却见天骥笑道："师妹，你不晓得，皆因近些日有些远近不相干的人们闻得咱会铁布衫天遁刀法等事，他们便觉着我是明公，有时便跑来向我领教，我不知师父意思是不欲以绝艺语人的，当时未免向他们略说了两句。便是因此，师父不悦，方才将我训斥一番。"于是将刘宽训斥的一席话娓娓述出。

那青虹听得没滋搭味，满是不懂，正目注丛草，想去寻蚂蚱，便见玉华笑道："哟，俺当是师兄你为什么事差些没挨手板，原来就为这些没要紧。依他老人家的话说起来，世界上谁还敢收徒弟呢？虽是世界上狗咬吕洞宾的人也有，但是千万人中，未必就有一个哩，总是他老人家过于仔细罢了。说起他老人家的性儿，却也作怪，不仔细起来，无论遇着谁，动不动便倾心吐胆。说声仔细起来，不怕极没要紧的物儿，也藏得严严实实，即如那本子《回龙经》，现在又藏得有影无踪。有一天却被我抓着，我正在细看到最后的一页，恰好他老人家踅了来，不但立时拿去，登时藏起，并且将我数落了一大顿，说我小人儿家，不知轻重，这等书，如何便随手抓看？"

天骥笑道："这果然太仔细了，想是怕你手重，把书页掀坏吧！"

玉华笑道："师兄你没猜着，他老人家嗔我动那书，便是因那最后的一页上有破解铁布衫的法儿。师兄，你大概不晓得，等我告诉你这法儿。"

说着，用手摸喉，先向四外瞅瞅，意思是恐有人踅来。那时青虹听了，虽还是没滋搭味，但是听到破解铁布衫之法的一句话，不觉小眼儿只顾瞅定了玉华的嘴子并摸喉的手。因为这"铁布衫"三字，是玉华、天骥常念诵的，所以她也要听听这个破解的法儿了。哪知活该是秘法不传六耳，当青虹正在倾耳之间，恰好久寻未得的蹬山倒却从丛草间一跃而出，于是青虹如飞赶去，一阵捕捉她那个。偏那蹬山倒东蹿西跳，末后又跳到一处墙角，钻入一片青草之下，绿莹莹的颜色一混，及至青虹好容易辨认清，捉入手内，跑向石凳边张时，只有那拴的蚂蚱还在凳上蠕蠕地乱拱，再望玉华等，早已从后园的角门踅向跨院。

这时青虹只顾拴那蹬山倒，也就不去理会了。但是这时的一番光景，她却心头嵌了个模糊影子。

话休絮烦，且说当时天骥听了玉华说出破解铁布衫之法，方知刘宽秘藏那《回龙经》之故，并训斥自己之深意。怙惕一会儿，虽以为刘宽是过于仔细，但是从此以后，却谢绝了那班不相干的少年们，优游学艺之暇，只和几个相契的老友偶尔相聚盘桓。大家晓得天骥身擅绝艺，又因江淮地面水陆道途上，黑帮上的人数颇多，当镖师一业，颇为有名有利，大家怂恿之下，便相劝道："像唐兄这等本领，如肯出马的话，怕不一两年就创个响当当的大名？你瞧如今任安庆省城开局走镖的朋友，像红旗李、花枪杨八，玩得多么得法，每月蹬生意，就是上千的银两入腰，在局内是大酒大肉，座客如云，出来是走马热车，阔乎其阔，真是腆着肚站在十字路口就有踩踩脚四街乱颤的光景。其实他们那两手瞎抓挠，往哪里摆？花枪杨八只跟他师娘张二寡妇学了一路梨花枪，且不必提。便是红旗李，在江湖间说起来，似乎是了不得，若说穿了，还不是仗着他师父崔大个那点儿虚名儿吗？像他们都是咱不相干的朋友，咱且不说，即如陆老二，那总不是外人吧，你瞧他也单人独马，两个肩膊扛张嘴，甩着膀子，跑到热河，如今混得是什么模样？俺听说他还要设立分局，从家乡一带约请朋友哩。喂！唐兄，不是俺们当面奉承的话，你老哥如肯出马，他们只好都是二姑娘的轿子，往后打了。你老哥便是家宽业大，犯不着去卖气力抓钱，但是学成了浑身本领，若不在世面上露一家伙，岂不埋没了一条好汉呢？"

说话间，大家鼓掌，又是一阵怂恿。哪知天骥只付之一笑，依然地闲居自得，从容之下，除陪伴刘宽游山玩水之外，便是略教与青虹些入门的武功。因为妻子杨氏多病，一来自己离不得家，二来见刘宽恬退之状，不觉把自己驰骋世路之念也就淡了好些。

至于那个所谓陆老二的，名叫世杰，却是天骥的一个总角朋友，为人慷慨好交，亦颇擅武功，只是生性嗜赌，曾一夕输过数千金，把家业抢得精光，却摸了老婆一条裤当作盘费，一屁股跑到热河，蹲在一个小店中，正没落儿，也是他合该财星照命。

一日，吃了个半饱的肚皮，总宽脏神不答应，没奈何，搜寻破包里，只剩了件破半臂，又是夹的。这时，已是十月寒天，北方气候冷，早已朔风刺骨，世杰想留此御寒，无奈马上的肚儿告饥，火烧眉毛，只好且顾眼下，于是卷了半臂匆匆地直奔当铺。那热河的一条长街就有六七里路，况且又当夕阳将落之时，人要穷了，走起路也挂异相，世杰又因寻觅当铺，未免就有些溜溜瞅瞅。这一来，却招得那便衣做公的人登时来了个腔后跟，一声吆喝，揪了便走，愣说世杰像个偷儿，及至世杰好歹地分诉清楚，跑到当铺前，不及抬头，向内便闯，却砰的声，撞得眼前一黑。原来人家已自关门大喜咧。

当时世杰穷脾气发作，又搭着方才受了鸟气，于是就地下拾了块石子儿，擂鼓似的去敲那门。正在喃秽地乱骂，忽地那半瘪的肚皮咕噜噜一阵山响，这一来，闹得世杰四肢无力、豪气全消，没奈何，低头信步趑趄，一面颠弄着手中石子，正没作理会处。忽闻有气没力的一声狗叫，抬头望时，却已来至几间草房之后，四外都是高树荒坟，十分僻静，房后平坦坦的沙地上，却摆着四五个光滑石子儿，似乎是玩童们玩耍所置，当时那狗虽是夹尾巴便跑，却还步步回头，呜呜作响，做出那势利眼瞧不起穷爷的神气。于是世杰怒从心上起，便用手中现成石子儿去敬那狗，又因半饿的肚皮，手上没劲儿，那石子却掉向身旁的石子堆中。这里世杰方四顾去瞧方向，又是暗笑自己饿昏，不知怎的便离却长街的当儿，忽闻草房内有人笑道："老二吗？你来了怎的还招得狗咬吵吵，这真是常来不认得王八蛋了。今晚咱出风，大概须牛叫的时光，俺趁这当儿让让位，你也乐一下子。少时他们都来了，便没你插家伙的份儿咧。"

　　说话间，一路踢蹿，从草门前绕过一人。世杰望时，却是个短衣盘辫的汉子，生得贼头滑脑。两只手还结束着腰带，从苍茫暮色中一面瞧瞧那堆石子，一面又将自己一瞧，不觉低语道："幸会幸会，原来是位新入水的朋友，俺还以为是俺们老二哩。如此，咱屋内候起吧！"

　　说着，将那堆石子一脚踢乱，即便转身引路。那世杰本是个多涉江湖的人，听那汉子出风入水候起的几句黑话，不觉心下怳然，便知那一堆石子是他们人数的暗号，夜间在此聚齐，因见自己的石子加入，所以认为是新来入伙的朋友哩。于是登时好奇心起，连饿也忘掉，便想跟他们走上一趟，设法儿惊起事主。大家捉贼之下，那事主必要酬谢自己，虽不敢望大一大二，治饿肚总是有望的了。

　　当时世杰主意既定，和那汉子跫入房内张时，只见除有几把短刀长攮，并一盘软梯之外，还有些粗布包裹皮，想是准备携赃用的。那榻脚头还有个乔眉画眼兰村不俏的妇人，正在蓬着乱鬃角，折叠一个脏渍渍的小褥垫儿，望见自己，嘴内哼唧了一声"请坐！"那黄黄的眼圈儿下还似乎略带红晕，却瞭了那汉子一眼，似笑非笑地扭将出去。世杰料是个窝贼的烂污土妓，便穿上那夹半臂只好且充朋友。

　　须臾，由土妓掌上灯炬，大家瞎三话四一会儿，业已二更敲过。那汉子听听远柝，便笑道："嗄！朋友，不差什么，是时候咧，但是你老哥新来乍到，路径不熟，那跳墙爬寨的重活儿，你干不得，那么只好惜重你去瞭风看堆儿了。"

世杰听了，恰好正中下怀，暗想道："合该你们这班泼贼倒运，俟你们入得人家宅院，俺再声张，哪怕你不都做瓮中之鳖？"于是欣然之下，满口唯唯。

正这当儿，那汉子的盗伙等亦到。世杰望去，但见七长八短、五颜六色，大家向那汉子问知世杰的来历，即便各抄家伙，匆匆便走。但是方拥出房门，业已闹得头顶屁股互相乱骂。百忙中世杰抄了一把刀，方才跟出，却闻那汉子骂道："今天他们这么乱抓瞎，就透着他娘的别扭，说不定便叫人家采了毛秃，你们有能为去爬墙，还用这劳什子做甚鸟？"

说着，捎了那盘软梯，也自随后跳将来。世杰见了，方知他们都是一班笨贼，便越发放下心来，于是一面留神，一面跟去。但见星光动野，夜树吟风，约莫向偏北趖过数里之遥，忽见一处老大的庄院，黑压压的十分气势，四外都是些贫户小房儿，势如众星拱月，这时都静悄悄的，唯见夜气沉沉。世杰自流落以来，不断地向各村庄穷跑，因为热河地面有所谓大粮户，这大粮户们大半是资本家，而又带点土豪风味的，拥有多数的田产，广招佃户，他却牛马似的使人家，自己坐收其利。因为经营田产，所以便就野地里筑起庄院佃房，不但将佃房租与佃户，并且牛马籽种等物都由他发出，却酌派佃户缴纳租价。这法儿，乍看来似乎救济贫人，其实他是借此集威权，以便指挥，那佃户们事事仰其鼻息，他自然雄踞庄院，便如一国诸侯了。但是每逢田业忙碌时，他还要雇些短工从事一切，那世杰不断地向各村庄跑，便是应这等短工之役哩。

当时世杰既到庄外，正见其中那处大宅子高巍巍的，似乎面熟。便闻众贼低语道："那宅子左边容易下道，咱就从那里高升吧！"于是大家趖去。

世杰跟在后面张时，果然那宅左边围墙稍低，并有丛莽乱草堪隐身体。这里世杰正在怙惙宅前院必有护院人等，墙下众贼业已七手八脚布置起来，先是由一个身体灵便的飞身上墙，骑马式蹲稳，下面人抛上软梯，他便接了一端，跃落墙内。那老长的软梯顿时就墙内外一下搭牢，觑得世杰正在好笑，便有一贼递过个包裹皮儿道："朋友，少时你眼手须煞利些，由里面抛出一件，你便包裹就走。"说话间，众贼次第登梯，顷刻都入。

这里世杰顷耳半晌，料得他们已入内院，正要去趱向宅前声喊起来，便闻墙头上一贼道："朋友接着！"说着，一物抛落，接着便见软梯一荡。

世杰恐他们或起疑念，只得去把来裹好，但是触手一摸，只觉沉甸甸的，似乎是个老大的皮篓，整个的连锁头还在上面，不由暗笑道："你别瞧这班笨贼，倒也有些伶俐手脚，想这时他们已大得其手，不趁此给他个没兴一齐来，还等什么？"

怙悢间，奔到宅前，方要发喊，但是刹那间，不但嘴一张，重复闭牢，并且心中一动之下，登时变计。

看官，你道怎的？原来世杰曾在这庄院中当过几次短工，所以虽在夜间，还依稀认得那宅门脸儿。这宅中的大粮户姓徐，诨号飞天烙铁徐三标子，本是市侩出身，携了老婆混到热河，初意本打算托人靠面子地租一个姓杜大粮户的田种着，也就罢咧，哪知他王八运通，那杜姓一见他老婆长得漂亮，不但租与他地，并且自己要当当佃户，把他老婆那块宝贝地租将过来。老婆出租与人，在热河关外等地面通不稀罕，因为那所在四方流来的贫民过多，大半都携着家小，出门谋生的人，带家小本是累赘，生计艰难之下，于是就生出租妻与人的奇怪风气，或论月，或讲年，视妇人年貌之优劣，以定租价之高下，一般地置酒请中人，写租契等等，大吃大喝，非常热闹，就如件正经事一般。更可笑的，还有租三天之例，譬如写契已定，妇归租妇之人携去，这三天中，便是试期，虽说是试那妇人针黹好歹，并过日子勤能与否，其实是另有试法，这试法为何？就可以不言而喻了。这三天口，如男女双方大合其适，方为租定，如一面不大合适，有了话说，便可以毁契不算，由租妇的人把与妇人

135

若干钱钞，名之曰试工钱。话虽如此说，但是那白搭三天老婆的，毕竟是吃了哑巴横亏，因此有向那租妇的人吵闹的，那些恃财纵淫的大粮户们，不怕在大庭广众饮酒集会之下大家谈起租老婆这件事，就可以乐不可支，都笑得抹蜜似的，并且各惩彼此的试工期中的光景，畅谈床笫，秽不可闻。其风气鄙怪，至于如此。

当时那杜姓既租过徐三标子的老婆，就乐得发昏，又搭着那老婆极有心计，不多日的光景，早已弄得杜姓随手转了，于是所有的箱箧财物都归那老婆管理。这期间，徐三标子觍起厚脸，只当作亲戚往来，每来时，弄副挑担，装些个大包小裹的烂贱土物，既至回头，由那老婆装置回礼，这里面抽梁换柱，那杜姓的金银财宝，并其他贵重物品，自然都由挑担上水也似流出。那老婆还不足意，又于并枕时筋节上说杜姓道："你这么大年纪，真想不开，为甚有精神不知保养，都用在经管佃户上呢？当财主的人只须动动嘴，能用人就成功。若都属穆桂英的，阵阵都到，不累煞吗？即如徐某人，管理佃户，就最精不过，况且咱们是这样个靠近法，你用他管理佃户，准保一百成。你省下精神来，不会用在这……"

说罢，低笑着，身儿略颠。这一来，那杜姓就应了刘二姐逛庙的话咧，于是小肚一腆道："叫他去吧，叫他去吧！"

就这一番光景之下，过得两日，那徐三标子走马上任，果然便做了杜姓的外总管。这一来，两口子里外合手，伸长胳膊，那杜姓租的那块宝贝地还没种出利息来，自己的老本儿业已搭赔不起。于是油干灯灭，一命呜呼。及至那老婆大功告成，依然夹了那块宝贝地蹔回徐家。那徐三标子早已把出那块宝贝地所产的一切宝物弄得家成业就，也成了个大粮户咧，便在这世杰所见的大宅内享用起来。这种财，虽说是发得容易，但是徐三标子有时行酬庸之典，去种那块宝贝地，抚视着沟沟垄垄，有异当年，未免也觉得老婆辛苦一场，发起这份财，也委实不易，于是良心发现，不觉便视财如命。尤其是苛待佃户并雇工人等，真有又要驴儿好又要驴儿不吃草之势，并且和人相与，处处想占便宜取巧，沾手一溜皮，果然不愧飞天烙铁的大号，在这一方，便如茅厕石头，又臭又硬。

那世杰曾听同做工的人说起他的臭根儿，所以知之甚悉，不由登时变计起来。

正是：

初心本为邀功计，转念翻攫不义财。

欲知后事如何，且听下回分解。

第十三回

二仙亭师弟怅分襟
承德城友朋迟晤面

且说世杰当时眼睛一转，不由暗想道："哈哈！我好发呆，如今有此机会，这正是老天怜俺贫困，赐俺这不义之财，俺为何当取不取，反想助这刻薄鬼捉起贼来？但是这班笨贼也不可太便宜了他们，看他与我做现成饭的面上，只须如此如此，也就够小子们受用，算我的酬劳了。"

想罢，扑翻身去，取了那老沉的包裹，左手挟定，右手举刀，斫断软梯。那梯索罗声向墙内外一落之间，这里世杰忙一个箭步伏身荒草，方大叫一声："有贼！"

但闻那宅内人众大呼，顷刻间火燎齐明，刀棍乱响，并群贼格斗乱骂之声，好不热闹。世杰都不管他，一路价奔回小店，敲门进去，见了店人，只说是遇见了同乡，借了几件棉衣御寒。及至店人退去，悄悄打开包裹，拧断锁头，瞧那大皮箧中的物事时，不由喜得自掐手腕，直疑是梦。原来那里面物事，便是徐三标子的老婆所盗的杜姓的财宝，端的是黄的是金，白的是银，滴溜嘟噜毫光直放的是珍珠玛瑙玉石翠。粗估去，何止万金之谱？

当徐三标子放出鹞鹰抓来兔，也不知费了多少好心诡计，如今却原封不动地把与世杰，真是世界上财物有主，该谁用是谁用，又道是命里无财莫强求，假如而今当道诸公都识此意，把那想空心血去求财的心思都用在治国安民上，只怕国虽多难，反足以警励诸公去兴邦哩。无奈人都打不破"财"字关头，只好做黄金迷梦，这就没法说了。

如今只好且说那暴得多财的陆世杰吧。当时世杰既得了此项财物，自然是脱胎换骨，登时成了响当当的朋友，便在热河地面略置田产，一味价交朋结友，自己武艺本说得出，一来二去，便开设了一处镖局。那热河地面盗贼多，自然就生意兴旺。世杰手下伙友虽然不少，但是却没什么武艺超群的，因此世杰想请天骥到局中相助为理，于两年之前，曾来信相邀，天骥却不肯去，所以这时天骥的老友们便以世杰走镖得意，来歆动世杰哩。

且说当时天骥不听老友们之劝，依然闲居自得，和刘宽寻山玩水之下，正在旷然肆志，哪知人生聚散也是缘分，那刘宽前既突然而来，如今却要忽然而去了。

原来刘宽一日接到李医培一封书信，略叙契阔之外，便说近来红帮已自在地面上安静无扰，请即言旋，为玉华、福全毕其婚事，以了吾辈向平之愿。并言自己从天骥出游之后，恐红帮或向自己寻事，便已移家于天台山中明星峰下。那所在，山环水绕，幽静险峻，颇堪隐居等语。当时刘宽得书，一来是他乡虽好，终非久恋之区，二来因天骥武功已成，且喜传艺有人，不负这番出门游历，就此回乡，与友人盘桓山水之间，又了却儿女婚事，倒也甚好。于是归志浩然，将因培来书便示天骥。

这时青虹闻得刘宽接到了三华婆家的书信，只当是有什么稀罕，于是笑嘻嘻拖了玉华道："玉姑姑，你老大不小的，不说是教给俺耍剑玩儿，却要个婆家和女婿了，做什么使？那男孩子惯会欺负咱女孩子，好姑姑，你只和我玩儿，不要和他玩儿吧！如今他们那里有信来，倘若是他们叫你回去的话，我教给你一个法儿，你只这样地向俺太老师摇头不去，并这样地呜呜。"

说罢，摇起头，方用手掩面，假喊一声。

却闻背后天骥道："青儿不要混出法儿，如今你玉姑父女将去，你且和玉姑多玩儿两日吧。"说话间，持信趱来，便向玉华一说书中的词意。

玉华听了，正怔怔地面现惘然之色，又是含笑去拉青虹手的当儿，那青虹却喊得一声。这次却真个哭了。按下这里青虹登时便和玉华形影不离，连日玩耍。

且说天骥情知刘宽归心既动，是挽留不住的，只得一面与刘宽准备了行装马匹，一面邀请邻右做陪。大家连吃了两日酒，又因那黄山脚下官道旁有一座二仙亭，俗传便是和合二仙传道之所，虽是旷陋所在，却正堪送行饯饮。于是特具离筵，先命仆人去安置一切。

次日侵晨，骊歌未唱，征马已嘶，天骥、刘宽、青虹、玉华，大家慢步出村，趁着朦胧月色，到得那二仙亭前，端的好一番萧疏光景。但见：

> 檐开送远青山色，户对临歧流水声。
> 杨柳条条空踠地，只愁难系别离情。

当时大家进得亭来，即便就筵落座，一时间离觞既举，别思旋生，师徒依依，说一会儿当日会合之巧，话一会儿别后把握之期，不知不觉，业已亭外行尘渐起，征马骄嘶。这时青虹、玉华也自惘惘然相对喁喁。

正是：

> 萍踪几载托贤豪，岂止交情脱宝刀。
> 妙法得传今去也，二仙亭外晓云高。

当时师徒两人只顾了依依话别，并那刘宽又嘱咐天骥许多的慎重绝艺不可妄传与人的言语。却不道这时青虹已拉了玉华的手，淌

140

眼泪泡直掉下来。慌得玉华道："你不要哭，俺们这一去，说不定几时还看望你来，你这里黄山中有老虎，俺那天台山也有猴儿。等我来时，给你带个小墨猴儿来，乌黑莹亮，那才好玩儿哩。"

师徒两人见玉华说着，那水汪汪泪珠儿也自在眼眶中乱转。正在相对微叹，便见青虹道："玉姑姑，你哄我哩！你这一去，就是找女婿子玩儿去，有小猴儿，你把给他玩儿都不够，还给我吗？"一句话不打紧，早招得师徒两人哈哈都笑，并那玉华也自笑得咯咯的，却随手与青虹拭拭泪痕。

这时，亭外晓日行尘，更衬着四围山色。就这一片光景中，刘宽不觉道声珍重，站起告辞。按下刘宽父女出亭，各上鞍马，归鞭稳着，便奔家乡。

且说天骥携了青虹，就亭外直望得刘宽等影儿不见，方才领了仆人们惘然回步。刚趑进那跨院，望着刘宽所居的屋子，好生惆怅，却闻杨氏在里面道："你们只顾去送行，却不道人家贻落了物件。俺当是什么好物件藏得那么严实，原来是这个，且留着与我夹鞋样儿吧。"

天骥听了，一步趑入去。只见杨氏正在里面收拾一切的物具，却从土壁窑窝内堆积杂物的覆板下掏出一个书囊，便是那《回龙经》，于是接书在手，四顾刘宽所坐落的椅榻，正在越发惆怅。不想青虹一见那书囊，却想起那日玉华和天骥在瓜架下谈话的光景，于是小嘴儿一撇，又待要哭。却亏得杨氏向天骥吵着赶快去给刘宽送书，这才将青虹的泪珠儿闹回。

天骥便道："如今刘先生已自去远，哪里赶得上？好在这册书他父女已吃在肚里，也用它不着，只好我留着，慢慢教与青儿吧！"说着，携书而出，收藏起来。

从此，天骥依然地自己温养功夫，便如刘宽未去时。古语说得好："实至名自归。"天骥既从刘宽学会了这铁布衫、天遁刀的两桩绝艺，端的名传遐迩，为日不久，便是那远在热河的陆世杰闻从南来的朋友传说，也自晓得咧，竟自驰书相贺。至于左近的意气少年，更是时来相访，其中便是歆慕绝艺，愿来执弟子礼的。天骥想起刘宽嘱咐的话，哪里肯依？

这时，青虹已有十余岁光景，天骥于暇时只教她些外功功夫，以做传授绝艺之准备。

光阴迅速，不觉又是一年，这期间，天骥曾一接刘宽的来书，大致言里居安适，玉华已于归李家，那红帮人们虽仍有要求寻事的风声，却不足为虑等语。天骥见书，正在欣慰，不料没过得两三年的光景，那杨氏却啾唧起虚弱旧病来。

原来杨氏本有虚弱病根儿，又搭着连年以来天骥只顾熬打气力，丢得家事一些不理，杨氏没奈何，只好扶病价操持一切，这数米量柴，起早睡晚，以至亲朋交际等等琐事，既非病人所能支，偏又搭着连年的旱涝相寻，田内歉收。那天骥性儿脱落，又不大去理会，杨氏却是个刚强要好的人，唯恐家计落下来，被人家笑话，并且乡人们有种坏习气，便是恨人有，盼人穷，他们专看个哈哈笑。譬如这家儿过落拓了，他也不究其所以然，那些乡邻淡嘴的老婆有时丢了榻上灶下的营生，相聚在一块儿，撤开八字脚，屁股落地，便要喷嘴咂舌地开谈了。准说这家儿的当家老婆怎的馋，怎的懒，怎的泼米撒盐，怎的死气不出，所以才过得落拓下来。综言之，这个当家老婆罪过大咧，简直说，坐木驴子都不亏。

那杨氏唯恐乡邻们如此地笑她，所以虽扶病，还强打精神地料理一切，但是病根巴牢，这次发作起，却已不可救药了，一头卧倒之下，没过得月余光景，竟自长逝去了。这期间，哭煞青虹，却又急坏天骥，因为男人们操持家计，本不成功，何况天骥脱落性儿，乍叫他去料理盐米，简直地比上脑箍差不许多。至此才知那"内助"两字，古人下字贴切，于是于伤悼之下，也只好自己去勉为一切，并办过杨氏的丧事，和青虹寂寞地过得年余。

一日，偶然综核生计，竟已大大地入不敷出，因为田既歉收，自己又不谙持家，里里外外都靠与佣仆人等，你想他们能够忠心保国，像那《今古奇观》上说的徐老仆似的吗？大家既见天骥家政是个大散头的局面，自然要眼前背后，干些偷摸把戏，大漏卮地长流水，好不霸道，因此天骥生计大有一落千丈之势。

天骥至此，虽然是通脱性儿，但是生计这事儿是可以压死人的，任你是盖世英雄、铁铸好汉，未免也要不时地攒攒眉头了。从此，天骥胸怀闷闷，便索性地不去理会，只以出游打猎，并教授青虹自遣。正在颇觉无聊之间，忽接到玉华一封书信，天骥大悦，只认是书报平安，又因自己闷闷，正思念这位恩师，便兴冲冲叫得青虹来，拆封一看，并念给她听。哪知不念时还倒罢了，一念时只落得连连跌脚，直吵怪事。便连青虹也吵道："罢了，俺玉姑姑这一下子，她准不能来看望咱们了。"

看官，你道怎的？原采玉华那封信是发自天台山中，书中谈叙契阔，并询青虹学的武功外，便是说刘宽自回乡以后，不但绝口不谈武功，并且日习吐纳趺坐，颇慕道家长生之术，不久的便黄冠野服，居然作道家模样，除和药济人外，只偶和李因培往来。一到天台山中，便自去漫游各处，大家见惯了，也就不去理会。不想近来于两月之前，又到山中，竟自以采药为名，弃家飘然而去哩。书中并说及李因培，见刘宽去后，只是拼命价吃酒解闷。一日洪醉之下，跨马出游，因驰骋于山谷闾，竟自堕马触石，脑裂而死。自己因此两番大戚，十分悲痛，所以远道寄书，一谈衷曲哩。

当时天骥既得此书，自然是闷上加闷，本想是亲赴台州，晤慰玉华，无奈家下无人，脱身不得，只好复书于玉华，略谈自己的近况。从此家居郁郁，慨然有出游之意，一来可以趁游踪所至，物色刘宽，二来遇机缘就些事体，也可以支撑生计。

正这当儿，恰好那陆世杰又来函，坚邀相助，并请速速动身，词意间十分迫切。天骥见了，以为世杰是生意多，或者伙友缺人，重以故人之意，自然是谊无可辞，并且就此遂自己出游之意，岂不甚好？于是与青虹说知，即便克日摒挡行装，准备登程。好笑天骥自己慷慨好济人缓急，便以为人尽如我，因远道的盘费无着，便去寻乡邻们商言借贷，哪知奔走了数日，只凑集了数两头，并且看了人家许多等等不同的德色脸子。天骥又气又笑之下，只好散却佣仆人等，并折变些物具，得了百余金，行色略壮，正拟登程，不料那左近酒家人们的耳朵偏是长的，既闻天骥将有远行，便一个个来索酒价，大有门前债主雁行立，屋内酒家鱼贯行之势。

天骥至此，只好自恨馋嘴，及至还付都清，依然盘费无着。青虹便吵道："爹爹这样磨磨蹭蹭，咱出门是步步登高，说不定哪一年才回，留这点子破房子薄地累赘煞人的，还须托人家照管，咱索性都折变了。回头有了钱，不会再置吗？人家说千年房地换百主，咱正好捐了房子地，出门去玩儿哩。"

这时，天骥正独酌闷酒，不觉扑哧声笑了。但是细想青虹的一片孩子话，亦复有理，况且世杰既恳恳相邀，此一去，先不愁没着落，且把房地来充作急用，倒也不错。于是烦中人去，向乡邻内的富户说合，在天骥本急于成交，哪知凡是财主们，更会占便宜没够儿，况且是寻上门来的勾当，岂有不拿节肯之理？于是对了中人，先自表明没闲钱，然后又挑肥拣瘦，怎的房子不笼气，怎的田地欠收成，褒贬过，付之一笑，便请中人另寻买主，直拿法得中人来回直跑，火星乱爆，自然地缩下价格。他这才摆出天官赐福的臭脸子，徐议卖价，直至那中人连那场谢中酒都豁免了他的，他方攒着眉头，将就留下。

这里天骥且喜事成，到场署契之后，本直着眼立等收价，哪知那财主又自甩起大鞋，直待他籴出朽烂的陈粮方完却这场交代。这一耽搁，就是三两月的光景，但是天骥以为世杰没甚事急需自己，也便不以为意，于是一面价交割房地，整备行装，一面走辞众街邻，便拟由水路搭船，先到南京，然后再起旱北上。众街邻都感天骥居乡的义气，不免都与他置酒钱行，但是其中那有心计的人都暗笑天骥似乎是有些越老越呆，把房田折变了，却出门海游。

　　大家欢饮了三四日，天骥这才浩然长行去了。一到南京，先就耽搁了数月，因为天骥颇多交游，又到那江山雄胜的都会所在，自然有些个登临酬钱的事体了。直至渡过长江，方才就浦口地面买了长行头口，一路价取途北上。果然是南北异地，风气物候一概不同，遥山远水，既多殊特之观，候鸟时虫，亦显区域之异。那天骥虽然是耳目一新，还不怎的，哇有青虹，却乐得如开索猁狲一般，每至大城镇，定磨着天骥勾留两日，以便游逛。天骥也想随便物色刘宽，这一凑和，只管信马游缰，就途中耽搁起来。直过得两月光景，方趱过山东直隶等处，出得喜峰口，踏进热河地界。抬头望时，好一片风沙漭濚雄塞的光景，但见：

　　　　雄关屹立乱峰尖，鸟没云归一望间。

　　　　巨口由来说雄镇，行人到此损朱颜。

　　　　山连蓟北盘回去，水入朝阳呜咽珲。

　　　　不是故人相约处，何劳揽辔此山间。

　　原来这喜峰口，峻崖夹峙，势如斧劈，便是由直隶赴热河的险隘关口，单是山路，就有数百里的程途。因是要地，也没有兵卡税局等处，从乱峰簇簇中，飘出了卡旗。每至夕阳将落，鼓角相闻，端的是严整异常。道上驮铃驿铎，并笨大车生马群之类，琅琅然，訇訇然，日夜不绝。

　　那行人们并出口觅食的芒哈哈们都是结成大队，带刀持械，你看他小辫一撅，包裹一背，嘴里或咽着大块干粮，大家嘻嘻哈哈，走得好不起劲。因为这等苦哈哈，都是山东、河南、直隶的无业贫民，听得说口外好混，遍地是钱，便搭了穷腿跑得来，那居然发财的，也不过百中之一，其余为饥寒所迫。那当地官府们又不肯稍劳神思安插他们，于是弱者填于沟壑，强者流为盗贼，呼啸成群，一占山头，动不动便是数百人。因为道上的拦路虎特多，所以热河地面，干镖行的也是兴旺哩。

当时天骥不暇细览风景，过得喜峰口，但见黄沙白草、扑面尘埃，有时刮起杠子风，天昏地暗，须倾耳前途驼鸣，方辨道路，往往踅过数十里，滴水不得。好容易望见店道，却去受用那烧马粪的土炕、挂泥汁的苦水、掺谷糠的荞麦大饼，若想吃肉，只好自己腮内去咬，然而有时这等店道还遇不到，只好稍迂路向山村人家借宿，费嘴舌自不消说，但是那主人家倒真是好心款客，无以复加，连那过年才动的腌肉、生日才用的咸蛋都把出给客吃。却有一件事，使天骥受不得这等高抬。

原来山村人家，正房中除一张桌儿、几只凳子外，便是可屋的大土炕，凡家中所有的老少男女孩子等等，一个不剩，都在这榻上，大家同睡。主人为敬客起见，从客人入门时，便就炕中央与客人安置卧具，及至饭毕，主人毕恭毕敬地揖客登榻，随后便大家同登。若是惯行此道的客人，只给他个倒头便睡，也就罢咧，你想天骥何曾见过这等阵仗？及至和衣卧倒，但见你这里精赤条条，我那里一丝不挂，乱抖被窝，已自气味熏人，偏又加着孩子哭闹、妇女吱喳。须臾少静，那主人、主妇操持了一天家务，这时未免钻在被窝儿内，各抄起旱烟袋，一面自慰劳倦，一面谈谈家常，那车碌碌陈谷子烂芝麻的话，既已聒耳不堪，又有那火腾腾的烟气臭烘烘的人气，百忙中或主人打个酒醺醺的饱嗝，或主妇、孩子等放个些溜子生屎热屁，这一来，直弄得那被敬的客就是赛如火燎蚰蜒，只好在一旁乱翻乱挺，然而这些光景，还在末末。更岂有此理的，便是客人夜半时，一觉醒来，或值主人、主妇高兴发作，他哪里还管什么邻舍家，便这样掀掀欠欠，火杂杂、热辣辣、抖擞擞、哼唧唧地直舞弄过来。这时客人休要说蜷缩如猬，还须合眼装睡，直至人家风平浪静，然后才敢断地出口大气。当天骥初次借宿时，遇到一家是老少各两口儿，天骥见自己卧具被人包围，如何肯依？哪知主人家都不悦起来，马上就要逐客。后来元骥方知此地的风俗淳朴，就是这样敬客，客人若拂其意，便是瞧他不够朋友了。

当时天骥父女走起这等路子，哪里还顾得沿途游览？于是一路长驱，直抵陆世杰镖局左近，先就客店中安置下来。天骥匆匆饭罢，去访世杰，到门一望，不觉便是一怔。

原来那镖局门上业已贴起了此房招租的贴儿，天骥以为是世杰搬了镖局，还不在意，料里面定有人留守。喊了半晌，才喊出个老妈子，一见天骥，便笑道："你老敢是赁房吗？却来迟了，俺便是红宝班的内打杂的，人家掌班的已去领人，过两日就搬来。领的人有金凤、月仙、花见羞、林小玉，还有清倌、翠福儿，那口袋底的李小脚、摸摸麻，你想也晓得的，如今都在俺班内，你老过天来捧场，倒使得。赁房的话，却不成功。"

一席话听得天骥正在越发发怔，恰好对面商店中踅出了老头儿，一见天骥满面风尘之状，便料是远来之客，或是来访陆世杰的，于是将天骥让入店中，一说起世杰的近状。听得天骥连连跌脚，深悔自己沿途耽搁，一步来迟，致使冥冥中负此良友。

看官，你道为何？原来陆世杰在热河走镖，一半儿仗着名头，一半儿仗着交朋友靠面子地联络黑道上的大头子们，逢时遇节，还有所以然去点缀，就如官场中送炭敬一般，却美其名曰秣敬，便是给大王们喂马的敬意了。世杰因这样玩得得法，所以每逢出镖，一向不曾坍过台。但是人的名头创出来，未免就有些心粗气傲，那热河黑道上的大头子本分四路，各霸一方，其时西路上的大头子绰号刮地风，因他善用一柄鬼头刀，矫捷如飞，与人对敌，势如风旋，故得此号。刮地风在四路中最为凶实，所以世杰去点缀他，比别路格外厚些，哪知烧纸引鬼，不久地反招出了麻烦。因为刮地风老而不死还不算，又要继续有人专坐他那第一把交椅，于是从手下众儿郎中选了一位太保，作为养子。此人诨号儿天明亮，因他生得是个小白脸子，又善用走线飞锤，舞起来光明满天，却着实武艺不坏。

他本是个戏班中武旦出身，后来因和一个豪绅家的姨太太吊上了膀子，便拿出了飞檐走壁的能为，夜入绅家，窃负而逃。这一来，被那豪绅告到官中，指名缉捕，这小子从此唱不得戏，只好投身绿林。刮地风恰好酷好男风，一见天明亮，自然情投意合，那变成的夫妻，做得不耐烦，却要做起父子来咧。从此天明亮仗着老大王的威风，在西路上也就大大有名。因见陆世杰用钱散漫，便遣人示意，他也想得一份秫敬，并且向本寨人大夸海口，说世杰不敢不应承。哪知世杰志得意满之下，哪里瞧得起天明亮？以为他不过是个刮地风的弄童罢了，虽有点儿能为，也就有限，并且这例子若一开端，别路的小将们都效尤起来，自己也委实应酬不来，于是对那来人一口谢绝。

那天明亮既向本寨人夸下海口，愣抹了一鼻子灰，自然是恼羞成怒，正想办法坍世杰的台之间，却值那刮地风贼运告终，病了些日，竟自老王晏驾去了。这时天明亮只顾了小王嗣位大会满朝文武，登极受贺，并搂了老王抛下的花朵似的娘儿们，日夜取乐，也便不暇去理会世杰。

哪知事又凑巧，过了几日，却值世杰五旬正寿，世杰欲借此联络交谊，便大治酒筵，先期价向各路寨主发去请酒的简帖。因那天明亮是个晚生小辈，又在孝服之中，不便请他来吃酒，于是四路之中，单单缺了西路上这份请简。及至寿日，三路寨主都到，世杰陪了，正在镖局大厅上欢呼畅饮，忽见仆人匆匆拿来一封书信，说是西路上新寨主送来的寿礼。世杰接书在手，一面沉吟，一面拆封瞧时，不觉微微冷笑。

正是：

　　寿筵开处风光好，贺柬飞来意气生。

欲知后事如何，且听下回分解。

第十四回

橡子冈献酒劫镖银
眉天骥宿店诛淫盗

上回书交代到世杰看了书言，不觉微微冷笑。看官，你道怎的？原来那信上并无别语，只写着敝寨穷困，备不起寿礼，前往称觞祝寿，只好在西路上恭候台驾，补祝千秋等语。这分明是天明亮因前事羞恼之下，又因这次请酒没他的请简，特来找碴儿了。

世杰虽然明白了是这么回事，但是在大众之下，哪里肯输这口气？于是冷笑之下，向大众一说天明亮之意。大家听了，也有说天明亮不知好歹的，也有劝世杰和他赔两句软和话，转转面子，彼此不要伤了和气的，即至酒散之后，世杰因不知天明亮毕竟武艺如何，及至遣人去探听明白时，却不觉发起怙惙，方知他那柄走线锤真有好体面的功夫。

当时世杰虽自揣力还可敌他，但是恐万一败在他手中，岂非一世英名付于流水？于是这才想起唐天骥来，即便去信相邀，并请速来。本恐其近日间西路上或走镖项，得天骥来去领镖，自然便千妥万妥了。不想信去之后，只过得个把月，果然就寻来一桩生意。世杰既待天骥不到，想辞掉西路上这趟镖，又似乎不够瞧的，没奈何，只好自己去出马了。

这时世杰虽是略上年纪，并轻易不亲去领镖，但是毕竟是老将威风，与众不同。及至押了镖骑，跨马登程，世杰全身劲装，背插一柄金背开锋七星拱斗的折铁单刀，一路喊起镖口，好不威武。休要说观者称赞，便是留局的镖伙们也只等世杰回头，大家同吃喜酒分花红咧。哪知过得两日，随行的小伙友都气急败坏跑回来，世杰果然亦在内，只是胸口受伤，呕血不止，已自剩了丝丝微气咧，并嘱镖伙各散，妻子等人克日价收拾回乡。

看官，你道怎的？原来世杰自恃当年的英雄，虽是探得天明亮武艺了得，倒也没搁在心上。就西路上一路长驱，也甚是安静，于是世杰放下心来，便以为天明亮不过是致书恫吓的勾当。

次日，行抵橡子冈地面，这所在，数里长的一片橡林，本是险隘，镖骑至此，例须喊镖。世杰因天明亮没出头生事，自然也须按例而行了。于是喝退镖骑，一马当行，大家滔滔走发，直抵冈下林旁，世杰在马上横刀价眼观四路，又一面集气喊起，后面的镖旗飐飐，正出没于浓树荫中。忽地林风刮动，早闻里面嗖一声射起一支响箭。

这里世杰猛勒那马，正在向背后大家扬刀示意，便见前面隘口上一声呼哨，顿时抢出百余人，一色的花布包头，短衣伶俐，从一片刀光乱闪之中，却都向自己打千半跪，然后才霍地一分。正这当儿，又见团团的盘影一闪，却有人大笑道："陆朋友，不要见怪，俺今一步来迟，把备水酒，且容俺补祝千秋吧！"说话间，健步趋风，直抵马前，也便单腿半跪，然后才举盘过顶，竟来了个白猴献果。

这里世杰望时，正是那天明亮，全身结束，就赛如黄天霸一般，手擎金漆木盘，上置杯酒，只蜂腰一摆，早现出围的那九节蜕龙浑钢套索的走线锤，端的是亮似明星，光彩夺目。这一来，世杰转怒，连忙下马，大笑道："俺承你如此不弃，何以克当？今足下有此盛意，俺只好领情了。"说话间，举酒饮尽，喝声"干！"那天明亮才道声："有罪！"两下里霍地退步。天明亮抛却木盘，一个风旋式，由腰间取下线锤，唰啦抖开了，正如匹练横空。这里世杰也便喝声"请了！"单刀一摆，踊跃便上。但见：

风鸣索动锤飞影，电刁锋开刀起芒。

兵器两般分软硬，个口家数不寻常。

当时两人交手之下，各逞英雄，单刀使发，说不尽劈剁钩拦，线锤舞开，望不断兜围掣掠，么吆喝喝。这一场往来人众，都看得呆了。

原来世杰单刀颇有名，初干镖行时，曾在塔儿沟地面一柄刀退却劫盗十余人，其镖业之发旺，也就因此振起名头。不想这次活该塌台，却遇着个善使线锤的天明亮，人家懂武功的人们有这样几句口号，是：

单刀不落空，就怕软中硬。

一个不小心，就怕没了命。

原来走线锤这件兵器，乍看来拖拖拉拉，缭缭绕绕，似乎是笨累无比，哪知善命名者使发时，便如怪蟒横空，游龙戏海，并且软硬兼有，伸缩自如。一片光影泼开来，休要说似盘丝蛛网，单刀不易破它，并且翻飞兜掠之间，有许多的巧妙招数，所以单刀短兵，往往就失其效用哩。当时两人再接再厉之下，不觉都显神通。世杰因奋斫不入，便大喝一声，登时变了一路撒花盖顶的刀法。那刀便似雪片般护牢头上，一面价缒身趋风，正要猛按刀势，向天明亮当喉便刺，哪知天明亮猛一掣锤，双手价钢索一飞，便是个套劣马的式子，直向世杰顶项间倏地揾来。世杰急回刀锋，向上一挑，又用个叶底偷花式，一翻健腕，方向天明亮分心便刺。说时迟，那时快，但见天明亮喝声"着！"虿手抖线，向世杰缠腰便掠。世杰转怒，霍地跃起丈余，单刀下顺，趁下落之势，正要跳出线围，去取敌人，哪知一足方落地，天明亮喝声"哪里走！"那钢线哗啷一响，如土委地，趁势一个箭步蹿出老远，又是个回马收缰的式子。这里世杰觉

151

得脚胫上奇痛彻骨，方暗道："不好！"被兜得仰跌数步之外。那天明亮急回钢索，一锤早到，世杰至此，不消说只有老实挨打的份儿了。就这两下人众一声呐喊之间，世杰早被锤中胸，大叫昏去。

原来天明亮这一手毒招儿，名为三环套月，一气盘旋，专在上中下三路取势，能使敌人防不胜防哩。

当时世杰既倒，还亏得天明亮只顾指挥手下人去驱镖骑，那随行的小伙友们才得抢起世杰，直跑回来哩。

当时镖局众伙友见世杰伤重，只好一面赔人家的镖款，一面调理世杰。世杰连日呕血，自知不起，又恐那天明亮还要来掠夺自己的血汗金资，于是临命之下，便吩咐妻子回乡，并散却众伙友。这镖局本是世杰赁居的，所以那房主又招了新住户。当数月之前，那世杰的妻子便已扶柩还乡，不想这时天骥方才到来哩。

当时天骥听罢那商店的老者一席话，自叹负此良友之下，只好闷闷地趑回客店，还亏得客囊尚裕，一来想为世杰复仇，去除掉天明亮，二来爱北方人们有悲歌慷慨之风，便想寻些机会，就些事体。因店中喧杂不堪，便自赁小寓，住将下来。初意这天明亮既是西路上的盗魁，必然易于寻觅，哪知悄悄地访踏月余，通没踪迹。

原来这天明亮虽是占山的盗魁，但却行踪飘忽，好独脚游行，因他有高来高去的本领，随便窃取财宝而外，还犯着绿林朋友所最忌的那一款，便是采花了。因此之故，他长日价只自去寻俏，那西路的群盗遇要作大劫案时，方寻他来主持一切，所以天骥竟在西路上白搭了许多冤腿。至于说到机会事体，哪里能一时便有？

天骥徘徊之下，不觉在寓中过得数月。这期间，却交了一位朋友，姓朱，名子裕，此人也是安徽人氏，略通拳棒，亦好交游，在热河红寺地面开着一处参厂，专以招接挖参的人们，因慕天骥之名，又是同乡，所以彼此便厮熟了。那红寺地面，靠近磬锤山，参厂又在旷野中，因盗贼可虑，所以子裕便雇用了许多护院的人。及至闻得天骥有就事之意，便以总领护院人相烦。天骥却不欲就，只管在寓中勾留起来，除命酒自遣之外，仍日以踏访天明亮为事。哪知光阴虚耗，殊无头绪。

天骥客居无聊，不觉顿起归心。不料人生行止，亦有缘法。那日和青虹行经县门，因青虹手一闲，揭破了募人杀虎的榜文，却又阻止了天骥的归程哩。

以上所述，便是那杀虎老考的一段来历。交代既明，书接前文。

且说当时文官儿和众客听罢天骥叙谈一切，这一番娓娓长谈，不觉时光不早，于是大家赞叹一会儿，酒罢各散。按下文官在某大臣跟前大得其脸，并那某大臣见围场已净，当即回京，专等伺候秋蒐的大差。

且说唐天骥归心既动，本想即日起程，及至得了杀虎的这项赏金，倒觉一时间没法摆布，因为自己在路途上本好闲散淡逍遥，游山玩水，若携此重金，殊为累赘。

一日，和青虹谈到此事，青虹便笑道："爹真是小庙神道，受不起大香火，有二百钱，就支使得没法治咧。这点把子银两，还不好说？你若嫌挟带累赘的话，何不都买了参？参到咱南省，又是贵重物，只怕还有好些利息赚哩。"

天骥听了，不觉连连点头，又因和朱子裕交好一场，此去拣选参枝，就势辞行，倒也甚好。那红寺距自己的寓所也不过一日之程，并且时当夏初的光景。日晷是长的，于是次日间，也没起早，早饭之后，只取了轻衫凉笠，又嘱咐青虹几句言语，方才起行。

天骥在热河住了多日，也自颇识道路，因嫌大道上尘土过多，便取了一条偏僻小道，直奔红寺。一路上，但见遥峰远近，林木映带，并那村落人家，鸡鸣犬吠。趱过数里之遥，忽地遥空中涌起几块乌阴阴云头，长风吹处，只觉郁热蒸人，似有作雨的光景。天骥也没在意，还只管徜徉行去，不想距那红寺约莫还有十余里的程途，忽地热风吹过一阵，接着便与云四合，却有白茫茫一片雨脚，丝丝地下湿于地，竟将那衔山的孤阳直接下去。这里天骥因天要落雨，

153

方在脚下加快，早有钱大的雨点儿噼里啪啦一阵乱落，再望空中，却已风鸣云走，并且四外价轻雷徐载。这一来，天骥料有暴雨，忙四外望时，恰好见道旁不远，从浓树荫中挑出一挂酒帘，似有山村一般。于是匆匆奔到酒帘边，方望见一带酒肆，那雨已哗的一声，倾盆而下。

天骥只顾了一跳入肆，却闻院内有人道："大小子吗，你怎的这时才来？今天你娘又被邹大娘叫去做伴，家内只我照不过来，我正要顶着雨寻你去哩。"说话间，趑出一人。

天骥方料他便是酒家主人。那人却笑道："客官莫怪，这般闹雨的天气，俺没想到还有客来，俺只认是俺那大小子转来哩。客官快请坐，等俺去摘落招幌，咱再吃酒。"

天骥好笑之下，先取下凉笠，掸掸雨痕，一面望那肆中，除酒座之外，还有套里间，疏落落的，倒也十分干净。刚就临窗座位坐下来，那雨却稍小些了。

须臾，那酒家主人端到酒菜，便笑道："今天是雨天，没奈何，客官须包涵些，只是寻常酒菜。若在往日，俺这里也一般的好酒好肉，便是三更半夜时，还有来买酒肉做消夜的哩。"

天骥笑道："如此说，你这村庄是丰富的了？不然，怎有许多的卖项呢？"

主人道："也不尽然，俺这村名叫萝卜窝，虽有两家富户，一家姓邹，一家姓钱，但都是土里刨食的务农人家，夜里连佣工们都叫他各归各家，为的是省柴草烧炕。今天那邹富户的娘子邹大娘因富户没在家，便叫了俺老婆做伴去了。你想这样的省财主，如何舍得钱来照顾我？皆因这村是个潦倒庄儿，不但有的是赌局，还有好些私门头，招的些不三不四的人们前来落脚。他们的钱是泼撒的，夜里玩到高兴上，所以俺这里便有生意了。客官，你若高兴去玩，等我领你去，赌局上现钱现钞，赢了就拿所以然，自不消说。便是那私门头都是一掐一股水，水葱似的小娘儿，并且嫖钱有限，又没什么排场，只要你有精气神，不怕叫几个娘儿做个连床会都现成哩。"

天骥听了，不觉失笑，因见那主人好说好笑，便和他闲谈数语，自己又闷饮了数杯。因忽闻雨主，忙趋向肆门外张时，果然是雨过天晴，那西沉的落日已自赤玉盘似的，半轮价透出归云，金碧光闪，照得那村中房栊树木掩映如画。天骥游目望去，果见那村街坊映带，有些丰富气象。正对酒肆不甚远，却有一家高大房舍，虽是庄户人家模样，却一般的高巍巍的碎石围墙，左边墙内有几株露梢的高树，树上却有两只噪晴的晚鸦，正在抖翎山哨。

天骥因望得有趣，正在注目，忽地啪的声，一个石子打落一鸦，那一鸦扑啦惊飞，连墙内犬吠如豹之间。这里天骥移目向石子来路望时，却见一个短衣少年，生得滑头滑脑，举步伶俐，从对墙的一株大树后匆匆掩出。先自向墙上微微一笑，也不顾雨后泥滑，竟自一路溜瞅，趋向那宅后。

天骥见了，不觉暗想："肆主的话果然不虚，这少年大概就是什么不三不四的人，踏着雨泥地，却凭地还出来玩耍哩。"

正在怙惙，便见那虚掩的宅门啪的开开来，登时跑出个三十来岁的妇人，虽是中年，却还白皙俊俏，勒起半段白胳膊，似乎是正在操作，却一面四下张望，下面骂道："他妈的，这又是哪里汗邪的毛头小厮，来不做人样。老娘刚到墙下去泼水，便挨了一家伙哩。"

说话间，脚儿一逿，正咕唧声踏着积雨，便闻门内又有人笑道："今天也怪，那老鸦只管浪叫。俺从早晨便总觉六神不安，所以叫你大嫂来做伴儿。如今老鸦率掉更好，你还有要没紧的，寻谁打落怎的？"说着，趋出个少妇，那尖尖脚儿上，却套了双草鞋子。

天骥见那妇人穿一身家常布服，却生得脸赛芙蓉，眼同秋水，不高不矮身量，不肥不瘦肉彩，更衬着如月芳年，端的有些姿色。不觉又暗忖："这少妇或就是主人说的什么私门头等人，但是神态之间又不挂浪荡气。"

这当儿，便见少妇道："大嫂，你瞧怎样？我叫你不要跑出来，

155

如今却湿了鞋子，你怎慌得连套鞋都不穿呢？"说话间，拖了那妇人相与踅入。

望得天骥正在好笑，却又见那短衣少年从围墙左边兜过来，就门溜瞅一会儿，方才掉臂踅去。这时，满地价雨泥尚滑，那将落的红日也要收光敛彩。便是村中各家也相与呼鸡唤豕。这里天骥正呆呆地踌躇自己的行止，却闻那主人一面就案上续添热酒，一面笑道："客官不要瞧了，地下泥滑滑的，不好走，如今是雨落天留客，你老且屈尊一宵，正好慢慢吃酒。你瞧这套间内多么干净。少时，你洗个澡儿，凉爽地困大觉，好不写意。并且你真有口福，如今大白豆腐掺干菜，稍加辣末的小豆腐，就要开锅，吃到嘴里，真是小豆腐热三遍，赛过朝廷饭，一香一个跟头，这都是在本的。喂！你老先来得一盅热的吧！"说着，哗哗地斟了酒，一路哼唧着《打新春》的调调儿，又自踅入内院。

天骥望那泥地上虽是雨潦稍干，却还不便行走，于是逡巡间，踅就酒案，方吃得一杯，那主人已掌上灯烛，送入套间，一面又端到大盆的小豆腐。却笑道："真是老天爷的口福，该谁吃是谁吃，今天俺婆子清晨爬起，头也没梳，脚也没裹，撅着屁股和驴子弄了个够，才磨出这白渣渣、滑腻腻浆糊似的好物儿。哪知她喘吁吁地白费力，如今却该咱们吃。"说着，满满地盛上一碗。

天骥一望，便觉异香扑鼻，因笑道："你这位娘子倒会当家理纪，寻常白豆腐便做得如此漂亮。"

主人得意道："说起她来，也还罢了，只就是性儿上来，有些天不怕地不怕，即如这村中有些毛头小厮偶来抛砖掷瓦地耍贱骨头，她就可以拿刀子跳上街，骂个来回哩。"

天骥听了，不觉一笑，端碗尝时，果然十分可口。又在酒后肚饥之下，便一连啜得四五碗，方才罢酒，不觉闹得额汗霏霏，十分躁热。正这当儿，恰好那主人撺进浴盆，及至天骥就浴已毕，拭干身体，业已将近二鼓时分。按下主人收拾一切毕，向天骥道了安置，

156

关了肆门，自去歇困。

且说天骥赤身价踅入套间，只裹了榻上的一条被单儿，即便倒头便睡。哪知没到一个更次，却已激灵灵地醒转来，但觉腹内啵喳，十分内急，情知吃的小豆腐过多，作起怪来，于是跳下榻，蹬上鞋子，也不暇穿衣裤，只将被单缠向腰际。因不便唤主人家给寻茅厕，只好开了门，便奔肆外，因日间见那大长墙旁左边甚是宽敞，便奔将去，就靠内院的墙根蹲下，万扑喳一声，痛快无比。却闻墙里面有男女喊喳说话，并闻女的喘吁吁地道："放手放手！"

天骥听了，以为是人家两口儿有甚体己勾当，好笑之下，方在站起。却又闻女的冷笑道："你休拿刀来吓人，邹大娘吓昏了，吃你摆布，俺却不怕。你休报字号，说是什么天明亮，横竖俺有条命，来来来，你是好小子，便给俺一刀。"说话间，一阵跌撞。

这里天骥忽闻得"天明亮"三字，便赛如黑夜间拾得一颗月明珠一般，于是更不踌躇，便紧紧缠缠被单，略点脚尖，一道烟似的跃入墙内张时，但见正房中灯光明亮，窗上的人影乱晃，并夹着男子威吓之声，疏星光中，一瞧那房门，却已关牢。天骥至此，更不暇顾手中没兵器，只就足下掀起块阶砖，先就窗隙向内一瞅，不觉气冲两胁。

原来日间的那少妇，已自赤条条昏卧榻上，似乎死去，榻头儿上还插着把雪亮的钢刀。就这灯影摇摇之间，却有男女两人，扭结着滚向榻沿，女的是髻子都松，一丝不挂，似乎是猛由被窝儿中爬起，脚下还穿着软底睡鞋子，便是日间所见的那妇人。那男子却穿了青绸夜行衣，这时已一手扭牢妇人两只乱抓的手，一手掀起一条雪白的腿子，就要掀向榻沿。天骥至此，不觉略眨眼，虽是怒不可遏，但因闻得"天明亮"三字，却也不敢冒昧便动手，总须先瞧瞧他面目，再作理会。

正这当儿，恰好那男子因急切间掀放妇人不倒，猛一扭脸去望那插的刀，意在取刀威吓。这讨，天骥望得分明，却不觉反倒怙惚起来。因为那男子非别个，却是日间所见的那短衣少年，并且这时节斜眉歪眼，很不够江湖人们的模样。天骥因闻得天明亮也是一路响当当的盗魁，今既见此状，所以犯起怯懦，但是刹那之间，里面为热已急，这时却不容天骥再怯懦了，于是大喝一声，先是一砖打入去，便闻咔嚓一声，灯烛立灭。这熄灯对敌，本是夜行人的老规矩，这里天骥忙迈步直奔房门，正防敌人先抛物件，便闻背后唰的一声，竟是个金刃劈风。

天骥从斜刺里一个箭步闪开来，料得敌人已踏窗蹿出，方趁回身之势，一腿平扫去，却闻背后房门一响，便有一件丈把长的暗器直刷过来，接着便白光一闪，一人奔过。天骥只认是敌人有党，正想趁收腿之势给他个兜裆一脚，便见对面价刀光起处，咔嚓一声，先将暗器格落，接着那白亮亮奔过的人也便大叫便倒。这里天骥方在莫辨那倒的人和敌人是伙是敌，那柄来刀已自向自己雪片似直卷将来。这一阵上下翻飞，刀刀紧，步步跟，饶是天骥捷似猿猱，施展出赤手夺白刃的手段，却也就十分吃力。这一来，天骥心下恍然，料得敌人真是天明亮无疑了。一时间想起陆世杰，不由长啸一声，顷刻间气运全身，铁臂纵横，直抢入一片刀光中。但听玐玐铮铮，一阵价铁肉相触，火星乱爆。宵深夜静，就如打铁一般，只闹得院四外村犬都吠、栖鸟惊飞，端的好场恶斗。昔人有诗，单赞这铁布衫法，道：

回龙妙法岂寻常，赤手纵横势莫当。
慢道人间无铁汉，浑疑小鬼倒金刚。

当时天骥这一阵骨腾肉飞，前超后越，直将个天明亮闹得呆了。眼睁睁刀锋斫去，就如斫到石块上一般，大惊之下，虚晃一刀，刚要回头便跑，却闻唰一声，一条门闩直从胁后戳将来。天明亮急闪身躯，那人已收脚不住，一下子抛闩跌过。天明亮趁势方要转身，

158

却闻敌人忙叫道："放手放手!"接着便被单角一扬。

忙望时，原来那敌人已被跌倒的人拦腰抱牢，并骂道："老娘横竖一条命，今天就和你门这般乌贼拼了吧!"说话间，一阵啃咬，竟将敌人推搡得只管跌脚。

书中交代，你道这抱天骥的人是哪个？并那天明亮又为何撞到这山村中？

原来天明亮颇好单独游行，就为随便采花。这大宅内的主人姓邹，颇有金资，天明亮之来，本为的是盗取金资，不料那邹姓的妻子邹大娘便是天骥日间所见的那少妇，偶在门前闲望，却为天明亮所觑，所以天明亮趁雨晴后，云踏看了道路，夜间便来胡闹。至于抱住天骥的那人便是那酒肆的主人的老婆胡氏，天骥日间所见的那三十来岁的妇人便是此人了，本是来和邹大娘做伴，不料夜里睡到别榻上，偶然醒来，忽地满耳中声息有异，方睁开眼，却见那天明亮已由邹大娘榻上跳下来，便奔自己。胡氏虽是妇人家，却颇有胆儿和力量，正和天明亮支撑之间，忽闻有人大呼，从窗外飞砖打入，接着天明亮便持刀从窗跃出，赌气征之下，便以为来的人也是贼徒，所以模糊糊抄起门闩，赶出来拼命哩。

交代既明，如今上说天明亮既见敌人被人推搡得脱身不得，于是急挺钢刀，重复抢来。也是小子合该命尽，那刀锋刚要到天骥右胁，忽地脚下一绊，登时栽倒。原来一脚正踏在胡氏丢的门闩上，好笑天骥也真会急中生智，便索性地抱起胡氏，唰的声跃起丈把高，双脚一卷，啪嚓一家伙，往下便踪。可巧天明亮头方扬起，这一来啪唧一声，脑裂头扁，自不消说，便连手中钢刀也自抛出丈余之外。

这时，胡氏业已同昏，依然掐抱天骥，乱啃乱骂之间，忽地前院中火把齐明，乱喊捉贼。登时抢到十余人，虽没得长枪尖刀，倒各有粪叉柴棒，一见胡氏既光溜溜的，天骥又只腰中围副被单儿，并且彼此地扭结乱推，于是不容分说，叉棒齐举，闹得天骥正在尽力子甩脱胡氏，大喊慢来，却闻来人中有人道："诸位慢动手，这位

159

爷是俺酒肆中的住客，料不会做贼的。这其间定有蹊跷，咱且问明缘故再说。"说着，闪出一人，天骥望时，便是那酒肆主人。

原来邹宅的佣工们都是邹宅附近小住户，大家闻得邹宅里吆喝跌撞，便料是或有贼警，及至大家传呼聚齐，点火把、寻叉棒地闹了半晌。那酒肆主人自然也晓得了，因惦念着胡氏方在邹宅，所以他也急忙忙跟将来哩。

当时大家乱定，正又望着地下血淋淋天明亮的尸身一齐发怔，当由天骥一说自己的所闻所见，并到邹宅之故。大家听了，恍然之下，正望着天骥齐竖大指，却闻有人道："谢天地，原来你这位爷是好人，来捉贼的，俺还当你也是贼伙儿，便尽力子咬了你个够。如今不知者不作罪，等我谢谢你，给你摸摸痛吧！你们大家还不知那死贼多么没人样，若非是我有点儿主意和气力，还真不好说了。等我先谢谢人家再说吧！"说话间，张牙舞爪，抢过一人，不由分说，向天骥盈盈便拜。

大家见了，忘其所以之下，便呼一声围上来。

正是：

惊喜齐来常态失，当场谁复顾形骸。

欲知后事如何，且听下回分解。

第十五回

闻盗警夜闹村坊
置贺洒群观壮士

当时大家忘其所以之下，只见来人却是胡氏，不知怎的，火把光中就现出一团白亮亮的光彩。但见胡氏向天骥万福之后，即便伶伶俐俐地向大家指手画脚，一面闲谈，又是贼人怎的捉搦，自己怎的支撑，后来怎的持刀赶出，怎的误会天骥也是贼。说到高兴处，正要扑抱天骥，给大家比个样儿瞧瞧的当儿，却闻那酒肆主人道："我的妈，快算了吧！人家客官已说得明明白白，还用你来倒粪？依我说安静些，不要蹲裆踢腿地挂架势，仔细着，腿叉里受了些溜子风，就要害小肚儿痛哩！"一句话提醒大家，正在望着胡氏哄然都笑。

那胡氏不觉啊呀一声，却闻房内邹大娘呻吟，似是苏转来。可笑天骥因杀却天明亮，友仇得复，一喜之下，也自忘其所以，正要领众入房，去瞧个究竟，忽见酒肆主人道："客官如今做此好事，须要在小店耽搁两天了。这会子雨后夜风凉凉的，你老杀贼又闹了一身汗，咱且转去穿衣服吧！'

一句话提醒天骥，招得大家又是好笑，又是赞天骥赤手杀贼的武功，一面又望望天明亮尸横院中的当儿，天骥却紧紧身上的被单，一面摇头道："俺哪里能耽搁得？只明日便赴红寺，咱大家改日再会吧！"

说话间，跟了那酒肆主人，正要拔步，却闻人丛中有人道："慢着，这是你老的财运到了，如何义财不取，便要去呢？方才你说得明白，这死贼便是那西路大盗天明亮，这小子作恶多端，却非寻常，他作的劫杀大案，只这左近地面，少说着也有十来起，那被害的富家大户，真恨不得生嚼他的肉。大家不但都报案到官，催着缉捕，并且为鼓励捕头起见，大家议合了，悬有万金的重赏，便蓄款在某银号中。这白花花一大堆硬头货，本来瞧得捕头们眼红，无奈性命毕竟比钱财重得多，所以大家宁自屁股上吃比限杖，也不敢去捉天明亮。如今你老跟到官中去交案，这注赏金稳入腰包，自不消说。并且官中也因天明亮搅得地面上太不像话了，也出有千金的赏格，你老放着这样体面钱不去取，只顾忙着向红寺去怎的？"

　　说话间，一步三摇踅出一人，生得青尪面孔，一团和气，长袍摇摆，脚下居然是云头福履，并且手中提着老壮的藤缠马棒。当时大家呼地一闪，这里天骥见那人容态有异于众，正疑惑是村中首事人的当儿，忽闻大家背后又有人吵道："地方地方，差事难当，一步不到，屁股遭殃。他妈的，今天这麻烦就没有的。一早晨西街上婆婆媳妇猱头撒脚，打到当街，其中还有着个公公乱吵，好容易好说歹劝，按下他们被窝儿里耍铁锹乱铲的事。东河汊下大伯又因背小婶过河，吵成一片，小婶骂大伯，不该回手抄腿子，大伯说小婶不老实，不该夹自己的腰眼，并且呵呵胖得汗多，闹得自己脊梁湿答答淹渍渍的，这一场子架，好容易经俺劝开，偏他妈的村庙里又撞起钟来，因为和尚丢了磬，却捉住小偷陶二崽，打了个臭死。这一场子刚胡拉完，俺顶着这个王八帽子方下头，不料俺隔壁小两口儿又打了个山摇地动，男的说女的嘴馋，女的说男的死心又瞎眼，一面咧着小嘴儿哭，一面就要跳井去，慌得俺跑去劝时，却是他妈的因那女的偷吃一个鸡蛋，说不得，俺当官人就须豁出官嘴和官腿，这场子俺磨破嘴皮，直待人家小两口王八下蛋似的都瞅笑咧，俺直着腿子方回家。你说事儿真会凑合，后街上李大户家又唱起双摇会

162

来，大小两个老婆打作一团，迕李大户的胡子都揪掉，这醋是非，打出人命，也非小可，慌得俺连拉待劝。周过这件事，方要丢下这王八帽子歇歇腿子，怎么愣会有朋友竟把天明亮给揍了医咧。哈哈！活该俺腿子有路跑，这惊官动府的勾当，还用说吗？咳！闲人闪开，待我瞧瞧这位朋友再说。"说话间，红帽缨儿一闪。

这里天骥还未及望清来人，便见拎马棒的那人道："张大哥来得正好，咱地面上出了偌大的人命干系，这位客官却只顾吵着要去，咱大家快商议吧！"

说着，上前一步，拖了来人，一说天骥杀盗之状，并不欲耽搁之意。这里天骥一望那来人，不觉好笑，只见他生得油滑滑的一张脸，肥而且黑，眯缝笑眼，更衬着五短身材，跑得喘吁吁，似乎是睡下又起。因为他秃着头，也没穿长袍，只反披一件短衣，比马褂又长，比袄子略大，倒是很漂亮的鱼白颜色，外面用搭包一勒，臃臃肿肿，光景甚是可笑。一只手也拎根马棒，那一只手却掂着个褪颜落色的红缨凉帽，一面只顾扇汗，一面却向头上一扣。天骥见状，正猜他或亦是村中首事人等，恰好那酒肆主人一抖机灵，上前来与大家彼此指引，天骥方知先来的那人是本村村董，姓王，后来的那人姓张，便是当地的地保。因为忽闻出了人命大事，所以抓了顶点卯的大官帽，急忙忙便跑来哩。

看官须知，那热河地面人们粗野，贼盗又多，若论出个人命，本不算回事，何况天明亮又是个贼犯，若是王村董和张地保只图省事的话，只须和事主商量好，更可以埋掉死尸，完事一宗。无奈却因天明亮死掉，那官中和各富家大户都有赏金的，王、张两人自念这里面大有油水可揩，所以都忙忙跑来，这一来不打紧，不但阻了天骥赴红寺的行程，便连天骥的归程亦复打断，竟在热河地面做起事业，振起大名，因缘生法，福祸相倚，虽显丈夫意气，亦做异域之鬼，不然，这个穷凶极恶的康八小子，怎会得了天骥的绝艺，纵横一时呢？

诸公别忙，且慢慢往下瞧吧。

且说当时天骥和王村董、张地保彼此厮见，天骥料一时脱身不得，因急欲辞掉随众赴官之事，不由脱口道："今既有王兄、张兄到来，尽可和事主自去报官，俺唐某赴红寺访友之后，即便回乡。前些日俺既因杀虎之事耽搁归程，如何却因这泼贼又耽搁起来？"

大家听了，这才知这位老客竟是那围场杀虎的唐天骥，正在一齐大惊，高举火把，恨不得照向天骥面门的当儿，那张地保却一跳丈把高，拍手道："我说呢，什么人就有能为毁了天明亮？原来你就是那位杀虎的唐爷呀！既这样，你越发地须去到官，显显名头，质证此事才是。不然，那捕头们趁势上来，好不抓干脆，只大家一哄，说是他们毁掉的天明亮，领去两项赏金，你这注横财不是白丢到水里不响吗？虽说是好汉不爱财，但是也犯不着给人家落忙。如今闲话少说，干脆你就回店歇息，明日咱大家到官，你领了赏金来，没别的，俺还扰你杯喜酒。这会子夜气发凉，你只裹个被单儿，却不老好的，来来，你且穿我这件吧！"

说话间，解下褡包，只衣襟一翻之间，却招得大家都笑道："张大哥，今天真是忙糊涂咧，怎的连俺老嫂的大花袄都翻穿来咧？如今唐爷就不必忙着要去，但看俺张大哥这番抓瞎，也该明日领得赏来，给他杯喜酒吃哩。"

天骥听了，含笑之下，望着张地保披的那件滚镶花边的女袄子，正在踌躇，恰好那邹姓主人因在左近村中勾当些事体，这时闻警，也自赶来。当时向天骥致谢之下，也请天骥同去到官，结束此事。天骥至此，料推辞不得，只好仍同那酒肆主人回到店中。这时酒肆主人登时又是一番光景，便殷勤置酒，陪天骥吃过两杯，方才各自安歇。慢表邹姓那里喧闹终夜，一面款待众人，一面和王村董、张地保准备一切，单等次日赴县报案。

且说天骥无意中诛得世杰之仇天明亮，心下好不畅快，以为便是赴官耽搁，也不过几日光景，依然可以整顿归鞭，倒好添些囊金，以壮行色，于是欣然之下，沉沉睡去。正在酣适之间，却闻酒肆主人道："唐爷起起，如今人家邹爷已和王村董先去赴县报案，你的坐骑业已都备，快请起用些早饭，你也和张地保同去吧。俺老伴儿亏你搭救，如今没得敬意，你且趁热用些水饺吧。"说话间，一路履声，已到室内。

这里天骥本是和衣而卧，忙爬起张时，只见满窗红日，业已时光不早，那主人正端了两大盘热腾腾白馥馥的水饺置在案外，加醋蒜小碟儿，好不鲜亮可口。原来这水饺蒸包之类，在内地里虽是庄稼佬吃喝，但是一到口外地面，这食品却十分名贵，因为本地难得白面，都是粗黑粝口的荞麦面，只可以烙驴拉缰大薄饼。又因地面辽远，恨不得几十里远近，方有卖肉的集场，所以这饺馅之难得，也就等于白面。因为牛羊等杂肉是不适于做馅用的，因此当地人有这么两句口号，是："好吃不过饺子，舒适不过躺着。"乍听来，像馋懒汉说的话，其实却含有诙谐之意，因为当地土人必须有娶妇喜事，方用白面肉馅水饼，号为子孙饽饽，所以说好吃不过饺子。至于舒适不过躺着，便是嘲戏新夫妇，即此也可见水饺之在热河是主人敬客的甚盛设了。

那天骥虽在热河未久，倒也晓得此意，当时趿履下榻，正在向主人连连客气，却闻胡氏在院中笑道："唐爷将就着用吧，俺那东西虽又白又鼓蓬，里面肉也一净，连夹的毛都没得，却就是弄得张皮裂口，流汤滴水，挤拉得像个蛤蜊，不好看相。你来一家伙，倒是一夹一股水，顺头儿滋汤，都是那贼王八昨夜把人闹昏，所以今天俺忙忙把出来，便蛤蜊两扇的都不囤圈了。你不用客气，快吃吧，给俺治腿叉是正经。昨夜里你一个燕儿飞抱起俺不打紧，如今俺胳肢窝、腿叉里就被你抓脱油皮。"说话间，敞衫一扬，胡氏踅入。

这里天骥虽是听她夹七杂八的一路胡吵，但是也料到这水饺是她的特别加敬了。正要致谢之间，不想胡氏敞衫一开，先突地跳出两只大胖乳，果然左乳连着腊肢窝的所在，现出红郁郁五个指痕。

165

天骥至此，方知昨夜仓促手重，竟致伤她油皮，因不安之下，便随口道："这果然是俺手重，叫大嫂吃苦了。当时俺只觉没大使劲，怎的便五个指印呢？"

这本是天骥无话可说，随口搭讪，不料胡氏摇着头笑道："你老说这就手重吗？你还不知俺腿叉里直通腔沟，脱的油皮儿就似猴儿屁股，还是那会子俺占着两把油手包水饺，俺当家的给俺解裤撒尿，他瞧见告诉我的。你说想起来，真叫人后怕。倘那时你手指一滑，一斜溜，还了得吗？"

说着，扣上衫襟，一手便去摸索裤带，又向酒肆主人笑道："你快洗洗手，盛水饺汤去，原汤化原食，唐爷跳踏了一夜，想也渴巴巴的。虽说是你瞧俺腿叉时只略着手，但是也须洗净手。"

那主人听了，只好嘻着嘴便跑之间，这里胡氏早已俏摆春风，向天骥盈盈万福，这大概算是致谢之意了。这一来，闹得天骥一面含笑还礼不迭，一面却又怙惙道："怪不得人都说北方人心直口快，便是妇人孺子都挂些优爽性儿，殊有豪迈之气。像方才这番话，无论如何南方妇人是不肯脱口便说的，可惜俺归心既起，不能在此地久住，不然，倒可以物色悲歌慷慨之人，大家做个伴侣，讲讲武功，岂不甚妙？又焉知燕市中酒歌筑响，便自消歇呢？"

正在怙惙，恰好主人端到饺汤，以外更有干面大饼、豆芽炒菜，并小米稀饭、咸菜等类，便是主人的早饭。当时三人坐下来，即便各用各饭。这里天骥方用过一盘水饺，那胡氏却已一盘大饼入肚，望得天骥正在暗忖："胡氏若非吃的多力量大，也不能支拒那天明亮的当儿。"

却闻得肆外一阵喧哗，那准备着赴县的村众业已到齐，天骥以为寻常赴官报案，事主和王村董既已先去，这时也不过只有张地保和抬贼尸的村人罢了。及至饭毕，和主人夫妇作别，大家出来瞧时，天骥却不觉一怔，只见由肆门直接村口，老长的一条街坊，业已家家悬灯，户户挂彩，并且都设有茶酒果案，那主人都衣冠齐整，恭敬伺候。各家门首都堆满了花绿绿的闺女媳妇，其中还夹着老太婆乱吵、小孩儿们乱跳，大家嘻嘻哈哈，好不热闹，就像等看社火香会一般。

天骥见了，正望着主人想问缘故。胡氏便笑道："唐爷，你这个好汉大名可出得远了去咧。昨天张地保那王八一张嘴，两条腿大概一夜也没闲，俺昨晚四更天后安置了邹大娘，回家来给磨驴添草，还听得他在街上敲门打户，按家知会，说是今天大家恭贺唐爷。你不见那门首没得男人的，连女人都出伺候，这想是一家不剩。因为唐爷给俺们地面上除去那等的混账祸害，不然，知他夜猫子似的落向哪家？若单是抢人钱财还倒罢了，你想昨夜那光景，不把人恨煞吗？如今俺大家贺你一杯酒，更落个平安无事，从此便是敞门困大觉都不怕，且是便宜得多哩！"正说着，忽闻肆内磨房中驴子大叫。

这里天骥一面见村众如此排场，甚抱不安，一面又是暗念北方人情颇厚，见不得好儿之间。胡氏却向那酒肆主人道："你瞧你就像个愣马棍子，人家一早晨包皮塞肉地擀了半晌，方把唐爷打发过，你这会子就连驴子上草都忘掉？"

那主人听了，嘻开大嘴，便把从灶下捡的一根长柴棒递与胡氏，方要趓去，早闻马蹄隆隆，由那邹宅门闹嚷嚷趓来一群人。当头是一个壮汉，牵了一匹长毛瘦马。那马一步一奔头，慢腾腾的，似乎是上了几岁年纪，并且行步间的只要打旋，似乎是个拉磨的老马。随后便是四个庄汉，杠绳哄哄地抬了一扇门，铺了芦席，上面是四脚哈天、仰卧着天明亮的尸身。虽说是颅脑都坏，血迹模糊，但是那漂亮脸子和眉目还依稀可辨。尸身后面还有一个庄汉，一手拎着天明亮所用的凶刀，一面眼张失落地却噪道："咱这位张爷真是瞎抓之下，又是起个五更，赶个晚集，他把大家都闹起来，他却不知脱下老婆的大花袄，并找头口好上路。还是那会子俺提布他，他才扭头跑掉。如今咱大家都齐，就等着他了。"说话间，一行人趓到肆门。

那当头的庄汉便把那瘦马向天骥身旁一带，那四外的小孩儿们料得是要起行了，连那胆大的女人们也都笑嘻嘻跑来观看，并那街坊上也便一片欢声。恍如雷动之间，这里天骥却闻远远的有人吵道："他妈的，人家都说穿了老婆袄子，准要别扭，敢情真不错，往日里各家头口都堆瞎眼，只要俺说声借的话，充俺这点儿小面孔，很是现成。偏他娘的今天就都没得，王大个儿的一匹马既闹吊鼻，阮二嫂的大青骡多么俊样，偏又才起过喀，怕上路受风。俺打软腿，紧赶慢赶，赶到哈回回那里，原想抓个驴子骑，哪知人家刚烧罢驴肉锅，哈回回老婆正把着那条大家伙一面切肴菜，一面偷嘴吃哩。如今说不得，只好长长的工，耐耐的性，咱且唱出《黄飞虎过五关》催动神牛吧。"说话间，由岔道上人影一闪，慢腾腾地踅过一人，却正是张地保。

招得那胡氏一面举柴棒向张地保乱招，一面又是咯咯地笑。这里天骥忙望时，只见张地保却又是一番气象，不但长袍马褂，反掖袍襟，外系扣带，很像官人模样，并且穿了一双厚底官靴，想是跑得躁热，一顶红缨帽却荡悠悠地由脖儿上的帽绊挂向背后，便这样一手牵了只老乌犍，一步三摇地走来。招得大家正在哈哈都笑，胡氏便吵道："张大哥，你这不是成心搅人吗？你与某骑老牛，还不如蹬开你的兔子腿快些哩。人家事主这样风火事，你只属苦神的，只管在路上玩老牛，却透着不像话，人家说的好来，快牛不如癞驴，如今正对景。老嫂可怜你乱抓瞎，给你换个磨驴，你道好吗？"

大家听了，都道"好好"。当即有人牵过那牛，那女人、孩子等见张地保那副神气，大家正围着乱笑，那酒肆主人也便如飞去拉驴的当儿，张地保却一挤眼儿道："大嫂莫怪我说，人家说的也好来，是武大郎架夜猫子，什么人玩什么鸟。你大嫂的驴若半路上犯了毛病，俺可没法治。"

胡氏笑唾道："害邪的，你这可是没话说，俺那驴高腿大步，走起来立愣耳朵，咭咭地叫，又不打前失，又不败道，外带着又不怵泥坑水洼，好端端的有什么毛病?"

张地保听了，不觉一耸鼻头，作驴儿闻骚之状，刚道得一声儿："就是有点儿这样小毛病。"招得天骥也自扑哧一笑。

那胡氏一面笑，一面咬着牙道："恨煞人的，人家好意给你驴骑，你却会转弯骂人。"

说着，举起柴棒，方要打去，恰好肆门外驴子大鸣，主人已出。这里女人、孩子等只顾围了张、胡，却不道张地保一绷脸，眼望那驴道："好大嫂，请你瞧瞧这驴愣多了一条腿，你还说没毛病，俺骂人哩。"

众女人听了，随他眼光望去，不觉哟了一声，一齐飞跑。连那胡氏也自笑作一团，便赶去就驴屁股下狠狠一棒之间，恰好街坊上鞭炮响起，一路砑然，这才将肆门前大家这团热闹喜气打断。但是天骥于逡巡之间，却又不觉暗又北方乡风之厚，男女都伉爽真实，甚可与处。

正这当儿，恰好有街坊上村众来迎，于是天骥拱手致谢，当由张地保指挥摆队，是死尸之前，磨驴当头，瘦马后跟。这时又忙了胡氏，便抿抿鬓角，紧紧腰带，提提鞋子，一径地跑向天骥身旁，和张地保左右一站，招得大家又是都笑。

胡氏却笑道："你们不晓得，唐爷杀那贼坏子，唯有俺瞧得仔细，料想大家都憋青红要听听这段热闹。俺与其后嘴不撩闲地答人来问，倒不如趁唐爷在这里，咱大家听听热闹。"

张地保笑道："妙极妙极，如此说，大嫂你就给我个嘴儿吧，我要说的话，你替我说了，省了我的嘴，这不是给我嘴儿吗?"说着，笑嘻嘻肥嘴一张。

却不料胡氏略歪脖儿，呸的声，便是一口酽唾，于这一片欢笑声中，天骥早被大家簇拥，便弄街坊。但见尘埃杂沓之中，又夹着万头攒动，每至一家，主人毕恭毕敬进酒。当天骥客气之间，那胡氏早口讲指画，演出天骥和天明亮厮斗之状，张地保没得搭讪，只好偷空儿大杯吃酒。须臾，长街将尽，村头在望，那天骥虽是善饮，也自挂了三分酒意，正要向村众辞谢登程，忽见胡氏啊哟一声，腾空便起，随后跟的人众也便哄然大笑。

正是：

　　乡人豪华送豪客，地保酒癫戏酒婆。

欲知后事如何，且听下回分解。

第十六回

哄流言黑揭动街坊
趁良宵白酒会邻曲

上回书交代到唐天骥正要向村众辞谢登程，忽见胡氏腾空便起，随后大家也便大笑。

看官，你道怎的？原来张地保本没得多大酒量，不过因一早晨为寻代步，跑得口干舌燥，至此抓着现成酒，便只顾乱吃下去，所以天骥还未怎样，他倒像那无三不过冈的武都头，晃晃地有些醉咧。俗语说得好："醉人高兴话来多。"张地保至此，未免也要哨上两句，夸夸天骥，一来趁个热闹，二来也显得自己陪好汉同走，很为露脸。无奈胡氏一张嘴，便如新揭笼罩的画眉，吱喳山哨，自己再也插不下嘴。好容易等到胡氏将说到天骥抱定自己飞踏天明亮一段事，张地保见胡氏有些扭怩，略一顿口，所以便趁醉抢上来，抱住胡氏，一跳丈把高，并大叫道："你们可要包涵些，俺的身段也不如唐爷伶俐。今天胡大嫂也不如昨夜光溜溜的俏皮，这不过比个样儿，大家瞻仰。"

说着，又是一跳，正吓得胡氏抱住张地保的脖子，吱喳怪叫，双足齐蹬，恰好那驴子和瘦马在后面一阵踢蹶，张地保腿子一软，这才和胡氏同仆于地。按下这里村众等笑过一场，眼看天骥上马，并那张地保也模糊糊爬上驴去。一行人众滔滔走远，大家这才笑哈哈地拥了胡氏，一哄回村。

且说天骥出得村头，本想是赶快进城，了此麻烦，谁知胡氏的快嘴才去，张地保的快嘴又来，每经一村，便在驴子上大嚷大叫，就仿佛杀掉大盗天明亮是他的能为一般。那沿路的村人们既见有血淋淋的贼尸、明晃晃的凶刀，又听得张地保乱吵事由，自然看得那马上天骥如天神一般了。于是人嘴快如风，不但登时到处皆知，并且当天骥没进城时，那城中人们早已万口争传，夹道而待。因为天明亮是西路上的著名大盗，几次价拒过官捕，几次价做翻出马的镖师，至于其余的劫杀血案，更是多不胜数。如今被天骥一脚踩杀，从此西路上去了恶魔，便成平坦大道，你说谁不要瞧瞧这位先时杀虎的英雄、这时杀贼的好汉？但是沿路上这一哄闹不打紧，暗含着却急坏个青虹。因为青虹当这日午后时光，早已闻得街坊上人传天骥杀掉天明亮的事，并说就要进城报官领赏等语。青虹乐极之下，本想跑向衙前，一来等天骥，二来瞧个热闹儿，无奈小寓内离不得人，只这一夜里，翻来覆去，也没好生睡。

　　直至次日，天骥由官中回头，刚要向青虹一说缘故，青虹却笑道："爸爸不要费嘴子，俺早听得人家说得不耐烦咧，按理说，少时爸爸得了赏金来，先给俺打两把小刀小剑才是，不是俺撺掇你去买参，怎会巧遇天明亮呢？看起来这热河地面倒好玩儿。杀虎也是钱，杀贼也是钱，你还只顾忙着回乡怎的？可惜这一趟俺没跟了你去，不然，咱们趁热火掏贼窝儿，不但又有趣，又多得赏金，只怕你老再踩杀个天阴黑，都未可知哩。"

　　天骥笑道："傻妮子，你晓得什么？如今且喜俺故人之仇得复，哪个稀罕什么赏金，并在此耽搁？过两日咱还是贾参回乡为是。至于你说去掏贼窝儿的傻话，如今不须咱去掏，人家就要寻来咧。便是今早晨，俺方从邹姓事主等在官中料理事体毕，回到店所，那个张地保便慌慌张张把出个黑揭帖给我瞧，说是从左近街坊上得来的，帖上的言辞就是寻我的是非，与天明亮报仇，上面的诨名儿有什么西霸天、西方太岁等等。这不消说，自然是西路贼徒天明亮的余党了。你这妮子，不说是早早晚晚出出入入要当心些，还只顾乱吵怎的？"

青虹拍手道："好了好了！如此越发好玩儿，爸爸越发该给我打小刀剑，倘或他们来时，俺就给他一刀一个，咱一总儿去领赏金，不省得跑零碎腿子吗？如今闲活少说，你老没来由地当了回官人，人家说得好来，有官身子，却没有官肚皮，你老且歇息一霎，待俺去做中饭吧。"

天骥听了，微微一笑，一个呵息，果然觉少有倦意。正要起缓结束，就榻稍息，却闻大门外噼噼啪啪一阵鞭炮，接着一声"恭喜！"登时七长八短拥进一班人，不容分说，都远远地向自己只顾乱揖。天骥忙迎到院中，一面还礼不迭，一面仔细张时，但见：

花红官酒担中陈，灿灿银光照眼新。

更有当头官帖子，这番惊动四街邻。

当时那班人向天骥乱揖之下，直吵恭喜，原来是县中一班当值的公人们，与天骥送到官中的赏金花红，担中是齐整整二十只整宝，配着彩缎，并大坛的好酒，还有县官儿的大红名帖。

原来天骥昨日随众至官时，曾辞赏金。那官儿见天骥如此英雄，又如此仗义疏财，又询知除掉恶盗是为亡友复仇，不由赞叹之下，十分钦佩，所以特发名帖来送赏金，以隆重其事哩。

当时天骥上前，和大家厮见，一面让大家挑担入室，一面踌躇道："这项赏金，俺昨天已当官辞掉，并请作为办地面上公益之用，如今可否烦头翁们转禀大老爷，仍将此金收去，做办公益之用，只当俺已领到如何？"

大家听了，正在相顾未语，其中却有个大胖子，便笑道："唐爷，你不要蝎蝎螫螫、三辞两让地没些爽快气，这种钱响当当的，好不体面，咱为甚卖气力挣来的却不要呢？出门的人离了钱寸步难行。住店，人家要店钱，吃饭，人家要饭钱，再说个怯口话，你老一时高兴，要找个小娘儿暖暖被窝儿，大概人家没别的心愿，还须要那个钱哩。如今晚年程，钱神当令，什么是英雄，什么是好汉？只有了钱，小辫一撅，站在街上，便是大爷。你没见七十老翁娶小媳妇，二十岁穷汉打他娘的光棍子，那便是有钱没钱的分别了。俺直性人，不会说假话，譬如今天你没得这注大钱，俺们还不耐烦来喊你声唐爷哩。你简直地不必踌躇，这注钱的力量，比你那赤手杀贼的劲头儿也不在小处，如今地面上办公益的人们都是一脸的天官赐福，一肚的男盗女娼，你为甚将这硬邦邦、白花花的好宝贝白指令他们填腰包呢？他们饶得了飞来凤，还笑你呆串了皮，你这钱实在没处用，也不打紧，你候着俺给你说个花不溜丢的老伴儿。再不然，咱们拉个交，你每天请俺喝上两场子，还愁这钱没销路吗？如今年程，见了财神往外推，真是张别古又出世了。君子爱财，取之有道，干脆一句话，你老拿这个回帖儿，俺们去销差，省得再罚俺一趟腿是正经哩。"

大家哄然道："正是正是！俺们事忙，改日再扰你喜酒吧。"

说话间，七手八脚，卸下担中诸物，向天骥索了回帖，竟自哄然而去。这里天骥送客回头，正和青虹忙忙地收起诸物，却又闻得大门外鼓乐响动，接着便有人唤道："唐爷在吗？"

天骥忙趱去张时，但见：

当头衣冠四五辈，随后酒筵三两抬。
穷巷本无车马迹，这回光彩动门来。

当时天骥见这一班衣冠人物领了乐人、从人抬了很整齐的酒筵席面，吹吹打打，一径到门，正愣愣地没作理会处。当有领头的人拱手上前，敬陈来意，天骥方知道这班衣冠之辈便是那出万金酬赏的富家大户们。于是彼此客气之下，由天骥肃客入室。

天骥正在逊谢酒食之赐，俣有一客道："如今唐爷给俺地面上除了大害，俺们有言在先，原有万金的谢意，区区之数，虽不足酬德，不过聊尽鄙意罢了。"

说着，从怀中掏出一纸，置向案头，却是存在本城某银号一张万金的支票。只那从人们将酒筵安置入室之间，这里大家都已拱手告辞，闹得天骥欲辞不得。及至送客回头，收起那张支票，方忙忙地瞅着酒筵。又是怙慻北方人情之厚的当儿，却又有官中捕头并本城绅商人等接踵来拜。大家乌烟瘴气，闹过一阵，及至纷纷都去，业已天色将晚。

天骥稍微歇息，早已一轮皓月涌上东溟，一片清光由院中一株老树上分柯劈叶而下，漏得满地价散银乱滚。那天骥自为陆世杰复仇，踏寻天明亮以来，何曾有心闲玩风月？至此罪人斯得，心下畅快，又对此良宵月色，不觉高起兴来，正要和青虹搬出酒筵就院中吃酒赏月，却闻大门外又有人道："恭喜发财，酒肉齐来。唐爷今天真是抓掉财神的脸，咬掉财神奶奶的脚指头了，就这样地四处进财。俺们都是苦哈哈，要说是来给你贺喜，那是假话，没别的，俺们且扰你两盅儿，消消穷气吧！"说话间，一溜歪斜，趄进四人。

天骥迎着望时，不觉鼓掌大悦。但见：

衣冠落拓态郎当，面目七青又八黄。
中有一人胖大个，恍如骆驼出群羊。

原来这班人都是天骥小寓左近的街坊人们，一个诨号顶天亮，因他和老婆卖早粥为生，五更做熟粥，天亮挑担上街，故得此号。一个叫响半街，因他卖得好炊饼，又练得一条好卖嗓，炊饼虽不出奇，他却能吃喝成一大串，悠扬半天。又一个叫哗啦啦，却是拎着惊闺叶的货郎儿。至于当头那个大胖子，却诨号大小子，因他卖肉为生，吃得肥肥胖胖，又会两手狗儿刨的把式，好有街坊上踢踢跳跳，招得孩子们跟着乱闹，便如孩子头一般，所以得此雅号。天骥为人本来和气，又喜这班虽是市井屠沽卖浆之辈，却落落然颇有直气，与自己性儿相合。所以自寓居以来，有时发闷，便和这班人杯酒盘桓，不但解了许多家中寂寞，并且识得北方淳朴乡风，彼此厮混既熟，所以这班人见天骥暴得多金，又大有酒食，便齐合了，一来贺喜，二来猎酒，并尝尝这官厨风味哩。

当时天骥上前，大家厮见，由大小子尝头，各出贺礼，大小子是豚肘两蹄，响半街是烧饼成盘，哗啦啦探着身子掏了半晌，却从腰兜内掏出个转悠悠，项系拴儿，握一握，嘟嘟山响。

大家见了，正在都笑，顶天亮却嗫嚅道："俺那礼物泼泼洒洒的不好端，俺已命俺老婆洗净家伙准备出黏汤大豆，连皮儿沫渎都弄净。唐爷明早快去赶热灶，待俺老婆把出来你老闹一家伙，保管比燕窝汤、杏仁茶还得味哩。"

大家听了，正在越发都笑，那大小子却吵道："唐爷，要去得味吧，他那粥锅内连他老婆的困鞋子都要煮烂，怎的不味外有味呢？"

原来热河地面，天气最冷，小户人家都是锅台连着炕，一使两用，那粥锅大而且深，顶天亮两口儿都是五更头爬出被窝儿，猱头撒脚，先去煮粥，因炕上睡醒的孩儿们胡乱玩耍，不知怎的，却将一只困鞋子丢进锅内，及至粥卖净，那鞋子方才出现，所以街坊上都传为笑谈哩。

当时大家听大小子说罢，不觉哄然大笑。顶天亮觉得有点儿不好意思，便笑道："大小子，不要打欢翅，我看这些礼物倒好保养你，肘蹄是给你下奶的，烧饼是给你掉饸饹的，你再转悠悠响当当地玩上一年，还愁不是个白胖胖的大小子吗？"

大家听了，都各欢笑，于是一哄之下，各就院中石凳上置下礼物，齐向天骥一个大揖，慌得天骥一面称谢，还礼不迭，一面两臂一张，正要逊客入室。大小子便道："简直说，俺们都是忙人，穷跳踏一天，趁空儿扰你两盅儿，还要回去困大觉哩。唐爷不必客气，你只要有酒，俺们且是会吃。"

说着，和大家入室内，有的搬桌椅，有的端酒案，便就院中老树下安置停当，更不待主人来让，那大小子已就靠树的一张大圈椅上傺然坐定。天骥至此，料得这班急嘴子食客是无所用其客气的了，于是索性地掇出酒坛，打去泥头，这才和大家相与落座，于是杯箸纵横，叮当乱响，风卷残云似的闹过一阵，这才渐渐地手口稍慢，开起谈来。顶天亮便道："唐爷做的这件德行事，我先说与我有益，从此西路上进城赶早集的人来得多，俺自然要多卖两锅了。"

大小子忙道："不错的，如此，须叫你老婆光脚跑路，因为鞋子都垫了锅底了。"

天骥听了，正在扑哧一笑，哗啦啦便道："与你有益，那是自然，便是俺这买卖，也好得多了。你想那贼厮高去高来，两只色眼又专好挖摸个小娘儿，俺邦惊闺叶敲得手酸，何曾招出个主顾？如今俺那货箱里的针、线、花、粉，以至于怀镜、汗巾、鞋鞋片片，却不愁没主顾了。"

大家听了，正在点头，那大小子却又吃过一杯，自语道："主顾主顾，叫你多见两个钱小妞，多吊上两眼膀子，哪里不是？"

大家听了，又正哄然，响半街这时只顾用箸揭了半张肘子皮，整吞入口，噎得一伸脖儿，却笑道："俺整天价伸长脖子喊，都不发噎，如今饭块肉就这样，可见是无福消受。唐爷做这德行事，大家有益，自不消说，但是他忽得这些白花花的大银子，不把人愁煞吗？俺记得有一年去赶某处庙会，竟他娘地落了四吊大钱，一个个黄铜官板都是从庙上娘儿们腰兜掏出，不但温暖暖，又光又亮，还似乎挂点儿肉皮香，并且磨得清清楚楚四个宝字。俺把来串起，金子似的四大挂，本来怪喜人的，但是俺回家之后，却发了愁咧，因为一路上，俺怕露了镖，倘招出麻烦，那还了得？无奈人得了财，脸上挂喜气，是免不掉的。俺就为怕露镖，明是起心窝里要笑，只得攒眉皱嘴，装作苦得脸子待滴水，明是腿快如飞，只得垂头耷脑，装作

177

夹尾巴狗似的，只这一路上拿着架势，溜溜瞅瞅，小偷似的跑到家，俺业已受了好体面的刑罚。因为那四串大钱盘在腰内，赛如铜箍一般，不但越来越沉，并且俺总觉屁股后似有脚步响，眼前似有拦路虎。往日俺一路回家，总是唱唱呜呜，毫不觉累，这次既到家里，虽止住了耳鸣心跳，却累得人一摊泥似的，连晚饭也没好生吃。及至夜晚要困觉，你说呀，真似伍子胥过昭关，几乎一夜没把我头发愁白了。本来俺家浅门窄户，又没个老婆，这黄澄澄、响当当的四串大钱，差不多就是俺的小家当，非什么小可的东西，你说瞧它坐一夜吧，无奈困得要命，你说藏起它来吧，咱又没有大箱大柜，床底下既怕潮无串，炕洞里又怕熏黑边，愁得我转了半天磨，跺跺脚，刚要把它塞入柴垛，却又怕银钱有腿，倘隔着墙走向人家，那还了得？末后，还是俺想出主意，只好和他同困了。但是，枕着它，冰脖子；铺着它，硌脊梁；抱着它，既胸口梆硬；偎着它，又屁股冰凉。往日俺吃餐喝足，倒头便睡，驾云似的，好不快活。这次却不然了，俺一夜价胡梦颠倒，几乎撒愣怔好几次。你说也邪气，往日里俺便做个极好的梦，也不过烧饼果子不离嘴，褉袄马褂常穿着，也就是咧。这次真奇怪，俺只觉仿佛摇摆到街上，真是身高丈二，头赛巴斗，满街上晃着膀子走，看得人家就小如虫蚁，怪不得人家说人有了钱，就是大爷，俺当时梦中得意，自不消说，但是两眼一睁，愁又来了。因为须上街做生意，这四串钱携着累人，放下又怕人偷，只愁得白瞪半晌，走去开大门，但听汪的一声，他妈的，你也别说，这一下子我可不发愁了，因为这四串钱没过得两天，早已一干二净。原来俺对门子有只长毛瘦狗，三不知的，它就照我腿上敬了一乖乖，所以这四串钱都他娘的入了药铺咧，但从此俺死心塌地，愁也没咧。看起来，银钱这东西真会摆布人，所以我这会子又替唐爷发愁了。"

大家听了，正在哈哈都笑，大小子这时已吃得半醉，便站起来，张牙舞爪地笑道："你是小庙神道，受不起大香火，归根还是缺个老婆内掌柜，所以这四串钱便支更得你钱去灾消。像人家唐爷有了钱，才不发愁哩。如今街坊上正在凤言风语，说是什么西霸天要来寻唐爷的碴儿，他既扬风卖单等毁小子们，唐爷有这些钱，最好开个大镖局，一来显显名头，单气得小子们翻白儿，二来也拉帮朋友，不要说别位，俺就要跳跳行，放下宰猪刀帮唐爷出个小马了。如今热河的镖行朋友们竟是吹嗙嗻哨，乌烟瘴气，只仗拉拢黑道上的朋友，把式打得圆，休要说唐爷一出马他们都成了孙子辈，便是俺这套七星黑风真武拳，外带着八宝护腔刀，只恐他们跟师娘学了一回艺，还没见过哩。"

说话间，一丢架儿，正在拌肉乱颤。忽地风鸣树摇，并且树上面人影一晃，那顶天亮胆儿最小，喊得一声"西霸天来咧！"闹得天骥也自霍地跳起，单拳一摆，王要抢去，却闻扑通啊呀，一阵乱响，接着由树上跃落一人，手一张　便是一阵吱喳乱叫。正是：

　　　　置酒邀邻方款洽，窥巢探雀且酣嬉。

欲知后事如何，且听下回分解。

第十七回

头道沟驴夫谈大盗
柽柳洼天骥奔山程

当时天骥见顶天亮大喊西霸天来咧，因早晨既见那黑揭帖，不无戒心，单拳一摆，正要抢去，便见大小子啊呀一声，扑通便倒，就势撅着屁股，钻入桌底之间。那青虹却由树上跳落，一张手，却有个折翅的麻雀雏儿吱喳着飞入桌底，恰好钻入大小子腿旁。青虹赶去，见那堆肉碍路，便不由分说，就大小子肥臀上噼啪两掌，这一来，大小子大叫之下，不由乱央道："好朋友，不要和我一般见识，俺那八宝护腚刀也不过嘴头吹气，吓吓外行朋友，你若真来揪两下子，那就透着不像话咧。"一句话招得大家不觉哄然都笑。

原来青虹既好顽皮，那大小子又不时地向天骥请教拳法，青虹本嫌他肉累似的讨厌，所以又顽皮起来。及至大家好歹地将大小子拖出，业已月到中天，时光不早。按下这里大家谢扰，扶了个醉醺醺的大小子，一路嬉笑，当即各散。

且说天骥次日里回拜过众富户绅商等人，又酌取银两，把给张地保。一时间虽是声名大振，无奈因那黑揭帖之故，却闹得满城风雨，尤其是寓所左近，茶馆酒肆之间，大家更谈得热闹，不是说西霸天要来给天明亮报仇，便是说西方太岁已在某要某处等候天骥。在天骥本想是仍赴红寺，商购参枝，准备回乡，不料三不知地却吓坏街坊邻右，唯恐天骥出门，倘或冷不防地西霸天等寻来，连累街坊，那还了得？

天骥既窥知大家之意，也只好暂听动静，并一面悄悄去探访那揭帖的来源。不由一笑之下，放下心来，方知热河地面惯有这黑帖，因为那黑道上有能为的人们断不出这等手段，他们若是寻谁的晦气，都是不言不语，插胳膊就干，断不会先敲锣打鼓使敌人防备的。凡是黑帖，大概是虚声恫吓，再不然便是无赖之辈为诈财起见，便趁机会这样地放个空炮，先给你个心里发怙惚，痒痒挠不得，过得几天，他便充朋友前来调停说合，无非是叫那被吓的人把出钱来与对方，解开这过节儿。其他人得钱入腰，便叨唠二百五，永远不照面了。这种人在热河地面叫乍混星子，因为他说假便假，说真就真，倘若被吓人识破其奸，不肯出钱，或羞了他的老面皮，他就更以狗脸一翻，现去勾约强徒，坐实了那黑帖儿哩。

当时天骥既放了心，又过了两天，见果然一无动静，于是吩咐青虹小心价看守门，又因多日和朱子不见，便索性想买几样礼物。走到街上，转了一会儿，口外地面粗糙些，那果饼可以砸人，摔在地下，渣都不会掉，再就是硬渣渣的炒面，大块的牛羊干肉把便如火腿颜色。天骥逐样买了几大包，提在手内，却又见一家饼店内挂着些大串铃似的东西，黄澄澄的，也有柿子大小，倒甚是鲜亮别致，天骥不知何物，拿过一个，就口便咬，但听咯嘣一声，不觉登时捧了下巴，向那店婆攒眉道："六嫂，好硬家伙！"

店婆咯咯地笑道："这家伙越硬越好，若软了，便没人要了。人家吃这个，是有门道的，须用锤子敲碎，便如含槟榔一般，慢慢化嚼，管保越嚼越香，甜津津的好吃不过。俺这里有句口令，是热河地面三宗宝，牛羊干把女人脚，杠子火烧赛蜜枣，你老瞧，这就是杠子火烧了。"说着，笑嘻嘻摘下一串。

天骥觉得有趣，付罢钱，正觉诸物累赘，忽闻背后驴鞭一鸣，便有人道："客官雇驴吗？俺这驴脚步稳、腿力壮，正好驮礼物，你老就来吧！"说话间，趁过一个拉驴的驴夫。

天骥一望，倒觉好笑，只见那驴夫虽只二十多岁，倒瘦得长腿拉脚，佝佝偻偻。这时，一面拉着葱白叫驴，一面嘴内还嚼着锅饼。

天骥因慢问道："你这驴能上远路吗？"

驴夫笑道："驴子不上远路，难道只会转磨不成？你说经棚喇嘛庙，外带着八沟、哈达、红寺等处，那都是咱跑熟的路。"

天骥笑道："俺正想向红寺去哩。"

驴夫道："好咧，你老就来吧。原来你老在参厂里发财呀，怪不得满面红光，好个气色。若说红寺那一道，简直是到了俺姥姥家咧，俺哪一月不跑上七八趟黑枣峪？有俺二舅，弯柳树有俺大姨，还有俺干妈、相好的等，咱直然合着眼便摸了去，便是赶上风天雨地，简直连店道都不用等，好不方便哩。"

说着，接过天骥手中那串杠子火烧，便向脖上一套，招得天骥正在好笑，驴夫却道："俺这里带这东西，都是这样的，因为庄村稀少，没得一定的尖站，给他个随走随吃，图个现成。"

天骥听了，不觉暗想："五方风俗，委实不同，像北方人们，真是走卒厮养都有些爽快气，俺若非乡心已动，便在此间做个寓公，随便交几个豪侠朋友，倒也不错。"

正这当儿，那驴夫已将驴子整好，将天骥所携的礼物都装入上面褥套。要说天骥什么大骡大马没骑过？但是讲到骑驴子，却有些笨手笨脚。当时一迈腿儿，那驴子却由胯下一钻，天骥两脚搭地，也便由驴脖上走将下来，招得驴夫哈哈直笑，忙掖起驴鞭，将驴带稳。天骥这才一个张飞骗马，本想嗖一声跨上去，哪知这等脚驴子支起耳朵，略歪头，惯会瞅鞭。当时天骥身影儿一晃，只认是鞭子到来，于是后尻一耸，倒将天骥闪个斜斜。驴夫见了，正在笑着乱喊，却闻背后咯咯一笑，接着便吵铃乱响，趔过个骑驴的媳妇子。端的怎生光景？但见：

骑驴小妇年十五，绿袄红裙态楚楚。

182

此是谁家新嫁娘，娘家住了婆家去。

　　当时天骥见那媳妇子搽脂抹粉，新衣裤、新鞋子，似乎是个新嫁娘模样。后跟一个厮生家，也扎括得庄家张生一般，一面背着个花包袱，一面却拍着驴屁股吆喝走来。那媳妇挺着腰板，梗着脖儿，不但在驴上坐得四平八稳，并且盘起腿子，自由自在，一面和后生说笑着如飞而去。

　　天骥见了，正又想到北人善骑，想也是体格劲健使然，一面又遥望城外诸山，颇有雄壮之气，南方不如的当儿。那驴夫却向过去的媳妇子一努嘴道："你瞧人家娘儿们都骑得这样得法，你想是骑惯大骡大马，不会使这股子巧劲儿哩。骑大牲口都讲裆口结实，毛驴儿却不然了，你只随便骑上去，也叫它自在些，才成功哩。"说着，就一处高阶前带好驴子。

　　天骥从容上去，果然甚是得法，于是和驴夫一路搭趁说笑，当即慢慢出城。又因一向价如踏访天明亮，心怀不畅，也没兴浏览风景。这时畅快之下，却不觉乘辔缓辔，从容浏览起来。

　　须臾趱过十余里之遥，忽地远近间林木谿开，群峰映带，天骥抬头望时，好一片苍莽气势。且见：

　　　峰尖似刺青天破，涧底如闻笳鼓喧。
　　　水走急湍钻石隙，山排硬壁乱云根。
　　　风鸣阴壑疑魔语，日照幽林俨血痕。
　　　险恶气参雄壮气，这般地势费评论。

　　当时天骥一路浏览这片苍莽山川，又见道上许多的来往人们都直撅撅摇头晃脑，大步直前，便是同伴相语，也挂着"妈拉巴子"，喃喃乱骂，并且一大半酒气醺醺，动不动眼一横，脸上就如挂三分气一般。其中携刀带囊子的固然不少，而且还有些捎着大扁担的灰

　　　　　　　　　　　　183

扑扑的村人们，一个个都穿着紫花粗布短衣裤，脚下是踢死牛的爪子大鞋，腰系一条猪毛绳，上面却拴得滴溜搭拉，也有成嘟噜的鲜肉，也有老大的酒瓶，大家便这样一窝蜂似的撞过来。更可笑的是，每人粗脖上还挂个瘿袋，大小不一，长圆不等，却都紫锃锃的色似猪肝，青筋暴露。慌得驴夫跑上前，带驴不迭。那班人们还狠狠地望了天骥两眼，方才扬长而去。

天骥因漫问道："你瞧这班人，好生粗野。"

驴夫道："吓，敢自粗野哩，他们都是霸王庄的老哥们，好不厉害。"

天骥笑道："这庄儿倒好个名堂，想是出过霸王那样的英雄吗？"

驴夫道："什么霸王？不过因他们那庄儿的人都十分歹斗，形容庄儿厉害罢了。你不晓得，去此不远，偏着东北上，却有三道山沟儿，便叫作头道沟、二道沟、三道沟，其实便是三个很大的山庄儿。说起来也怪，凡那所在的人生下来，就挂些生虎子性儿，吵嘴讲动拳，打架讲动刀，这还不算，并且不过二十年，必要出个响当当的人物。据老年人传说起来，业已有三个了。你老说，这莫非是地皮强水脉硬之故吗？便是方才过去的这班人，每人长个瘿袋，这就是吃劲水脉之故哩。"

天骥笑道："如此说，地灵人杰，那所在既不过二十年就出个响当当的人物，倒是块宝地了。"

驴夫皱眉道："什么宝地？那种人物，不如不出，说起来倒气煞人。头一个是忤逆儿子踢杀老子，惊官动府，吃了鱼鳞细剐。第二个是潘金莲第二，不是好肉，谋害亲夫，这老婆熬刑不招，光着腿跪过火链，剥脱裹脚，走过铁鏊。归根五花大绑，游街示众，坐在木驴子上，她还哼唧着《想情郎》的小调儿。至于这第三个，却越发凶实咧，他房无一间，地无一垄，却每日吃香喝辣，交朋结友，身上穿得缎棍一般，夜晚至少也叫三四个小娘儿陪他困觉。山南海北，大家小户，只要听说他要来惠顾，大家吓得连大气儿都不敢出，休说是平常人们不敢瞅他一眼，便是官中人们，也都暗含着屁滚尿流。直待他大驾过后，大家方才扑塔声放下这颗心。此人便这样响当当地闹了十来年，后来听说是连皇上都晓得他的大名了，派了大官府来寻他，一定要和他会会面、拉拉嗑儿。你老说，此人不是个人物吗？"

天骥笑道："如此说，此人必有过人之才了。不然，怎的惊动皇上呢？"

驴夫道："什么过人之才？不过是个脑袋拴在腰带上的无头光棍罢了。此人诨号草上飞，是个高去高来的飞贼，那泼辣凶胆真有天来大，仗了一身能为，无恶不作。当时凡他脚踪所至，真搅得一方泰山不下土，金银财宝，他只如探囊取物，自不消说，尤其可恨的，只要有美貌小娘儿被他瞟着，那算是一块肥肉定落狗嘴。话虽如此说，但是强中自有强中手，那孙猴儿总有遇着紧箍咒的时光，后来此人恶贯满盈，还是被捉到官，凉渗渗吃了一刀，正了国法。这小子，便是那头道沟的人，如今死掉，也不过十来年。俺小时节，还听人家说过，说是这小子倒好个长相儿，平日价斯斯文文，就如没出学门的大学生一般，及至他做起活儿，那能为可就大咧。人家的金银财宝便是藏在铜箱铁柜，他也能手到取来。距那头道沟斜对川三四里远近，有一个庄儿，名叫三座塔，其实那塔便是和尚的坟墓，因为那庄儿内有座多年的老庙，名为定慧寺，当年是香火极盛，庙产丰富。不料被一个落拓住持名叫觉海的，一阵价赌钱吃酒养婆娘，抢得精光。后来亏得觉海有个徒弟，名叫山本，极力价勤苦经营，渐复庙产，虽是个质朴僧人，却以品德为人所推服。后来山本活到七十多岁，还是满面红光，十分康健，却因给本地乡众铺坛祈雨，老和尚坐坛诵经，一连七日，水米不搭牙，虽是诚心感动老佛爷，大雨立降，但是，山本撒坛之后，也就此圆寂去了。所以乡人们念其好处，就在定慧寺一旁择地筑基，与山本葬了肉身，并就墓上修起好体面一座大塔，那工程玲珑剔透，高至十三层，就别提多么壮观咧。及至山本后两代的住持，也能以守着山本的老规矩，不改宗风，所以死后也用塔葬之法，就山本塔旁左右价修起两座小塔，这便是那三座塔庄儿命名的缘故。你说草上飞那小子，他会玩儿不会玩儿？原来他偷的金珠财宝，花不了的，都把收藏在那大塔塔顶内，及至被捉入狱之后，他一来觉得一辈子声名赫赫，吃尽穿绝，总算活值咧，死了也不屈；二来良心发现，忽地想起他那老不死的老娘；又因有个狱卒待他甚好，所以草上飞于临刑的前一夜里，便悄悄向那狱卒说知那塔顶内的许多宝物，命狱卒去取出来分作三份，一份养他的老娘，一份施舍在定慧寺，请僧众与他讽经，超度亡魂，算是忏悔恶行，修个来生，那份便送给狱卒，以报相待的好处。你老说，本来财帛动人心，当时那狱卒听此话，自然是乐得屁股都要笑了，但是草上飞接着便笑道：'咱哥儿俩交情如此，总算不错吧，俺明日既然临刑，还须二十年后才又是一条大汉了，那时节，又不知你在哪里。按理说，今天咱这别离酒是少不得的，如今便请你与我下了家伙，咱爽快快地喝它一场何如？'当时那狱卒听了，虽是略一发愕，但是因草上飞既如此倾心吐胆，托付自己，岂有连累自己之意？于是欣然应诺这下，索性地慷慨摆酒，就狱舍中和草上飞杯来盏去起来。当时那狱卒因眼睁睁就要发财，自然是越喝越高兴。须臾，喝到半酣，那草上飞还不怎的，自己却已醺然醉倒，及至醒来，四下一瞧，却不觉腿子乱抖，暗含着叫了妈咧。只见残灯半暗，四壁空空，除残肴剩酒，并卸下的一堆家伙之外，哪里还有草上飞的影儿？"

正说着，驴子大叫，气得驴夫向驴屁股上便是一鞭之间，这里天骥却回顾道："如此说，那狱卒却上了草上飞的大当了？"

那驴夫因一鞭之下，却又痛驴的屁股，于是一面引手摸抚，一面喝得一声"驾嗻！"便笑道："你老没猜着，那草上飞凶虽凶，倒还真够朋友，不然，怎的名振一时，也算个响当当的人物呢？当时那狱卒一瞧草上飞跑掉咧，这样血海干系，哪里当得起，听听狱中夜梆子，业已四更敲过，少时天亮，官中便来提犯，这个别子可在小处，于是心下一急，便解下腰带，就梁上搭好，一面系扣，一面跺跺脚，刚骂得一声'好你个草上飞狗娘养的！'却闻背后有人笑道：'喂，老兄弟别骂，俺不过到外面有件小事，因道路稍远，所以回头稍迟，如今俺随手买来王二娘的羊血灌肠，咱且找补上两盅儿，与你压压惊吧。'说话间，趄到一人，遥从袖中取出个箬叶包儿，打开来，热气犹温，肴香扑鼻，谁说不是王二娘的羊血灌肠呢？原来距县城五十余里之遥，有一隆兴镇，镇上有个酒家婆王二娘，所制的羊血肠甚是四远驰名哩。

"当时那狱卒见是草上飞到来，惊魂入窍之下，只顾了暗诧他飞行之快，两个更头的工夫，竟能来回百余里之远，哪里还想到问他出外何事？及至明日，草上飞就刑之后，却早已奇闻传来，因为拿办草上飞的那个眼线，诨名儿千里眼的，便住在隆兴镇，竟于昨夜间被人割去脑袋哩。至此，那狱卒方恍然草上飞昨夜出狱之故，于是暗暗念佛之下，谨遵了草上飞的话，去处分了那塔顶内金珠财宝，自己发个小财不消说，便连定慧寺也越发丰富起来。但是而今那寺中的秃厮们，却仗着庙富，胡闹得不像话了，都剃得碧青的头皮，穿上净袜云鞋，便如翠屏山内的海和尚一般，只管向僻静住户娘儿家趄脚。你老说，那头道沟多么邪气，竟出这样好人中挑出来的人。有人说那所在地势凶险，这才应了那穷山恶水淫妇刁民的成话儿，又有人掐指头算着年限，说是距草上飞死后，又该出响当当的人物咧。少时，走到距头道沟不远，待俺指给你瞧，那庄风真他娘的霸气哩。"

天骥听了，不觉也连连称奇。

须臾，趄过一程，那四外的山势越发地攒锋拱锷，并且夹道价草树茂密，有时扶摇风起，卷得尘沙涨天。那远近的长林中，风树相和，摩戛成一片怪响，更如有人悲鸣叱咤。驴夫至此，也便收起话匣，只顾放开脚步，叱驴正进。天骥一路浏览，正见前面隆起一

187

条老高的土岭，忽闻驴鞭一鸣，驴夫笑道："你老坐稳了，咱过得这道沙垞子，也好治肚皮咧。这所在有顶好的荞麦大饼、牛肉馒头，还有胶条似的忒喽喽，你老尝尝，好体面味道哩。"说话间，一路吆喝，趱过山岭。

这里天骥因那驴子有些发喘，忙跳下抬头望时，却又是一番光景。但见：

　　　　坡垞映带二三里，篱落歪斜四五家。

　　　　鸡犬闲闲多野趣，茅檐更有酒帘斜。

当时天骥见这岭下土地平坦，聚积着一带人家，却是个小小山村。但是那人家三五错落，通不成什么街坊，都是碎石短墙，沿以篱落。正在四望野景，不料那驴子望见一处挂笊篱的篱落，便两耳一竖，直奔将去。于是驴夫笑道："你先瞧，牲口也通人性，它就来往地在那里吃惯嘴了。"说话间，和天骥随后跟去。

这里天骥方见那驴子就深掩的篱门下一阵耸鼻，忽见驴夫悄笑道："这家儿有个骚辣老婆，歹斗得很，像俺这脸子就不用提咧，她是抄起杠子便是一下。上次俺走到这里，只吃了她个盐抖豆瓣，她便不客气地算俺二百老钱，怎的这样贵呢？她说的且是妙相，她说这豆瓣是一颗颗现剥出，因为费了时光，便耽搁了她去上赌场纸牌落地，少赢了许多钱，所以这二百钱还是看了俺老大的面子。如今你老且靠后，且待俺诓她一回，她出来得还爽快些。"

天骥听了，便带住驴子，正在含笑，那驴夫却捏起鼻头，悄出而前，一面向自己一挤眼儿，一面娇声道："哟！你大嫂，还没扎括完吗？只要拢拢头紧紧脚，多掖上二百钱，也就是咧。左不过大家凑趣打哈哈，坐在炕头上磨磨蹭蹭。上回梁山，还只顾扎括得活娘娘似的怎的？今天人家是现钱现注，外挂着人位体面，抽出头钱，还有好吃好喝。你若不去的话，没别的，俺可要先走一步咧。"说话闩，略一闪身。

天骥见那串杠子火烧向前一悠，正在好笑，便闻篱内嗒嗒的小脚乱跑，即有妇人道："阮大嫂吗？你怎的通似个慌花儿，就不等俺一等呢？你先走一步也好，快给俺占下座位，等我洗洗澡，随后就到。如今俺裤子还没脱，就叫你哨出来咧，不然，你也脱光腚，索性咱大家洗罢再去，不好吗？"说话间，门缝中人影一闪。

这里天骥方见那驴夫隐身靠门的一株树后，却见篱门启处，趑出个酒家婆儿，望见自己，正在略为一怔。不料那驴夫从树后暴起，自语道："你脱裤倒也罢了，俺若光腚，人家是打屁股的哩。"于是一笑之下，便去拉了驴子。

那酒婆望望天骥，也只好笑嘻嘻瞪了驴夫一眼，当即转身导客。入得篱内，迎面有个高高松棚，棚内是黄泥明灶，倒也干净，靠灶旁设着白木长案，有几只横七竖八的高脚凳，案一头，有个挂草囤的粗茶壶，气蛤蟆似的，庄壶嘴直冒热气，囤旁有几只浅碟子似的轩碗，大概便算个茶座儿。案那一头，却堆得盘碟纵横。天骥仔细望去，却是摆的各样熟食，也有套包油条，也有吹筒麻花、烧饼、锅盔，一切大路货，样样俱全。自不消说，并有烂切的牛肉、白煮的鸡子、生葱蒜泥，都摆在那里。那棚的一头还有牲口糟、草料筛子等等。

原来这等打尖之所，在热河地面便叫作老虎灶，都是开店挂住家儿，专做这僻道上的生意。因为口外庄村稀少，谋生的人客却多，大家奔不到正经店道，只好都奔这老虎灶了。其所以以老虎名，便是言其大张嘴岔，单等吃客人之意，俗又名为闷棍店，因其算账狠辣，和打杠子差不多，以此干这营生，颇为得利。但是却有一件不妙，就是因地处偏僻，就怕冷不防地来一群黑道上的人们，他们一到，不但反客为主，并且硬掐脖，叫你当起窝主。及至事发，便是一条绳上拴蚂蚱，跑不了你，蹦不了我，因此这间老虎灶的人们，混好了的固多，吃了挂的、把脑袋混丢的，也自不少，也可见这出

189

口谋生的人，利害相等，委实不易了。

当时天骥张望一会儿，料是没得什么雅座了，逡巡就凳落座，刚斟出一杯酱油似的茶待要吃时，那驴夫却已一面就槽拴驴，一面吵道："大嫂快看些，快把你那夹肉色的东西，并连汤挂水的忒喽喽都把出，俺们闹一家伙，还等着赶路哩。"

酒婆笑道："害邪的，你可是到了姥姥家，要过生日了？"说笑间，趄入屋内，便闻得刀勺乱响。

这里天骥一面吃过两杯茶，一面和驴夫搭趁数语，正怙慑什么是个忒喽喽之间，恰好酒婆端到饭食。天骥一望，这才恍然。原来一盘大饼、一盘馒头之外，还有四大碗过水切面。那面条一根根，就有小指粗细，另外有醋蒜盐碟油卤等物。

当时天骥一笑之下，随手拈吃馒头。

那驴夫却笑道："你老尽管先用，少时，等我来收秋，她既算钱狠辣，咱也别便宜了她。"说着，打开驴袋，从里面抖出带的麸料，自去喂驴。

天骥以为驴夫是算盘仔细，省得用店中贵料，及至自己吃过两个馒头，又用过半碗面，放下箸，那驴夫已自趄来。先将面卤抖匀，加上醋蒜，然后一口一个，闹了四五个馒头，这才抄起箸，端起面碗，但闻忒喽喽地一阵山响。天骥至此，方悟这就是那忒喽喽了。因见他吃得高兴，正要推过饼盘，驴夫却放下碗箸道："你不晓得，这种店道，不要和俺摆大气，咱费了钱，为甚白剩与她呢？"于是取过饼和馒头，尽数装入驴袋，招得天骥一面好笑，一面掏出钱袋。

恰好酒婆前来算账，尖锐锐眼光一溜，早已溜到驴袋，便笑向驴夫道："等你再来时，你瞧我的，我只擀面时，多抓上一把盐，叫你半路上变檐蝙蝠去。"

按下这里酒婆收了饭账，且自笑嘻嘻送客出门。

且说天骥登程之后，又趄过十余里远近，只见地势宽平，那坡垈高下间，极目价都是怪柳，一处处笼气摇风，便如泼翻红海。黄

190

尘起处，映得半空中都昏澄澄地化作异色。这时道上行人颇为络绎，大半都带刀结队，其中也有骡橐驼骑，上面或载货物，或载妇孺。又有许多的酒车货车，那车大概是些做行商的客车，高轮宽辐，规制特大，异于内地，不是七套，便是九套，载的物事便如小山一般，上面并且乱标货名，都是些小红旗，便如一座小小杂货店一般。那车夫居中而御，丈余长的皮鞭，每一鸣掉，声如霹雳，车轮走发，拳头大的石块都可以碾得粉碎。因为热河地面，村庄太稀，村人们去赶集趁墟，往往须跑个百儿八十里，所以这等行商，便做这供其所求的投机营业。那货车每到村庄，因大家争买之故，端的是利市三倍。

当时天骥见道上行人车骑都一气儿脚下如风，略无驻步，正在揽辔觇望。忽地驴夫一阵吆喝，接着便鞭声连响，一气儿趱过那片柽柳坡垞，方喘息道："好了好了，如今险地已过，咱可以慢慢走了。"说着，便一路搭讪，说出一席话来。

正是：

履险戒心方急促，闲游雅兴漫从容。

欲知后事如何，且听下回分解。

191

第十八回

赴红寺遥觇三座塔
归暮巷巧遇赛飞熊

当时那驴夫见驴子一路奔驰，屁股上冒汗，便一面抚摸，一面笑道："你老不晓得，这所在名为柽柳洼，是有名的歹斗之地。因为地近三道沟之故，那沟中人们另有个路数，往往捐起锄，便是老实庄稼人，撂下锄，便不定去干什么茧儿，所以这洼里，随便出岔子，只如寻常哩。"

天骥听了，正又见足下道路渐就崎岖，便见驴夫向大道偏东北一指道："你瞧那庄风很气势吧，那就是头道沟了。"

天骥忙抬头望时，但见从偏东北一带乱山丛树中，隐隐然现出老大的一片庄村，端的藏风抱气，不同寻常。怎见得？有诗为证：

> 剑峰四列赛狼牙，急水翻波一道斜。
> 石块峥嵘疑饿虎，草头披乱怯长蛇。
> 云埋曲径无嘉树，风剪高楼有落花。
> 雄险庄形看未尽，遥空阵阵噪惊鸦。

当时天骥见那头道沟的庄风，从雄壮中又透着险恶之气，正在暗暗称奇，忽又见斜对头道沟不甚远，隐隐地又有一处山村，一片价烟树青苍，也甚有气势，并且远远地从岚光树色之间，浮出三个白点儿，便如一行白鹭上青天一般，倒甚觉富有野趣。于是用手一指，笑向驴夫道："你瞧那处山寸，倒也很有气势，莫非便是什么二道沟、三道沟吗？其中也出过响当当的人物没有呢？"

驴夫笑道："那村哪有人物？倒有两个臭财主，那便是俺说的那三座塔庄儿了。那三个白点儿，就是塔尖儿，顶高的那塔，人都叫作山本塔，便是草上飞藏贼赃的所在。少时，咱到前面稍微绕些道，去瞧瞧那塔，好体面工程。便是那定慧寺，也是多年古庙。你瞧那画墙塑像，好不有趣，只就是刻下的秃厮们都学得油腔滑调，见了客人，大咧咧的，待理不理，咥有见了烧香的俏娘儿们，才肯睁鸟眼，这一点子却叫人长气哩。"

天骥随口道："如此好咧，等我有暇时，再雇你驴子，咱去逛个够如何？"说话间，一路长驱，过得头道沟、三座塔等处。

又趱过二十余里，却已渐近红寺地面。天骥纵目四望，却又是一番光景，但见：

> 野阔天低如覆笠，云溪树古杂穹庐。
> 红墙高虫山腰际，点缀荒凉入画图。

原来这红寺地面，只是山峪中一片野地，草深木茂，十分荒僻，因山上有喇嘛庙一座，故以红寺为名。起先原是一片猎场，自那朱子裕开设参场以来，方才四外价稍有人家并贫户小贩人等，为的是做场中工人们的生意，那挖参一项工人，俗称为硬棒子，都是各处来热河谋生的少年苦力，动不动便捻拳瞪眼，自不消说。并且得了钱，吃喝嫖赌，总须钱尽为止。所以这贫户小贩人等，便应其所需，设备一切，粗酒肆、肴肉铺，以至诸般杂卖的食物，自然是应有尽有。这期间，山坳林隈偏僻之区，便愣添了许多草房窝铺，里面三两不等地都住些小家贫妇。虽是老少俊丑，种种不同，却也都梳掠得光头净脸。每当月色西斜，山光欲暮，你瞧吧，她们便都搽脂抹

193

粉，整整头脚，撇开八字脚，丢眉溜眼地扭将出来。携一个草垫子，四平八稳，盘起腿儿，就门首一坐，并且身旁各置个针线篮儿，大家一面张家长李家短地胡拉八扯，一面却水汪汪的眼儿乱睃各路，这岚光树色之间，既平添这番光景，自然是生趣多了。于是，那各路山道上也便有单行工人穿林拨莽，于于而来，并且手中各有所携，不是破衫，便是绽裤。这时，那些妇女们也便纷呈诸态，彼此笑语间，那嗓儿越发娇嫩，提高一调，自不消说，并且抿抿鬓角，欠欠屁股，一面咯咯乱笑。有的因盘腿压了脚，还特地伸出那尖翘翘花鞋子，软软地伸个懒腰，然后才端坐如故。于是那来的工人也便一路价东瞧西望，就似寻他妈妈一般，直至兜过个圈子，这才就一家门首去讲交代。

据说着，那些妇女们是因场中工人都是光棍汉，特来投机，以缝穷为业的。至于彼此的真正交代，也就无须深考了。因此工人们挣钱虽不少，却都抓不住。及至没落子了，或被场主见逐，饥寒所迫，便不免流为盗贼。所以人家都叫他们作硬棒子，就言其有做贼的坯子，因此当这参场主人的，驾驭这帮硬棒子也委实不易，真须规法严明，软硬兼有，才能和他们彼此相安，所以朱子裕曾邀天骥到场中护院，其实也便是想天骥来相助为理之意。

且说天骥就驴上四顾徘徊，又经过许多乱坟头似的工人们的窝铺，早已望见黑压压的那片参场，周以缭垣，四外还有严密本栅。遥望里面，群房参差，有如号舍，便是场内工人做工之处。因为工人们分作内外两档，那场外窝铺内的工人却是专管入山挖参的哩，那场门之内，却竖起老大的长牌木标，上写"裕兴参场"四个大字。这时，场门边却静悄悄的，也不见工人来往，只有一群野雀子都集在木标上，乱噪晚晴，听得驴鞭响动，却呼一声飞了。

当时天骥因想和子裕商量购参，还须耽搁些日，于是下得驴去，一面开付驴钱，一面取了所携的礼物。

那驴夫却笑道："咱这一路伶跑，真还不慢，那么你下次雇驴，只打听快腿王二，是没人不晓的。”说着，一抹鼻头，随手摘下那挂杠子火烧，就向天骥脖儿上一套，即便驱驴而去。

这里天骥好笑之下，摘下火烧，提了诸物，方踅向场门。忽闻背后泼啦啦马蹄响动，接着便有人笑唤道：“唐兄吗？今天哪阵好风竟将你吹到这里？你近来一月之间，名动四方，却端的可喜哩。”说话间，岔道上林影开处，早踅来一群人骑。

这里天骥驻足望时，但见：

> 鞲鹰牵犬耀林光，短箭轻弓气自扬。
> 骏马娇嘶红叱拨，谁家打猎侠游郎。

当时天骥见来者正是朱子裕，浑身短衣，结束劲健，骑一匹高头大马，后跟三四庄汉，架鹰牵犬，掮着标枪猎叉，上挂几只肥肥的兔儿，似乎是野猎方回，见自己累赘赘地拎了许多礼物，便一面下马，一面大笑道：“唐兄怎还如此客气？俺闻你诛却凶盗，大得彩兴，正要备礼致贺，向你那里去讨喜酒吃，如今却礼从外来了。”说话间，抱拳趋近。

彼此厮见，那庄汉们便来接过礼物之间，这里天骥却笑道：“不瞒你说，俺这次来访朱兄，却是第二次了。不然，还不会遇着那贼厮哩。”于是将上次来访之意，并将于中途得遇天明亮等事草草一说。

子裕鼓掌道：“妙极妙极！如此说，俺越发该讨你的喜酒吃才是，你若不是想买俺的参枝，怎的便有此巧遇贼厮的机会？你得些彩兴倒不算回事，只是你这为友复仇这番义气并本领的名头，却着实大咧。如今咱且慢慢细谈吧。”说着，转身引路。

天骥一路留神，穿过木栅，进得场门，抬头望时，却又是一番光景。但见：

群房四列拱中厅，沙土平铺草地青。

后院前堂宽且敞，规模俨似富商形。

当时天骥见这样阔绰局面，又在此荒野之区，也怪不得子裕想请自己来做护院。怙惚间，趑过二层门，便是护院人等值宿之所。两厢各房前还摆着明晃晃的兵器架子、花枪单刀、长挠钩、留客住，一概都有。各房中正有些护院人还在鼾呼大睡，因为彻夜价分班值巡之故，也有在院中抡拳踢腿，并举石礅玩盘杠打熬气力的，见场主领客到来，大家都粗脖子红脸地垂手一站。及至趑进三层门，这才是子裕所居的一所静院，里面一般地略植花草，颇为雅趣。那正面大厅上早已帘儿高揭，有仆人等垂手伺候。

这里天骥正在暗想子裕场务忙碌，今天还有暇去打猎之间，子裕却回头笑道："今天唐兄来得恰巧，正值俺场务清闲，自正好慢慢盘桓哩。"

天骥听了，也没在意。及至入得厅去，宾主落座，由仆人掌上灯烛，端上茶来，天骥略谈数语，便一说自己特来采购参枝，并欲还乡之意。子裕却笑道："唐兄，你这一节却有点儿沾滞了。丈夫遨游各处，哪里不可以做番事业，何必轻动乡心呢？即如小弟不才，还好歹地在此胡混，虽不敢说创立名头，但是也能于江湖间交些朋友。因为此间既多事业可做，又北方人情爽直可喜，像唐兄如此的本领意气，正合北方悲歌慷慨之风，如在此间寻些事做，真是再好没有哩。"

天骥慨然道："俺本为应良友之召才到此间，不料良友因结怨贼徒，遽遭非命，看起来吾辈矜言意气，毕竟不如隐居自得为妙。俺又想起俺恩师他老人家，以那等的本领，还看破名关利锁，云游隐迹。像俺这区区所指，又算什么？因此俺刻下游兴颇觉颓然，只好买参回乡，且逐这十一之利，以为卖山之资，倒也不错。"

子裕笑道："如此也好，但是你目下就要参枝，却不现成，少说

196

着还须等候三两月，一矣交了冬令，方有好参。你不见俺此时场务清闲，就有工夫去打猎吗？"于是言无数语之下，天骥听了，方知自己来得不巧。

原来这参场经营参枝，却有两项，一是自然野参，一是人工种的参。野参最贵，价过种参十百倍不止，因为野参都生在深山老峪之中、蛇虎荆棘之地，不但冒险采取，十分困难，并且采取的工人须有强壮身体、辨认参苗的识力，然后能胜任愉快，因为参苗杂于群草，辨认既难，又往往在清绝险阻之地，那老工师却能循寻土脉，因而得苗，得苗之后，复加以精细之审查，便可以因苗而识参枝之老嫩。其太嫩者，便留以俟其老，名为培参，这等野参是无论四时，皆可采取，但是所得无多，名贵异常。那场中得了野参，是再也存留不住的，因为南省的参客们都辇重金，住在吉林辽阳各处，往往预交各参场许多押款，专以收取此种野参哩。至于那种参，却有一定的参圈，也须由那老工师入山相地，就土脉深厚之处，种植起来，都是初冬播种，培养至来岁十月间，经过一场盛雪，方始开采，必如此，那参方备四时之气，力量乃厚。但是和野参比较起来，却不如远甚了。因为一是得天地山川自然之精华，一是仗灌溉壅粪人工之力量，但是参场中却专仗这种参行销大路，因为一般地可以精致泡制，装潢起来，再入到六参店里，经那参鬼子们盛以锦匣，袭以缎垫。遇了那阴虚阳痿得不着太太好气、看不到姨娘笑脸的大人先生们，依然可以善价而沽，又谁知是个盛名之下其实难副的假名士呢？这种参既行销大路，参场中也就存货无多，所以子裕请天骥须等候开采哩。

当时天骥听子裕说罢情形，只好唯唯。又因自己虽动乡心，也还不忙于登程，于是和子裕杯酒相叙之下，又连日纵游红寺左近各处。过得几日，即便告辞。

子裕却笑道："唐兄再来，就须十月天气，咱家乡山中正暖烘烘梅花大放，这所在已有树秃冰冻，那西北风赛如刀割。俺今没得什么回礼相送，却有两件东西为唐兄再来御寒之用，只是此时携带，有些累赘，那么俺便遣人相送何如？"说着，从厅中里间内取出一个包裹。

天骥致谢之下，打开瞧时，却是白茸茸貉裘一袭、厚墩墩深檐毡帽一顶，色如深棕，亮如油漆，制作得十分别致。那帽檐际缀着四块瓦似的遮搭，卷起来可以遮阳，放下来可以御寒，十分便利。据说此帽名为四海升平巾，还是当年康熙帝巡幸热河，偶值雪天打猎，却当不起风劲如刀。一日，偶见山中樵人等都戴个雪白的大毡帽，直桶桶的便如喜神一般，于是大笑之下，便独舒睿虑，命人制为此巾，并命嘉名，所以此巾在热河地面甚是风行，大家都把作馈远的礼物哩。

当时天骥既见子裕情意殷殷，又因一时高兴游戏，便笑道："既是朱兄见赐，俺理当即时穿戴起来，方见隆情，不省得提携累赘吗？"

子裕听了，因正在初秋天气，不觉一愕。少时，却恍然之下，大笑道："妙极妙极，唐兄善用气功，是可以寒暑不侵的，自然不会出大汗。"于是忙上前，与天骥披裘戴帽，扎括起来。

彼此相顾之下，不觉大笑。按下子裕送客出门，又嘱天骥届时早来，以便拣选上等参枝。

且说天骥披裘戴帽，一路摇摆，离却参场。沿途所见，都是旧景，也就不去浏览了，于是值道上没人时，便施展开飞行功夫，端的如云催雾趱。只日色才斜，早已望见热河城外许多的参天老槐，一片浓荫遮却歪歪斜斜的半条街坊，加以槐花遍地，颇有野趣。那树隙屋角之间，也便酒旗摇摇，若招来客。

原来这片所在名为槐市，便是附城打茶尖的一处小小集镇，因为行客至此，大半都修尘容，解解渴喉，有的略歇倦足，有的饮饮牲口，因此这槐市虽是小小集镇，却也颇为热闹。那茶馆酒肆却随意价设在嘉木交荫并旷朗之区，倒添些诗情画意。又因距城不远，那城中久处嚣尘的人们有时也命俦啸侣来此寻个野趣。

当时天骥一路飞行，至此见行人渐多，也只好收住脚步，慢慢前进。又因前时杀虎，并送天明亮尸身到官时，招得观众向自己指指画画，十分讨厌，于是索性将帽檐下按，遮却半个面孔。刚趱得数步，转过一处斜坡，忽闻背后泼啦啦马蹄响动，接着有人暴声暴气地道："喂，刘兄，你瞧今天咱这趟，不知可能抓着顺风儿？"

即有人答道："那已走着瞧吧，横竖咱须寻上他们去，你我尽着气力干，又有许兄帮衬，并且许兄常在城，认得他，咱这一把子人，和他一对付，十有八九，可以抓着顺风儿。难道咱们平白地没了头脑，就罢了不成？"说话间，大喝让路。

这里天骥恰走到一家茶肆跟前，忙略微侧身瞧时，却是两骑大马衔尾跑来，都一色地嘘气扬尘，似从远道而至。头骑马上坐着个黑矮汉，生得浓眉大眼，十分精壮，二骑上却是个黄面微须的汉子，两只骨碌碌的鹞子眼，配着两道剔须桥梢眉，很透精神。两人一般地蓝布包头，双绞燕尾，穿一件密扣土布短衣，却是襟袖间滚镶着鹿皮挖垫的花云，腰束生丝板带，下衬裆甩撒脚青绸裤，脚下是短勒云抓地虎快靴，只就催动坐骑、燕尾飘拂之间，那腿裹中早露出明晃晃插的短刀，并且马上各携着油布包裹。须臾，一路行尘，没入槐影深处。

天骥见状，一面抓掀帽檐，瞧瞧日色，一面暗忖这两个汉子或是什么赌徒，去向赌场捞梢翻本之间。却见一个茶伙笑嘻嘻地趱出道："你老敢是发疟子，冷劲儿来了吗？咱这里正有滚开白水、发暖红茶，你再来点儿干姜丝嚼嚼，管保出身汗，就会好哩。"

天骥听了，不觉摸摸袤襟，暗自好笑。因正走得有些口燥，便信步入去，拣座坐定。这时，夕阳还未衔山，那茶肆中却已四座空空，没得客人。因随口道："茶伙计，莫非你这里生意清淡吗？便座儿空得恁早。"

茶伙也随口道："倒也不清淡，你来了，不是客人吗？"说笑间，一面端到茶点，一面忙忙地摘落店招，又去熄了茶灶，便如毛脚神一般，只顾来添水斟茶，问长问短。

天骥以为是待客殷勤，也没在意，本想是略歇腿子即便进城，不料神思一静，却想起自己归程尚须躬揽，这趟出门远游，本是来寻旧友陆世杰，不料世事无常，却杀虎诛盗之下，又结识了个新友朱子裕，便是子裕来在北方，一个人平白地创起偌大的参场，也就不易。他又劝我不如在此寻些事做，也未尝无见，因为我回得乡去，也须现置田宅，和在此寓居也差不多哩。

当时天骥一面吃过一壶茶，一面只顾了诸念纷起，想得呆呆发怔。不料那茶伙却溜溜瞅瞅地走来，赔笑道："秋天的太阳爷真是属新媳妇的，一露头就藏了面孔，那么这茶钱俺候着，你老明天早些来吧。"说话间，取下肩上搭的代手，一面拭净案上泼洒的茶，一面就要捡去茶具。

天骥望望肆外树上的夕阳，却还在梢头闪动，余光射及归鸦之背，且甚鲜明，又衬着暮霭方起，一片槐荫中光影凌乱，闪金耀碧，好不有趣，因笑道："你这伙计，这等做生意，怕不越做越死煞？人家都是留客不送，你却来撵客了。"

茶伙道："你不要见怪，俺这里近些日来都是老早地关门大吉，便是吃茶的客人也都屁股稳不住，你不见你进门的时光，客座都已空空吗？人家那当儿全走净了。你老常出城进城的，大概也有些耳闻，便是西霸天等要寻什么姓唐的晦气。近两日来，风声好不紧急，他们和人打起架来，真杀真砍。人命关天，你老说，谁不怕触霉头受连累呢？所以俺请你早些进城，咱彼此方便。"

天骥听了，不觉好笑，一面付过茶钱站起，一面道："你们就这样胆小。"

逡巡间出得肆门，才踅过半条街，却见那两骑大马拴在一家酒肆门前，那两个汉子正在里面相对而坐，大碗价只顾吃酒。一人便笑道："咱吃两碗，赶进城去，有什么事，也该办着咧。老许那家

200

伙，是个急三枪毛包脾气，没的他等咱不耐烦了，自家闯将去，抓不着顺风儿，岂不糟糕？"

那一人笑道："不打紧，他便抓不着顺风儿，还有咱两个哩。"

说着，以拳触案，砰的一响，慌得酒伙如飞地去添热酒之间。这里天骥不觉又暗想："这两个汉子不尴不尬，或是前去寻人打降。"

不多时，进得城门，却已夕阳将落。那街坊上却又是一番光景，昔人有诗，单道进城市暮景儿。是：

> 城头暮角一声号，万点归鸦各入巢。
> 车马行尘和雾沛，旌旗落日带风飘。
> 晚钟沉响来山寺，烟杆穿声起市桥。
> 最是夜光清绝处，万家灯火烛青霄。

当时天骥一路浏览暮景儿 穿过大街，又趱过两条短巷，早已望见自己寓所的巷口。正这当儿，却因方才吃得一壶茶，一时内急起来，抬头望时，恰好趱到那大小子的肉坊跟前。肉坊门前本来污秽，偏那大小子两口儿都是邋遢神，刷锅洗肉的水就这么向门外墙脚一倾，久而久之，便存了一生臭水，又久而久之，凡是街坊上人们，未免都来此小解。气得大小子每逢吃醉，便骂半趟街，却也无济于事。

当时天骥一面撩衣，趱近那墙脚之下，望着那黄泥土墙上画的大乌龟，正在好笑，却闻墙里面奔马似的一阵乱跑，接着大小子的老婆便吵道："你快不要撒酒疯，凡事要分个青红皂白，如何便拿刀动杖呢？人家只向你问问门户，怎见得便不是好人呢？再说，即便真不是好人，你那两手狗刨儿 中得甚用？"说话间，脚步乱响，已近坊门。

天骥觉得有些不好意思，赶忙放下裘襟，向墙角边略一闪身，便闻大小子道："放手放手，不然，我就先给你一家伙。你想这两日

201

街坊上什么风声？如今唐爷又赴红寺，只剩个姑娘家，方才那小子翻眼撩睛地打听唐爷的住处，好不岔眼哩。"

天骥听了，正在心中一动，恰巧大小子莽熊似的一个箭步，已自蹿出。天骥见他满脸上酒气醺醺，两眼都直，光着两膊，露着黑油油一身胖肉，倒提一把杀猪的牛耳短攮，因恐后面老婆赶来厮缠，便耍起他那套八宝护腔刀，一面向屁股后乱戳，一面骂道："好小子，真腿快，俺用个稳军计，刚进来抄家伙，他就跑掉咧。"说话间，一个虎势，正要撒脚便跑。

这里天骥不由好笑之下，飞步趋近，只轻轻举手一拦，大小子登时倒退两步，却马马虎虎地大跳道："咳，小子别走，你瞧咱爷儿俩干一场子。"

只短攮一摆，明晃晃便奔天骥之间，却闻门内有人喘吁吁地笑骂道："你这汗邪的，我可骂你个什么好？人家刚洗过澡，腿又还没干，你就这样地跳活尸。你瞧瞧，这不是唐爷吗？你还不快说个六四夹开，大家想个主意。再者，那青虹姑娘可是个怕人的妞妞？休说是西霸天，便是霸天西，也不打紧，还用你着急怎的？"说着，花绿绿光影一闪。

天骥不觉登时退步。

正是：

　　严城方有归人至，曲巷又疑暴客来。

欲知后事如何，且听下回分解。

第十九回

走他乡千般穷落魄
来旺运一贴汗泥膏

书中交代，原来这大八子姓白名琨，山东人氏，本是个江湖上卖疮棒药的朋友，为人和气直性，好说好笑，又习得一嘴好溜口，武艺虽不见佳，因他会吹嗘嗻哨，在本地面上，也创造些名头，人称赛飞熊。其实是挖苦嘴的人褒中寓贬，就是说他一身胖肉，如爬不动的狗熊一般。但是白琨听了，却颇自负，于是独出心裁，别出一路自在刀法。

他常说，人的肢体若计都练活了的话，唯有屁股最为不易。因为屁股是主静不主动的，实胚胚一块笨肉，便是运气，也等闲达不到。因此自来练武功的人，什么铁砂掌咧，金风指咧，臂功腿功，甚至于缩阳提气，连鸟功都有，就是没练屁股功夫的。按理说，这屁股独当一面，专任后方，其用最大，若能运用活跳起来，或来个千斤坠，或来个老虎大偎窝，并且这屁股敌人是不会注意的，你如冷不防给他一屁股，就赛如发出暗器，或如祭起一宗法宝一般，出其不意，定能制胜。当时白琨主意打定，真个地练起屁股，自然须从提气下运、腰眼灵活、甩撂臀尖入手了。话虽如此说，但是一块笨肉，愣要它活跳起来，好不烦难。

练了几日，不但没些效验，那屁股上倒挨了老婆的许多巴掌，因为屁股当练时的灵活与否，白琨自己没法看到，若说叫别人看的话，未免有些不雅相，这只好去请教老婆了。但是他老婆一个作家娘儿，早早晚晚跑前颠后，自然就有个忙忙闲闲。白琨都不管她，只要高兴上来，便叫老婆看屁股。

列位请想，一个屁股是什么妙相好看的物儿？并且练功夫专讲究熬伏煞暑，越是热天，气脉越活贯。那老婆丢着营生没法做，只呆呆地看他屁股，并且热天暑月，那老婆冷不防便闹一鼻子滋溜子屁，其实所看的屁股还是呆板板的，没些异样。老婆气极，白琨自然就屁股着标了。

当时，白琨苦练了多日，殊不得法，倒招得人家都笑道："白大哥，难道你想成屁股精吗？将来练成了，这个屁股名头也不响亮哩。"

白琨听了，也不理会，反倒挂了倒劲头儿，只给他个死求白赖，非练好屁股不可。于是行也是屁股，坐也是屁股，茶里饭里、睡里梦里，都是屁股。果然天下无难事，只怕用心人，人家古来学草字的人，看见长虫乱钻，便悟草法，不想这白琨忽地灵机触动，也恍然之下，夹着个大悟出来。

原来他有一天，偶然在一处很高的土坡下负手散步，忽闻吱扭扭小车响动，回头望时，却是一个精壮后生家，扇起两只膀子，推了一辆独轮侉车，已到坡下。车上满载货物，十分沉重，又有两只草囤，内贮成捆的精细瓷碗，车既重，又有娇脆货。这里白琨方暗想："高坡难上。"那后生早退后两步，哈的一声，脖儿伸长，屁股撅起，原想是一气儿推上坡去，哪知咯噔一声，那车轮却颠入一处坑陷，便如药碾入得碾槽，只顾进退打滑，就是推不上。这一来，望得白琨不觉好笑，原想是走上去拉了那车，助他一臂之力，不想逡巡之间，竟乐得手舞足蹈。直至那后生推车走去，白琨方欣然回家。从此便屁股成功，每和三瓦两舍的少年们踢跳起来，便是金刚似的汉子，也当不得白琨一屁股。

原来当那后生推车出陷时，扭腰叉腿，前挺后耸，放出许多身段，一张屁股左甩右摆，耍得好不活跳。古语说得好："思之思之，鬼神通之。"所以，白琨竟自触目有悟哩。从此，他不但练得好屁股，并且为保护屁股起见，硬憋出一路刀法，便名为八宝护腚刀。耍起来居然飕飕风响，马前抢望将去，真还不累赘。这等刀法，虽不值识者一笑，但是在当地人们笨眼中，也就称奇道怪了。于是，白琨在当地卖艺，很是得法，手中也攒了几个钱，正疑惑着自己武艺高强，想去闯荡江湖、远方圭走的当儿，恰好有一班专跑口外关东的小贩们来向白琨道：'我说白大哥，为人一世，不出马总算小卒，你这么条汉子，白淹没在家乡，岂不可惜？人家说得不错：'出门何所图，胜如家里坐，圭无二天梯，一步高一步。'嗬！那关东口外地面，简直的遍地是钱，就别提多么厚咧，像俺们这无能之辈，还四五年价干着老婆在家，先去抓钱，何况你浑身武艺，又有一张响当当的好屁股，到得那里，你只须卖两下子，还怕不招财进宝，又创个屁股王的名头吗？'

当时白琨见小贩们打趣自己，虽笑着乱骂屁话，但是一想："自己人口无多，又有几个钱。左右是卖艺卖药的勾当，到远方混混，倒也罢了。况且关东镖行中也有两个朋友，若有机会，俺也干干镖行，这套屁股功夫，总算没白练了。"

主意既定，当即和老婆说知，两口儿收拾行李，跟了小贩等由青州羊角沟上船，漂洋过海，先到得关东沈阳地面，满想寻他那两位朋友，自己在镖行中干一下子，岂不甚好？哪知活该别扭，两个朋友，一个因出马失事，丢了性命。一个却因得了色痨症，被行主辞掉，不知下落。白琨既扑个空，也没在意，以为这盛京陪都，大邦之地，差不多也就是藏龙卧虎的所在，并且关外人们素来好武，自己既有一张好屁股，还怕没人赏识不成？于是和老婆就客店中安置下，仍去干那卖艺卖药的本行。不料头一日摆场，一上切口，早已招得大家哈哈大笑，都道是山东怯鸟，呼啦地散个净尽，地上眼睛似的，丢着十来个黄铜宣板，取拢来，还不够开发场钱。这是什么缘故呢?

因为江湖上的勾当,是一处一个路数,那沈阳既是皇帝的陪都,自然事事都沾些京派,所以到此吃江湖饭的人们,真实本领倒在其次,先须学一口干脆俏皮的好京腔儿,一身伶俐甩落京油子的好身段,然后耍起切口,走起场儿,方能博观者喝彩。你若是笨手笨脚,满嘴老土话,饶你本领通天,也是枉然。这种年头儿,凡事都讲驴粪球外面光,是没法儿说的。

当时白琨挫了风头,本行既干不得,还仗着手有余资,只好另想他事,再作道理。哪知越是大邦之地,越是人浮于事,是可以饿煞人的。何况白琨两眼乌黑,人地两生,自然是无事可做了。一来二去,手中的钱渐渐告竭,每日里死吃死嚼,倒欠了许多饭账,堪堪就到了当铜卖马的光景。

在白琨撑穷骨头,虽还不大理会,却当不得那店家已摆出王小二的面孔,于是老婆便吵道:“人家是挪挪窝儿,金银饭满锅,如今却屎窝儿挪尿窝儿,你穷运拿得放着家乡好日月不过,却撞到这里装穷孙,人家是此处不留人,自有留人处,又道是千条大路待人走。像你这守树等兔儿的大活人,也就少有,你不趁这时向别处想个抽展,再等着典尽当儿,咱只好下街串巷,去唱《刘粗腿叫花》了。”说着,便一行鼻涕两行泪地挥洒起来。

当时白琨见了,不敢分辩,只好叹口寡气。过了几日,恰闻得朝阳地面有个胜福寺,每当春季里,有一场香火大会,江湖各档人们不远数百里,都去赶会,至于四外游人,并生意人等,更是络绎不绝,直闹过半月的会场,方才闭庙。当时白琨心想:“老婆的话倒也不错,人生食禄有方,难道一处一处是别子胡同不成?此去赶赶那庙会,或者撞出些彩兴,也未可知。”于是和老婆商量停当,将行装检点拆变,除付清店账之外,只剩得十来两银并比拳头略大的两个包裹。这时,头口是雇不起,只好徒步上道。

两口儿持了行杖,分背包裹,出得沈阳城,一步步摸将去,倒真有些像《刘粗腿叫花》了。哪知屋漏偏遭连夜雨，船歪又遇打头风，人要该走黑运，屁股后头总是跟着张飞、李逵、胡敬德，外带着还有七八个灶王老爷子。那朝阳的胜福寺，虽距沈阳数日之程，白琨倒走了个把月的光景。及至到得那里，只落得两眼白瞪，连连跌脚，只见一片庙场，便如翻过一层地皮，除各档的棚灶遗迹犹在之外，却连个鬼影儿也无。原来会期已过，业已闭庙两日之久咧。

至于白琨为何来迟？说也可怜，原来妇人家的心路都窄，不像男子们能以撑穷受折磨，白琨的老婆本是个急性儿，又瞧了店主人的眉眼高低，那零零星星惯在心头的许多积火本就不在小处，又搭着每日里苦菜粗饭，将养得肚腹不壮实，及至上路之后，又两脚搭地，受了劳碌，只趄过一日之程，便只觉肚内啵喳喳地不甚舒适。

偏偏事儿会凑合，一日落在个回回店道中，正值回回老婆添了小人儿，大炖牛肉脯，以酬贺客。白琨这时虽舍不得花钱买肉吃，却当不得店主高兴之下，又医忙忙的不值得单给客人起火，便将雪亮亮的牛肉脯、白馥馥的硬面馍馍与客人端上两盘以外，还有老白干、粳米水饭，配着琥珀似的酱瓜咸菜，好不喜人，却只算个素饭价儿。在店主，本是一团好意，但是妇人家见不得小便宜，又搭着久已不知肉味，每日白琨只要偶端酒盅儿，老婆多少不同地必要啾啾唧唧，上两句牙碜话儿，直至白琨耷拉了头为止。

这次，老婆却不暇及比了，因为一张嘴子委实不得闲。及至白琨酒罢，提起用饭，望那盘肉脯时，却已连汁都净。情知是浑家嘴急了些，好笑之下，想起自己走背运，致使她熬渴得清水滴滴，又是暗叹。于是胡乱价匆匆饭罢，方要掩门困觉，只见老婆却揉着肚皮，呻吟起来。只这一夜光景，便向茅厕跑了六七次。原来因多量的肉食起积火，起初下些累块，倒也罢了，后来却变成溏鸡屎似的红白痢，直过了二十多日，方才起床。这期间医药之费、病后的将养，自然是实在需钱。这十余两的盘费，竟被那牛肉脯点首唤罗成唤将去了。不但误了赶庙会，并且弄得越穷越没有。

207

若说白琨不别扭，真也是瞎话，但是俗语说得好："天无绝人之路。"人要该困极斯通，自然也会碰着意外的机遇哩。当时白琨流落在胜福寺左近，端的是举目无亲，进退两难，虽颇闻热河地面距朝阳不甚远，并且较为容易谋生，但是两手空空，没法上路。一日，就左近村中摆了回拳场，只落了十来文老钱，真个是买饭不饱，买酒不醉，不由暗叹道："干鸟吗？如今阴盛阳衰的年头儿，男人挨饿是本等，女人若缺口食，她就可以啾唧出你的屎来，说不得，这十来文钱，只好公鸡衔虫儿，草难受用吧。"

　　叹罢，将卖剩的金疮药并蝎螫狗咬的膏药收拾起来，就村头酒家呷了两文钱的水骨淡酒，壮壮气力，买了两大张油烙肉饼，用箬叶包好，大叉步即便出村。在白琨之意，原想趁着脸上酒气，并拎着肉饼，走得饱肚汉一般，叫人家瞧了，像个朋友。哪知一路上只闻得饼香扑鼻，馋兴大作。须臾，两文钱的酒劲儿已过，饥火上腾，越是发馋，腿子越发软将下来。正在低了脑袋一步一蹭，忽地谡谡的一阵松风，十分凉爽，抬头望时，却已来至胜福寺山门之右，一带的碧瓦红墙，参差于松荫高下之中，好不气势。那墙脚下里面，想是靠近香积厨，遥望阴沟内泔水流出，掺和着许多白花花的米饭，并有黄花绿沫吃剩的蔬菜，招得许多野雀都去啄食，乱成一片。

　　原来这胜福寺还是明朝的古刹，丰富有名，其中僧徒就有百余人，除住持方丈知客临厨之外，其余僧众都分头经理庙田，因此围庙左近的小户人家，大半都是庙中的佃户，秃厮们既据有富庙，安坐而食，自然就讲不到什么清规，倒去赌钱吃酒养婆娘，三者备矣，所以那阴沟中粒米狼藉，通没人理会哩。

　　当时白琨见状，不由暗叹道："真是大实话说得不错，越冷越打战，越热越出汗，越穷越没有，越富越方便。你瞧这些秃厮们，便如此暴殄天物。如今俺这瘪肚皮倒不如这阴沟了。"

　　思忖间，一阵饥腹雷鸣，但觉浑身无力，便恍惚惚坐在一家对门条石之上，随手将肉饼置在石的一头儿。略为定神，然后瞧那家时，但见：

> 竹篱高下三四尺，茅舍歪斜八九间。
> 瓜蔓绿墙檐拂树，中间缕缕有炊烟。

白琨见是近庙的庄户人家，便料是庙中的佃户了。这时夕阳在树，恰当晚饭之时，白琨望见炊烟，本已有些饥腹越叫，少时，更闻扑鼻的酒炙香气竟曰篱缝透出，闹得白琨乱耸鼻头，正在如驴儿嗥天，便闻里面一阵价男女笑语，并有斫柴添灶之声，即有妇人笑道："你腿脚不便利，歇歇罢呀，没的这鸡子也快烂咧。"

即又有男子道："烂不烂，不管我事，倒是你看牢了那蹲门貂，我要走咧。不然，它再冷不防敬我一乖乖，越发坏咧。"

妇人便笑道："你瞧你拐着腿子，还毛脚神似的，彼此近近的，只顾忙什么？少时饭罢，我打发你洗个澡儿再去，不好吗？"

男子笑道："算了吧，今在我可不敢叫你打发，人家医生说来，凡是疮症，就怕那档子事儿哩。"

说话间，一阵嘻笑。

白琨听了，料是人家两口儿商量吃饭，又夹着磕牙斗嘴，正在模糊糊地好生欣羡，忽闻里面那妇人大叫道："可了不得，咱只顾说话，你瞧这该死畜生，三不知的，它又来作死。今天我不叫它说皮袄肉顶锅盖，就不是了。"说着，啪嚓一声，似乎是柴棍落地。

即闻男子大笑道："如何？我叫你看着它些，你却拎出锅来，放在矮凳上晾着，我的肉，它都不客气地闹一块，这益发是它口中食了，你不要去赶，没的蹶了脚儿，倒值得多哩。"

妇人恨道："你倒说的好轻松话，俺这鸡子，一天一个蛋，今天因你来，俺才割舍地杀掉，又脚跟打脑勺地忙了这会子，难道就白便宜了这畜生？你瞧我换个家伙再说，我就不信它记吃不记打咧。"说着，咕咕咚咚，一阵跌撞，又夹着那男子直吵"慢赶！"

这里白琨正在莫名其妙，只顾呆望的当儿，早见从虚掩的篱门内欢虎似的跳出只猱头大狗，口中却衔着只白煮肥鸡子。猛地一脱嘴，却退后伏身，只将前爪乱抓，一面摇得尾巴地尘四飞，便如猫儿戏鼠，仿佛是得意之至。那鸡既肥油油的，又爪子上系有绳儿，还拖拉着整段的葱姜大料之类，望得白琨咽的声一口馋唾，正恨不得赶去夺下便是一口之间，早闻篱内脚步飞跑，花绿绿人影一闪，接着便有人骂道："该死的，你还向我拱爪儿，少时不叫你趁热锅才怪哩。"

那狗听了，却越发地摇头摆尾，横蹿竖蹦，一面又衔起鸡子，打个旋儿。

这里白琨早见从门内跑出个手持木棍的妇人，有三十上下年纪，生得白致致的明眉大眼，长细身段，衬着一双半大脚儿，倒也颇有风韵。昔人有诗，单夸这庄户作家娘儿，别有风趣。道是：

生平不识绮罗香，谢尽铅华意转长。
晓鬟梳风临水镜，晚花簪月整尘妆。
眉痕自仿春山岫，髻样浑如乱草筐。
此是田家耕馌侣，叫人艳福羡村郎。

当时白琨且不暇细瞧那妇人，便一抖机灵，赶忙跑去，向那鸡的拖绳上啪的一脚。那狗吃惊，虽蹬腿夹尾跑去，但是自己因用力过猛，也便破鞋飞脱。

正这当儿，却闻篱门内又有人笑道："朋友，你怎只顾俺们的鸡子，却忘了你自己的肉饼呢？"

一句提醒白琨，忙赶回条石前张时，那狗早连箸包儿衔起，一溜烟跑掉。这一来，白琨气极，正要撒腿赶去，却闻由门踅出的那人笑道："好巧好巧，你不是常在这一带卖膏药的那位白老哥吗？不瞒你说，俺因凑趣打哈哈的勾当，常向俺亲家这里来踅脚。昨晚却狗咬了腿子，你有好膏药，快给俺来一张，只要马上见效的话，咱就拉个交儿，你道好吗？采来来，俺亲家这里不属外，如今她腿叉里也正生了个热疖子，你就势也给她弄一下子，就省得她整天价鸡夹蛋似的了。"

白琨听了，正恍恍惚惚觉得语音颇熟，又见那妇人唾了一口，拾起地下的煮鸡子，先行踅入。自己身旁，早已笑嘻嘻踅到一人，端的怎生模样？但见：

> 衲衣僧帽态从容，耳大唇肥俗气冲。
> 尤有一双贪色眼，斯文鸭步走来工。

白琨仔细一望，却是性禋寺监厨和尚，名叫定缘的，不由心下恍然，暗笑道："这秃厮为钻狗洞，伤了腿子，倒也应该。只是我这种溏稀膏药，哪里能见效？不要管他，且骗他顿饱饭吃，倒是真的哩。"

于是赔笑道："定师父莫怪我说，你向这等受用处来凑趣儿，自然该找点儿不受用了。俺这膏药是有名的神仙一把抓，四远驰名，专治跌打损伤、蝎螫狗咬，贴上去立时止痛，当日生肌。但是若不见效的话，那只好寻那狗来，再叫它吭哧一口，这就叫以毒攻毒，索性坏到底，咱们再治。"

定缘笑道："屁话屁话，你不要只顾耍溜口，快拾起破鞋来，随我且用晚饭吧。"

说笑间，两人踅进篱门。白琨这时目无旁瞬，一眼便望见那妇人正在住房明间内摆置酒饭。香香辣辣堆满一桌，不但那狗嘴内剩的鸡垒块登盘，还有东坡大肉、虎头丸子，单是雪页似的硬面薄饼，就堆得小山一般。这时，白琨虽要再客气两句，无奈饥虫要爬出喉咙，也只好干脆爽快地事事专东了。当时和定缘坐下来，一阵价狼吞虎咽，自不消说。

211

及至饭毕，由那定缘现出了狗咬的腿子，白琨回手由怀中掏膏药，却不觉登时一怔，因为那膏药包儿已不知何时丢掉，于是白琨暗想："他妈的，人该犯别扭，真就会事事凑巧，此去俺家下还有三四里路，这只好去取膏药，跑个来回，搭趟穷腿了。"

想罢，命定缘在此稍候，拔步便走。起初趁着醺醺半醉，还以为家中有存剩的膏药，继而酒意清醒，方想起家中亦无。这时，若说现寻那丢掉的膏药，哪里能够？当时白琨这一急躁，非同小可，不觉汗出如浆，只顾蹲在一处淤泥溪沟边搔首沉吟，那汗和积垢竟自搓得像大大的弹丸一般，方骂声"晦气！"向身旁一掷。

忽溪草边黄黄的有物一跃，仔细一看，却是个老大的癞蛤蟆。原来这癞蛤蟆看模样虽是废物，然而它头顶上有块白浆，其名就叫蟾酥，专治诸般疮毒，如外科中之圣药。那蛤蟆吞取虫蚁，总是张着嘴坐等，不怕相距老远的，它便会一吸入肚，这便是那点蟾酥吸毒的力量了。每当夏月，村人们便采取蟾酥卖与药店。其采取之法，并不伤它，只将那白浆挤出便罢，它还是活跳如故，这就如而今的贪官军阀剥民一般，只吸你的精，喝你的血，却不叫你痛快便死，为的是以待来年，你精血养足时，却又来挤净。

当时那蛤蟆这一跃不打紧，不觉触动了白琨的灵机，暗想道："有咧，江湖卖药，若说像巧姐儿对绣花鞋，针顶针的话，只好连老婆都赔掉。人家走方郎中，谁不卖的好切糕丸？老实说，哄那秃厮一下子，倒也罢了，没的俺还想拉主顾不成？"

于是捉住蛤蟆，挤取蟾酥，把来和入垢丸中，又就破衣襟上撕下一块方布头，登时摊成一贴膏药，便忙忙转步，交付定缘。一气儿跑回家，倒头便睡。次日起来，方拉长两耳，单等听老婆的啾唧。忽闻大门上乱挝如雷，接着便有人叫道："他这里有后门吗？师兄，你快向后门去叫，如今定缘被他弄得直咧大嘴，咱非把他撮去不可哩。"

白琨听语气不妙，只认是定缘贴药之后，痛得咧嘴，那未经炮制过的生性蟾酥，力量极烈，说不定疮口溃裂，就是性命交关哩。当时大惊之下，正要越墙而逃，恰好老婆走去开门，已将胜福寺来的两个僧人让将进来，并且气促促地拖了自己，回身便走。白琨不敢询问定缘的光景，只好一路怙惚。及至上气不接下气地跑入庙，一瞧定缘时，这才喜出望外，登时心头一块石啪嗒落地。因为定缘却是乐得一张嘴合不找来。

　　说也不信，那贴骗人大吉的汗垢膏，竟自药到病除了。从此，白琨得了定缘的一注厚谢礼。那定缘虽是个落拓和尚，为人却热心眼儿，见白琨携了家小，异乡落魄，便在本庙各施主跟前为之吹嘘。胜福寺既是关庙，所有的远近各施主自然也都是富家大户，于是白琨每一次出门去给他们治些外科病症，回头总是大得谢金，因此渐渐地不愁衣食。在白琨之意，虽然得此已足，但是人若该时来运转，偏还有诸缘辐辏，这就应了一顺百顺的那句俗话了。

　　一日，为端阳节前，白琨因常常地叨惠定缘，心想须答个人情才是道理，便买了些角黍、夏糕之类，走去看望，刚一步跨入庙，但见那临厨僧舍廊下，大包小裹地堆着许多礼物，上面都已贴了红签儿，注着物事，无非是些蔬笋果品糕点之类，齐整整的甚是鲜亮。白琨以为是人家施主们来送和尚的，也没在意，及至和定缘厮见之下，那定缘却肥嘴一咧，笑嘻嘻说出一番话来。

　　正是：

　　　得意多方须运到，出头有日待时来。

　　欲知后事如何，且听下回分解。

第二十回

万寿宫莽客问途
越女拳溜口卖艺

　　当时定缘一见白琨送到礼物，便笑道："白老哥，你抽筋拔骨地弄几个钱，大节下，不说是给俺老嫂买花戴，又弄这些劳什子怎的？但是你今天来得恰好，俺正有些小事相烦，年年过这端午节，真闹得人脑袋发昏。左右是这些印板礼物，你送我我送你，人情大如王法，真还是免不掉的。如今俺这里有位护法施主，住在热河城内，姓李，人称李半城，因为他房产最多，几乎占了半个城，故得此号。他为人和气好交，起初，他倒是个要大胳膊的朋友，专交些青皮们，吃嚼地面，但是光棍做老了，又发了财，便如那极辣的烧刀子，陈置多年，也就有些蕴藉风味。他久已收起故态，在家纳福，除在地面上做些公益事外，便是甚好佛法，在俺本寺，可以称得起老施主了。你想咱只管受人布施，虽说是和尚吃十方，原是本等，但是在人情上，岂有不礼尚往来之理？因此每值节下，俺寺中照例地与他送些节礼，如今礼物都备，却还没派送的人，你老兄说起话来，常想到热河逛逛，便烦你劳乏一趟，趁便开眼散散心，岂不甚好？城内鼓楼街路东里，瓦窑似一片房舍，便是他家，你瞧人家那房舍，磨砖对缝，高檐起脊，创光棍一场，总算是值咧。"

　　当时白琨听了，一来因定缘面托，情不可却，二来自己也想去趁便拢个场儿，撞撞彩兴，于是欣然应诺。按下定缘当即将廊下礼物交点明白，送客出门。

且说白琨无端地奉了这趟跑穷腿的差遣，回得家下，和老婆说知，正在收拾挑担，并应月的仓棒药品。老婆却笑道："当家的，你这趟去，准要抓些彩兴，因为今天早晨喜鹊吱喳，又有个喜蛛落在俺脚尖上。你这趟去抓了钱，不要忘掉老婆，俺也不想插金戴银，扎括得像娘娘，你只给我捎两双鞋片来，俺好歹地换换这露脚趾的鞋，跑街立巷，到人跟前，不也是你的脸面吗？"

说着，将只烂蛤蟆似的破鞋子直伸过来。

白琨笑道："单瞧你这邋遢样儿，就是个妙家货。俺便是有些彩兴，也叫你这一脚踹掉了。"于是说笑之下，即便登程。

这本是两口儿一时戏逗，不料合该白琨的屁股功夫出世，此一去，竟自由屁股上走起好运。

看官，你道怎的？原来白琨既到热河去，拜望过李半街，交代了一切礼物。李半街一见白琨壮壮胖胖，很有胎貌，又是定缘烦来的朋友，大悦之下，当即盛筵款待，又到白琨寓处回拜过。这时白琨闲下来，自然要到街坊上逛逛，一面去踏看摆场的所在了。

当时向店人一问热闹所在，方知城内万寿宫前有一片敞旷所在，名为宫前大院，便如北京天桥天津的三不管一般，纯粹是一处杂地商场，江湖百技的朋友们猬集之所，自朝至暮，总是乱蛆似的纷纷扰扰，好不热闹。再就是皮货街旁塘湾一带，也还罢了。当时白琨又向人问明了路径方向，便带了枪棒药包，出得店门。抬头看时，果然是大邦之地，气象不同。

但见：

起楼列肆亘长街，扈篮红尘扑面来。
车马喧天晨雾合，管弦匝地晚风开。

原来这热河地面，虽稍逊沈阳繁华热闹，但是商贾之盛、杂色

215

人等之多，也就颇颇可观。因为那时节，地广人稀，税捐简单，偌大的所在，只有个都统旗员，并兵丁不及千把人，镇守地面，并且那时军纪有定，饷糈有着，一些也不累及于民。那旗兵们闲得没鸟弄，无非是闻闻鼻烟，溜溜画眉笼子，再不然，下下茶馆，一坐便是半晌，或者揣着几文钱到回回馆，闹碗羊肉烂面，还要咂唇抹嘴，讲个京味儿。常用的火枪锈得像拨火棒，枪和枪头分了家，便用麻绳对付着，再吃伙饭。老百姓见了兵丁，只有发笑，却没个扭头便骂的。人谓当时军队腐败，吾谓果竟是当时太平。今之军队，愈加生龙活虎，而民愈不堪命，其故可深长思也。热河乎，吾可爱之国土乎，已如亡羊，不复回头。

阅至此，令人浩然长叹。

当时白琨一路徜徉，觑之不尽，转过那皮货街，先到那菱塘湾时。

但见：

槐柳潇疏午荫浓，青帘白舫趁和风。
菱歌歇处迷烟水，人在江南图画中。

原来这菱塘湾虽近市廛，却是个萧疏旷朗的所在。北方水是难得的，因为此地洼下，有一区泉潦，掺和半清半浊的溪流，汇为老大的一处方塘，所以好事者便就塘内外杂植槐柳菱荷之类，点缀起来。塘四外虽也热闹，只不过有些茶馆酒肆并小小贩卖破烂的市场，来的游人也以推车挑担的人们居其多数。若说就此地摆场的话，却不相宜哩。

当时白琨端相一会儿，又就茶肆吃杯茶，歇歇腿子，然后转弯抹角，寻向那宫前大院。因为五月天气，已自炎热，白琨掮了枪棒等物走得汗蒸蒸的，本已有些焦躁，不想因一路曲折，百忙中却又忘了记清的道路，于是越发焦躁之下，抬头四望，恰好趑经一处巷口，有一处宽敞店面，门首却有许多人出出入入。趱近一瞧，却是处很大的肉坊，三间門敞，摆着肉案肉架，里面正有三四个伙计，都绾着小辫，光着脊梁，下着油晃晃的围裙，一面操刀割肉，一面接了钱，向肉架旁毛竹筒内哗啦一搋。靠东壁，设有一张油腻腻的账桌，因有油垢，招得蝇蚋纷集，都围着只木筒茶壶哄哄乱响。一只黄砂碗内晾着酱油似的茶水，居中还有个灰色木盘，单是蝇屎积尘就似上了层灰垩，里面除瓦砚账簿之外，还有开花破笔、铅铁酒壶，交错着七横八竖。

忽地红光一耀，仔细望时，却是一只缺嘴破花瓶，里面插了一支鲜红的石榴花儿。臬旁白杨木倭脚圈椅上，却坐定一个鸟大汉，绾起椎髻，跶着鞋子，上身只穿件蛇皮纹漆布背心儿，下身只穿件宽裆大衩的青绸裤衩，露着鬼怪般疙瘩健肉胳膊，并黑毛精腿，正仰拉在那里，眯齐了一双醉眼，一面挥扇驱蝇，一面望着众伙计忙个不迭。好个大模大样，端的怎生光景？

但见：

鹰鼻鹞眼态豪强，驴脸黑麻特地长。
好笑洒家拳下物，居然虎踞气昂藏。

且说白琨见那大汉大剌剌地坐在那里，料得是坊主人了。因走得急躁，不暇从容，便咱地一脚踏上阶石道："喂，借问一声，此去宫前大院，可对路吗？俺要向那里摆艺场去哩。"

说着，捣的枪棒一晃，闹得伙计们正在一齐回顾。那大汉却慢睁醉眼，略为端相，然后向白琨道："朋友，我也还你个喂，此去宫前大院倒对路，并且不远。少时对不住，俺还要去帮你个场儿哩。"

说着，骨碌碌两眼一翻，正在猛然站起，却有个伙计趱过来，向白琨说明道路。这里白琨一面回步，道声"打搅！"一面又是暗诧那大汉好生大样之间，却闻大汉砰的声以拳触案，向伙计们道："你们快去吩咐他的，少时俺随后就到。"

白琨听了，也没在意。须臾，奔到那大院所在，仔细一望，却早已人众如蚁，黄尘抖乱，单是杂耍市场的各摊儿就摆了里余远近。坐北朝南，便是那巍巍的万寿宫，一色的黄瓦红墙，朱栏驰道，夹道松柏，森森翼翼。左右是盘龙抱住的高大石坊，便是东华门、西华门，其规制大略都仿宫阙。正中有一座棂星门式的汉白玉石坊，精镂着九龙捧日的花纹，横额是"万寿无疆"四个大字，竖联是："载荷天庥，抚兆民同登化域；必得其寿，临万国共乐康衢。"这石坊之外，又有一湾凿成的玉帝河，长桥尽处，才是那大院的场所。

原来这万寿宫又称为皇亭，因为其中正殿上只供着一个龙牌，上书"当今万岁"等字样，这所在，寻常时封闭着，每值有朝贺大典时，方才开放，通城的文武大员都来拜庙，很是个热闹哩。

当时白琨一路上观之不足，便由正面石坊前趑过桥去。但见一片广场内闹闹嚷嚷，万头攒动，不断地棚幕遮天，不绝地锣鼓震地。靠东一带，都是商肆贩摊，七横八竖，大家都挂起布幌商标，也有成衣店，也有首饰楼，铜器铁器，百样杂货，一概俱全。靠西一带，却是江湖各档，并茶肆酒馆，以及各样的熟食摊儿，也有说评书的，也有唱独角戏的，还有其余耍猴儿拉西湖景的等人，既已闹得喧杂不堪。尤其是各摊叫卖，加以糖锣、货郎鼓、酸梅汤的铜盏，敲得叮叮当当。那摊贩们偏又各显奇能，以招主顾，叫起来悠扬婉转，便是一大串，闹得白琨耳不暇听。正见一个小贩手托一个黄金塔，招得许多人望着发笑。

忽觉脊梁上砰的声，有人从后一搂脖儿，并笑道："哎哟，我的乖乖，我可抓着你咧。如今我跑得脚似发火，没别的，你快背我两步吧！"

说着，不但一股大蒜气直冲鼻，并觉脊梁上有两团热乎乎的大胖乳，很有斤量。这一来，闹得白琨向前一抢，几乎便是个狗吃屎。百忙中拿出屁股功夫，尽力一甩，便闻啊呀一声，赶忙回身望时，却是个三十多岁的乡下胖婆娘，想是在这里逛了半晌，尘头土脸，嘴上还挂着油渍渍的抢嘴圈儿。一手拎着烟袋汗巾，一手举着一大把糖葫芦，业已攒起眉头，又看两只大脚，蹲在那里，似乎是被一屁股甩岔了气，一时言语不得。

白琨见状，正在发愣怔，早又从后面赶到一群乡下媳妇子，一个个花枝招展，也有丢眉拉眼，还向各处乱瞧的，也有敞怀露肚奶着孩儿的，一见胖婆娘和白琨相对发怔，都笑得啊啊呱呱，便围上来，乱叫道："可了不得，也没见你这瞎撞神似的，只顾自家在前乱跑，也不管张三李四，都是乖乖，你那大脚，踏人家一鞋土还不打紧，你那没出世的活宝宝，若歐掉了，还了得吗？"

白琨听了，这才晓得那胖婆娘是认差了人，好笑之下，正又颇悔自己不该那么尽力一甩，便见那婆娘一面笑得两眼没缝，一面用手向众妇乱指。喘过一口气，然后跳起来吵道："我把你们这些浪嘴都撕掉了，当着人家大男人家。掉了掉了的，什么意思呢？不是的，俺也不这么慌张，你没见方才有群小挨刀的，跟着咱只顾看他妈妈吗？气得我快跑了两步赶到这里，偏他娘的也凑巧，却遇着这位老哥走在前面，你说呀，不知怎的，我前影后影地端相着，就像俺家那大侄儿叫狗儿的，所以我那么一来，本想叫他背我两步，谁知马马虎虎，倒成了笑话了。但是不知者不作罪，且待俺给人家掸掸鞋子的土吧。"

说话间，俏摆春风，笑嘻嘻地趉过来。慌得白琨正在连道不消，却又有个媳妇子跑来道："你老人家，叫人家蹾搭得滴汗淌水，这会子手里还是满把撸，没的蹲裆荸腿的不方便，且待我来代劳吧！"

说着，一抖汗巾。刚要向前，恰好有一班青皮少年横冲而过，于是白琨趁势也匆匆便走。却一面闻得众妇还自笑作一团，一面见一少年道："方才马爷那里，买了知会，也不知是什么呆鸟该晦气，少时准有个热闹瞧哩。"

又一少年道："这话也别说满了，既是江湖朋友，大概都懂走外面的路数。嗬！你想马爷是什么没名少姓的人？那人既壮大麻木，说不定人家就有两下子，特地玩憨腔，来寻马爷的碴儿哩。"

即又一少年道："此话有理，本来马爷欺负人家姓李的，也够瞧的咧，人家虽家宽业大，满不在乎，但是俗语说得好：'老婆田房不让人。'便是泥佛，有时也会发发土性，只要肯用大钱钞，哪里请不到能人高手？依我看，少时这一交代，马爷还真有些不好说哩。"说着，一路歌呼，竟自把臂而去。

这里白琨听了，也没在意，便又四望着兜过个圈子，只见逐处里摊肆挤凑，游人接踵，通没个宽敞场儿。正在徘徊之间，忽闻正南向马蹄如雷，并游人纷纷喝彩，抬头望时。

但见：

芳草平铺一望遥，疏林映日响萧萧。

鞭丝帽影如飞至，试马高原兴正饶。

白琨趱到那里，仔细一瞧，却是老大的一片跑马场。这时正有四五个花拳绣腿少年，都骑着高头骏马，扬靴比赛，聚拢了许多游人，纷纷喝彩。靠场不远，却还有一片空地，歪歪斜斜，疏疏落落，都是些不成街道的店面，并掺杂些人家住户。靠东南向，还有一处野茶园，遥望去杨柳垂荫，倒甚是宽敞，却就是只有些儿童们在那里踢跳玩耍，没的什么游人咧。

当时白琨端相一会儿，见那空地所在，倒还罢了，略一扭头，却见一处杂货店前游人颇多，于是趱过去，拿出江湖打场儿的手法，先置下枪棒药裹，一噏嘴唇，呼喽喽打个哨子，刚要弯腰价向四外扫地一躬，却由店内跑出个店伙，一面端相自己，一面赔笑道："朋友对不住，请你高升升吧，俺这里已有人占了摊儿咧。人家少时就到，你不是犯不上费嘴舌吗？"

正说着，店内其余的人众也便都探头赔笑，连道："慢待！"白琨听了，只好拎起枪棒等，转身就走，但是背后已自跟了许多的闲汉，却又不住相与喊喳。白琨不暇理会。

须臾，又经过一处袜子店跟前，正有个店婆儿坐在凳上，一面和顾客花说柳道，一面脱下鞋子，磕打尘土，一见白琨弯下腰子，要摞枪棒，慌得也不暇穿鞋子，便跑出吵道："快去快去，怎的你们串江湖通不睁眼？人家是鸽子拣旺处飞，俺这所在，有甚生意兜揽？"

说着，睹气子端走一盆洒地的水，向外便泼，招得游人哈哈都笑之间。这里白琨好不长气，于是又趱过几家店面。说也奇怪，那店中人不待自己开口，却都笑嘻嘻只管握手。

逡巡之间，却已来至那片野园之旁，那些儿童们望见自己，便呼的声围上来，先自向四外团团一蹲，成了个老大的场儿。白琨摞下所携诸物，抄起一杆花枪，就地一拄，招得四外游人纷纷都到，于是仔细看那所在时。

但见：

软草如茵树四围，菜花乱点蝶儿飞。

短垣缺处余深窟，老圃培壅荷粪归。

当时白琨见那所在，既非热闹场所，并且距足下百余步远近，靠短墙缺处，又有一处老大的粪窟，便是种野园的人们蓄积肥料之所。当此热天儿，自然有些木樨香微微地来扑鼻，亏得地势高敞，树木荫浓，倒甚是清爽消汗。白琨既一路别扭，没处摞场儿，也只好在此将就了。

这时，四外的游人业已越来越多，于是白琨托地使个旗鼓，先将花枪一抖，大步走场，接着便是个白蟒翻身，嗖嗖舞起，闹得蹲地儿童们正在蛤蟆似的纷纷向后挪动。这里白琨却提高喉咙，大喝道："看枪！"唰的一个蛇吐芯，一道寒光直奔一个儿童的面门。吓

221

得那儿童正在怪叫，白琨早擎回枪来，倒植着向地下一插，便笑道："老兄弟不要害怕，请你不要找妈妈去，且给俺帮个场儿。少时，咱买个大肉包，你一口，我一口，你道好吗？"

众儿童听了，正在哈哈都笑，白琨却已掉臂走场，一面绾起个钻天椎髻，一面拍肩靠肘，砰啪扑哧，先是个鸳鸯拐子脚，然后抱拳向四外一转，赔笑道："诸位不要见笑，小子是外方人，学艺不精，怯手怯脚。如今来在你这藏龙卧虎的大邦之地，说个怯嗑儿，便是你这两手狗儿刨，哪里摆呀？但是这话又说回来咧，既到灵山，就须拜佛，丑媳妇难免见公婆，一辈子不出马，总是小卒。小子不敢说是来卖艺，只当是来求师访友，你看得值呢，哈哈一笑，你看不值呢，请你指教。但是有一件，小子先在这里告个罪。"

说着，扫地一躬，却忽地大喝道："咳！诸位听真，哪个要是看到半路上拔脚便走，成心塌俺台的话，哈哈！"

说着，两眼一瞪，捻起拳头，一挺脖儿，椎髻乱晃，张得众儿童正又在纷纷挪动。白琨却扑哧一笑道："哈哈！俺再送你个哈哈，那时小子没别的，只好恭送诸位，给你掸掸冤腿上的尘土了。"

一句话，招得全场正在哄然大笑。白琨却一抖两膊，四下一飞眼风，又笑道："喂！你瞧那位老爷子说了话咧，他说，你们江湖人卖艺，都是跟师娘学来的母子招数，好煞了也挂着娘儿们气，不要说别的，单看他捏拳头，就把大拇指舒在外边，这便是怯招儿哩。"

说着，双拳一摆，大家见他故意地舒指在外，做个美人拳式，正都哈哈越笑。白琨却啪的声，踏开脚势，一丢架儿，正色道："嗬！诸位上眼哪，咱说是说，笑是笑，那位老爷子既说俺娘儿们气，咱就来套大姑娘拳法，这个名堂，就叫作越女拳。便是当年有位袁公老祖，剑术通神，又习得一套猴儿拳，万人莫敌，心高气盛，堪堪就要夺取越王的江山。越王临朝，眼含痛泪，望着两班文武官员道：'众家爱卿，如今大事不好了，那妖道拳法无敌，就要来夺取国土，寡人当年卧薪尝胆，兴越灭吴，也是一时英雄，岂肯辱于妖

222

道之手？'说着龙袍一摆，抄走那把灭吴的湛卢宝剑，正要自刎，忽然当驾官手捧一张揭下的招贤黄榜，伏俯金阶，便奏道：'主公不必忧虑，如今有一女子，自称越女，从黎母山来，说是奉师命来退妖道。现在揭了黄榜，午门候旨。'越王听了，龙颜大悦，当即命宣上殿来，朝王见驾。越王本是马上皇帝，武艺精通，以为这越女既有能为来退妖道，一定像那棋盘会的无盐娘娘了。哪知越女上殿来，见驾已毕，赐坐锦墩，越王慢闪龙目，仔细一瞧，却又发起沉吟。原来那越女文雅雅的一貌如花，就像风吹要倒，并且手无寸铁，伸出了插花细腕，倒好云写梅花篆字，只款吐莺声，站起谢坐。那一路连环俏步，乱飐金莲……"

　　说着，一扭身段，脚尖点地，招得众儿童正在拍掌。白琨却向人丛中一丢眼风道："'姑，奴家谢坐了。'哈哈！你说这娇滴滴一声怎么着？只见金殿二文如木雕，武赛泥塑，稀里哗啦，宝剑笏板落了一地，连个王八脖家雀嘴的越王爷，都呆在九龙宝座。诸位，你道他们君臣是见了越女的小模样儿都闹愣了吗？却又不然，原来那越女的俊样儿，活脱就似那位混乱吴宫的西施娘娘。越王君臣想起当年自己的雄谋毒计，乱人国家，如今自己被袁公逼迫，也就眼睁睁江山不保，不觉感慨之下，都闹愣了哩。话虽如此说，毕竟越王见识不凡，就知越女有些道理，于是一面大排御筵，与越女接风，一命传旨，令百官都来陪宴。当时撞起景阳钟，打起得胜鼓，黄门鼓吹，羽林卫士都来伺候。君臣落座，陪着越女便就银安殿上一场好宴。那越王吃得醺醺带醉，方才传旨罢宴，转驾回宫，一面传旨，连夜价打扫御果园，作为越女、袁公较艺之地。哈哈！若说这位袁公，原是一个千年得道的白猿，说起来，还是齐天大圣孙悟空的祖宗。当年他在深山古洞修炼时，还有个族弟，名叫巫支祈，这猴头生得铜头铁臂，雪牙钢爪，喊叫喷火，跳掷生风，身长丈二，力逾九象。那时洪水为灾，他便趁势兴妖作怪，要夺取禹王爷的位子，想尝尝这皇帝的滋味。后来禹王震怒，便命手下的庚辰大将运用神

223

力，愣将他铁索套脖，锁系在淮河龟山脚下。那袁公见巫支祈如此英雄，还没着这皇帝，自己虽有浑身本领，也只好把野心收起，在那深山中天不束地不管，倒也快活。

"也不知过了若干年，他老人家忽然一阵心血来潮，忙闪火眼金睛一看，不好了，原来已到了春秋之末，战国时代，很好的中国一块净土被拥兵的大头子们杀了个血腥遍地，尸骨撑天，万民遭劫，竟无一日之安，堪堪都没得世界了。但是各据地土的大头子们偏快活异常，撒出许多牙爪狗腿子，榨得民人膏血，却把来添兵买械，专给自己保镖，并一面起宫苑，选美女，不但吃尽穿绝，挥金如土，群臣们只知纵欲，见了穿红的也爱，见了挂绿的又稀罕，甚至于把糟糠妻子丢掉，连朋友的老婆都把来受用。当时各国诸侯，你也为王，我也称霸，享尽富贵，都神仙似的快活。你想袁公本是个学人戴花帽的性儿，岂有不打动凡心之理？于是摇身一变，登时变作个白胡老道，一阵妖风，刮到越国，拨开风头一望，端的好一片锦绣江山，于是他这才陡起雄心，要夺越王的大位哩。

"当时越王次日起身，一面遣人去知会袁公，一面摆开羽林军，会齐众文武，先宣越女上殿，亲赐御酒三杯，然后带了湛卢剑，上了逍遥马，一路警跸，大家起行。进得那御果园一瞧，倒见高林软草之间，早已准备好一片艺场，那执事官方引大驾就温凉亭上端然落座。那越女也便紧紧香罗带，提提小孩子的裆儿，早见袁公手执棕拂，脚踏云鞋，由林影中飘然而来。生得赤红脸，长眉细目，银条似一部胡须，端的精神四射。奇怪的是他并没宝剑，只大袖中笼着一根小指似的树枝，梢细根粗，袅袅地只管晃动，瞧得那越王十分诧异，暗想小小树枝，怎的能当剑用的当儿，便见袁公将树枝折为两段，自取枝根，将枝梢递与越女，彼此地掣身退步，道得一声'请！'哈哈！说也不信，诸位但听这段斗剑的古迹，不是小子只管要溜口的话，你回到家去，总可以和婆子讲古咧。不瞒你说，小子承朋友错爱，都叫我一声赛飞熊。当初俺在北京虽大闹九城，飞镖

224

打虎，救过御驾，便是皇帝老爷子，都要将我凌烟阁上画像、云台以内标名，外挂着还要赏我个十来品的大官做做，是俺看破名缰利锁，不耐烦陪王伴驾，所以才罫印辞朝，流落江湖。"

大家听了，正在哄然大笑。白琨却一缩脖儿道："诸位别笑，这一家伙，却把我泄了气咧！不瞒你说，像我这样儿，只好去坐门插管。当初俺在北京，说真了，是混得没落子，因拔人家的烟袋，却被人家撞了个跑儿哩。"

大家听了，又正是一阵大笑。白琨却一个筋斗翻转来道："咳！那时越王忙闪龙目一瞧，但见两段树枝，登时化作两道寒光，便如二龙出水，但是这话说到这里，又须打住。因为会听的听门道，不会听的听热闹，还有那似会听不会听的，却要来充明公赐大教。喂！你瞧那位老哥，又笑歪了嘴呀，敢说是你这小子，便是吹嗙溜口，也须有个分寸，岂有树枝化剑之理呢？这话诚然不错，当初小子也是这般怙惚，后来亏得遇着一位武功行家，说起来，俺这明白咧。原来这就是剑气合一的作用，罡气所至，不但能假器物做剑用，并且能不假器物，或一张口、或一挺指，凭空地便飞出一股剑气哩。小子这段越女斗袁公，原是在本的，凡读书先生们都晓得，难道是武大郎上梁山、潘金莲大破天门阵，八十岁的新媳妇，和尚打辫子，胡拉八扯，没有这档子事不成？当时越王猛见两段树枝化成两把宝剑，不由暗想道：'昔日有个桃花女，曾与周公斗法，文有文能，武有武干，后来还是文王摆起了先天易数，折指一算，才知那桃花女便是黎山老母化身。如今这越女既有如此能为，又自称是从黎母山来，莫非是寡人国运当兴，感动老母来除此妖道吗？'想至此，正要命左右鸣鼓吹角，助助越女的威风，忽听刮喇喇一声响亮，满园中白光飞舞，一阵价群树战风，落叶如雨，就似晴天下起个霹雳，又夹着电光乱闪。这时温凉亭下，吓呆了两班文武，御果园外，只惊得战马齐鸣，便连越王也险些坐不稳盘龙交椅，正要一跤翻倒的当儿，只听嗤的一声，两道剑光竟由果林中穿叶而下。大家这里眼才

225

一眨，但见剑光敛处，唰啦声掉下两段树枝，随后便霍地一分，早现出袁公、越女，一个是白须乱抖，气急败坏，百忙中健腕一挺，早捏起尖尖的猴儿拳。一个是满面是笑，气不加喘，只轻摆描花腕，款动小金莲，柳腰一扭，就这么轻轻一跺之间。哈哈！你说怎么着？"

说着，竖起脚尖，一路轻趋，招得大家正在都笑，又是一面价都瞅他那瓜子大鞋。

白琨却笑道："喂喂！诸位不要暗含着转念头，当日越女若长俺这两只大脚，那就成了整本的笑话咧。哎呀！诸位上眼哪，当时越女一声娇斥道：'猴头休走，你既剑法输与俺，难道俺就不会破你这猴儿拳法不成？'说着，双拳一摆，便和袁公打在一处。果然是神女拳法不同寻常，但是左一个撒花盖顶，右一个古树盘根，上托天，打碎大鹏金翅鸟，下扫地，踢翻架海玉鳞鳌。哈哈！诸位不要见笑，且瞧俺这套越女拳法吧！"

说着，便使个旗鼓，放开门户，端的怎生光景？

但见：

前超后越步纷纭，左右回旋态若云。

就里真功谁省得，江湖伎俩亦超群。

当时白琨这一阵背拦靠抱闪转腾挪，拳打出骨节乱响，脚起处尘土横飞，是江湖本领，却也闹得有声有色。因为白琨虽没什么真正武功，但是俗语说得好："巧者不过习者之门。"他自练习臂功，并创练八宝护腔刀以来，真也下过一番苦功，各路功夫的纯熟本是息息相通的，所以他这套假名越女的江湖拳，也颇为可观了。

当时众观者见他在满场中滴溜溜乱转，不觉纷纷拥挤，一面喝彩如雷。白琨却一收拳势，向四外拖地一躬道："见笑见笑，今天小子交代到这里，就算完事。当时越女一拳打出了袁公的原形，倒将越王惊倒在座。从此便流传下这套越女拳，小子学艺不精，诸位须包涵些。没别的，叨惠叨惠，随意随意。"

说着，掣身退步，单等着大家掏腰，金钱落地。及至向四外一望，却登时便是一怔。

正是：

漫思钱彩堪伸手，却有强梁须当心。

欲知后事如何，且听下回分解。

图书在版编目(CIP)数据

康八太爷／赵焕亭著. — 北京：中国文史出版社，
2019.3

（民国武侠小说典藏文库·赵焕亭卷）

ISBN 978 - 7 - 5205 - 0949 - 7

Ⅰ. ①康… Ⅱ. ①赵… Ⅲ. ○侠义小说 – 中国 – 现代

Ⅳ. ①I246.5

中国版本图书馆 CIP 数据核字(2018)第 276226 号

点　　校：清寒树　旷　野
责任编辑：卢祥秋

出版发行：**中国文史出版社**

社　　址：北京市海淀区西八旦庄 69 号院　邮编：100142

电　　话：010 - 81136606　81136602　81136603（发行部）

传　　真：010 - 81136655

印　　装：廊坊市海涛印刷有限公司

经　　销：全国新华书店

开　　本：720 × 1020　1/16

印　　张：15.75　　　字数：212 千字

版　　次：2019 年 3 月第一版

印　　次：2019 年 4 月第一次印刷

定　　价：55.00 元